D1993973

Michael Marks · Das Drachenkind

Michael Marks

Das Drachenkind

Franckh'sche Verlagshandlung
Stuttgart

Mit 1 Vignette von Ute Lehmann
Umschlagtypographie von Roswitha Goy
Umschlagillustration von Ernst Spalt

CIP-Kurztitelaufnahme der Deutschen Bibliothek

Marks, Michael:
Das Drachenkind / Michael Marks. – Stuttgart :
Franckh, 1986.
ISBN 3-440-05590-6

Franckh'sche Verlagshandlung, W. Keller & Co., Stuttgart / 1986
Alle Rechte, insbesondere das Recht der Vervielfältigung, Verbreitung und Übersetzung, vorbehalten. Kein Teil des Werkes darf in irgendeiner Form (durch Fotokopie, Mikrofilm oder ein anderes Verfahren) ohne schriftliche Genehmigung des Verlages reproduziert oder unter Verwendung elektronischer Systeme verarbeitet, vervielfältigt oder verbreitet werden.
© 1986, Franckh'sche Verlagshandlung, W. Keller & Co., Stuttgart
ISBN 3-440-05590-6 / L 18eg H vk
Printed in Czechoslovakia / Imprimé en Tchécoslovaquie
Satz: G. Müller, Heilbronn
Herstellung durch Artia, Prag

Der Reiter bewegte sich langsam nach Süden. Die große Entfernung und der Vorhang aus heißer, flirrender Luft, die wie eine unsichtbare Glocke über der Wüste hing, verliehen seinen Bewegungen etwas täuschend Langsames und ließen sie eher wie ein Schweben und Gleiten erscheinen als das mühsame Dahinschleppen, das sie vermutlich waren.

Yori beobachtete ihn nun schon fast eine halbe Stunde, und er war während der ganzen Zeit nicht einen Deut näher gekommen, sondern bewegte sich parallel zum Waldrand nach Süden, obgleich die Hitze dort draußen unerträglich sein mußte und er den schmalen, grünen Streifen aus Bäumen und dürrem Unterholz, der die Wüste wie eine natürlich gewachsene Verteidigungslinie säumte, gar nicht übersehen konnte. Aber er hatte nicht einmal einen Versuch gemacht, den schützenden Schatten zu erreichen, sondern bewegte sich in gerader Linie weiter auf seinem einmal eingeschlagenen Weg, verschwand in beinahe regelmäßigen Abständen hinter den roten Sandwellen der Wüste und tauchte genauso regelmäßig wieder auf, wenn sein Tier eine weitere Düne erklomm; wie ein Schiff, das auf dem Horizont auf und ab schaukelte. Yori verstand nicht, warum er seinem Pferd nicht wenigstens gestattete, zwischen den Dünen entlangzulaufen, statt es immer wieder aufs neue die steilen Hänge hinauf- und auf der anderen Seite wieder hinabzuzwingen. Aber im Grunde verstand sie ja nicht einmal, was der Reiter dort draußen suchte. Die Eisenwüste mit ihren roten, endlosen Sanddünen, ihrer Hitze und den Stürmen, die oft ohne jede Vorwarnung hereinbrachen und Sand und Steine mit Urgewalt vom Himmel regnen ließen, war einer der gefürchtetsten Landstriche in diesem Teil der Welt. Nur wenige von denen, die versucht hatten, sie zu durchqueren, waren jemals lebend zurückgekehrt, und nicht einer

hatte es ein zweites Mal versucht. Es gab nichts, was das Risiko gelohnt hätte, und der Weg über die Berge nach Süden war nicht nur ungefährlicher, sondern noch kürzer dazu. Aber aus irgendeinem Grund schien sich dieser Reiter entschlossen zu haben, die tödliche Einöde der Sandwüste zu durchqueren.
Yori seufzte, ließ sich zurücksinken und lehnte den Kopf gegen den rauhen Stamm des Baumes, der ihr Versteck beschattete. Sie war müde, und ihre Augen brannten vom langen, angestrengten Starren. Der Wind trug roten Staub aus der Wüste heran. In der Luft lag ein durchdringender Geruch wie nach trockener Erde und heißem Fels, und die Sonne brannte wie ein glühender, weißer Ball vom wolkenlosen Himmel. Die Luft war an diesem Morgen sonderbar klar, viel stiller und irgendwie durchsichtiger als sonst, so daß der Blick weit nach Westen bis zu den Gipfeln der Berge und in der entgegengesetzten Richtung viele Meilen weit ins Herz der roten Sandwüste reichte; anders hätte Yori den einsamen Reiter dort draußen gar nicht entdecken können. Es war heiß, selbst hier, im Schatten der Bäume, und wie an den Tagen zuvor schien die Sonne wieder ein ganz kleines bißchen heißer zu brennen, der Wind eine Winzigkeit trockener und das Grün der Bäume und Büsche eine Spur blasser zu sein als am Vortag. Vor drei Stunden, kurz nach Sonnenaufgang, hatten sich im Osten ein paar vereinzelte Regenwolken gezeigt, und für einen ganz kurzen Moment war es kühler geworden. Aber die Wolken waren rasch weitergezogen und schließlich verschwunden, um ihre Last irgendwo über der Wüste abzuregnen, wo sie nutzlos im Sand versickern würde.
Yori hatte Durst. Ihre Lippen waren schon jetzt aufgesprungen und trocken, und der Staub, der mit dem Wind aus der Wüste herüberwehte, war unter ihre Kleidung und in ihr Haar gekrochen und juckte unerträglich, so daß sie ständig gegen das Verlangen ankämpfen mußte, sich überall zu kratzen und zu reiben. Ihr Wasservorrat war beinahe erschöpft, aber ihre Kehle war noch immer trocken, und sie hatte sich ein paarmal dabei erwischt, wie sie ganz in Gedanken zur Seite gefaßt und sich am Verschluß des Wasserschlauches zu schaf-

fen gemacht hatte. Dabei war noch nicht einmal Mittag, und sie hatte kaum die Hälfte ihrer Wache hinter sich gebracht. Und wenn die Sonne höher stieg, würde es noch heißer werden, selbst hier, im Schutz des Waldes.

Durst war etwas, das so sehr zu ihrem Leben gehörte wie die Kälte im Winter und der Hunger während des Frühjahres, wenn die Vorratszelte leer waren und das Wild, von dem sich die Sippe ernährte, noch nicht aus seinen Winterrevieren zurückgekehrt war. Aber während der letzten Wochen hatte Gonda die Wasserrationen für die Jäger Zug um Zug so sehr gekürzt, bis die wenigen Tropfen, die sie allmorgendlich in Empfang nahmen, kaum mehr reichten, um sie tagsüber vor dem Verdursten zu retten, und selbst abends im Lager gab es niemals genug, um den Durst *wirklich* zu stillen; sie schliefen am Abend durstig ein und wachten durstig wieder auf, und das seit Wochen.

Yori hatte diesen Gedanken ohne Groll oder gar Zorn – sie wußte, daß Gonda nicht aus Bosheit so handelte, sondern weil er mußte. Auch die anderen Jäger bekamen nicht mehr Wasser, und seit die Quelle am Fuße des Weißfelsens auch noch versiegt war, mußten sich selbst die Alten und Kranken mit schmaleren Rationen zufriedengeben. In den Jahren zuvor hatten sie einfach ihre Zelte abgebrochen und waren weitergezogen, bis sie einen Ort fanden, an dem es sich besser leben ließ, aber selbst das ging nicht mehr. Der Sommer war bisher heißer gewesen als alle, an die Yori sich erinnern konnte, und sie waren weiter nach Westen gewandert als je zuvor. Das schmale Bergtal am Fuße des Weißfelsens war der letzte Lagerplatz, den die Sippe kannte. Noch weiter im Westen gab es nichts als leblosen Fels und Steine, und was hinter den Gipfeln der namenlosen Berge lag, wußte kein Mensch.

Nein, dachte sie noch einmal. Gonda handelte gewiß nicht aus Bosheit so. Viele Mitglieder der Sippe hielten ihn insgeheim für hart und herzlos, aber Yori wußte es besser. Er war eher das Gegenteil, aber wie jeder Stammesälteste, und vielleicht jeder Mensch, dem die Verantwortung für eine ganze Sippe aufgebürdet war, mußte er

manchmal Dinge tun oder befehlen, die ihm in Wahrheit zuwider waren.
Aber das änderte nichts daran, daß sie nahezu unerträglichen Durst hatte.
Yori seufzte, richtete sich wieder auf und blinzelte in die Wüste hinaus. Abermals fragte sie sich, was den Reiter dazu bewogen haben mochte, seinem Tier und sich eine solche Strapaze aufzubürden. Er war zu weit entfernt, als daß sie ihn genau erkennen konnte, aber ab und zu blitzte Metall unter den Strahlen der Sonne auf, und soweit sie es beurteilen konnte, trug er die Kleidung eines Kriegers. Dabei war die nächste menschliche Ansiedlung mehr als zehn Tagesmärsche entfernt, und die nächste Stadt – und nur in einer solchen hatte Yori bisher überhaupt einen Krieger gesehen – gleich dreimal so weit.
Ein leises, im Wispern des Windes kaum zu vernehmendes Geräusch riß Yori aus ihren Gedanken. Sie sah auf, bog die Zweige des halbverdorrten Busches, hinter dem sie Deckung gesucht hatte, ein wenig auseinander und spähte aus zusammengekniffenen Augen nach Osten. Der einsame Reiter in der Wüste war augenblicklich vergessen, und für einen Moment wurden Yoris Handeln und Denken allein von den antrainierten Reflexen und den Instinkten des geübten Jägers bestimmt. Sie wußte, daß das, was sie gehört hatte, nicht der Wind war, sondern daß sich etwas Lebendes ihrem Versteck näherte. Beute! Angespannt blickte sie in die Richtung, aus der das Geräusch gekommen war.
Im ersten Moment sah sie kaum etwas: Jetzt, als sie direkt in die Wüste blicken mußte, reflektierte der rote Sand das Licht des grelllodernden Feuerballes wie ein gewaltiger, kupferner Spiegel, und ihre vor Anstrengung und Müdigkeit ohnehin geröteten Augen begannen zu tränen. Sie hob den Arm, wischte mit dem Handrücken Schweiß und Tränen fort und griff mit der anderen Hand nach Bogen und Köcher, die neben ihr an einem Baumstamm lehnten. Geschickt legte sie einen Pfeil auf die Sehne, rutschte in eine stabilere Position, um festen Stand für einen sicheren Schuß zu haben, und spähte noch einmal in das grellrote Licht der Wüste hinaus.

Auf der Kuppe des nächsten Sandhügels erschien ein Schatten, und gleichzeitig hörte sie wieder das Geräusch, das sie aufgeschreckt hatte: den raschelnden, schleifenden Laut von Sandkörnern, über die Klauen und stahlharte Schuppen glitten – ein Tier. Der Schatten verschwand, blieb einen Moment fort und tauchte dann, weit langsamer und vorsichtiger als beim ersten Mal, erneut auf. Yori ergriff den Bogen mit fester Hand, zog die Sehne bis ans Ohr und richtete die dreieckige Spitze des Pfeiles mit einer einzigen, geübten Bewegung aus. Der Katzendarm summte vor Anspannung unter ihren Fingern.

Aber sie schoß nicht. Ihr Arm und der Pfeil bildeten eine gerade Linie, an deren gedachtem Ende die Flanke des Tieres war, und Yori wußte, daß sie träfe. Aber irgend etwas hielt sie zurück. Das grelle Licht blendete sie noch immer, und die Luft zwischen ihr und dem Tier flimmerte vor Hitze, so daß sich sein Körper auf seltsame Weise zu verzerren schien, als betrachtete sie ein Spiegelbild im Wasser eines schnell fließenden Baches. Aber trotzdem konnte sie erkennen, was für ein Tier da so plötzlich aus der Wüste aufgetaucht war.

Yoris Atem stockte, und für einen Moment hatte sie das Gefühl, daß ihr Herz aussetzte und dann schneller und beinahe schmerzhaft hart weiterschlug. Es war nicht die erste Smaragdechse, die sie gesehen hatte – die großen, dunkelgrün gemusterten Tiere lebten normalerweise im Niemandsland zwischen den Bergen und der tödlichen Einöde der Eisenwüste, aber der Hunger – und manchmal auch die bloße Neugier – trieb sie oft aus ihren eigentlichen Revieren heraus; mehr als eines hatte schon als Festtagsbraten über den Feuern der Sippe sein Ende gefunden, und manchmal hielten sich die Kinder im Lager ein jüngeres Tier als Spielkamerad, bis es zu groß wurde und freigelassen oder getötet werden mußte.

Aber Yori hatte niemals ein Tier von solcher Größe und Schönheit erblickt. Der Körper der Echse mußte länger sein als der eines erwachsenen Mannes, und ihre fingernagelgroßen Schuppen glänzten und schimmerten unter den Strahlen der Sonne, als wären sie wirklich von einem geschickten Künstler aus Smaragden geschliffen worden. Sie war wunderbar gestaltet – jede Linie ihres Leibes war perfekt, von einer so atemberaubenden Schönheit und Grazie, daß Yori sekundenlang mit angehaltenem Atem dahockte und nichts anderes tat, als sich an dem Anblick zu erfreuen. Obwohl die Echse vollkommen reglos auf der Sanddüne hockte, konnte Yori das perfekte Spiel ihrer Muskeln unter der gepanzerten Haut erkennen, und als das Tier – nach einer Ewigkeit, wie es Yori erschien – den Kopf hob und mißtrauisch in den Wind schnupperte, um Witterung aufzunehmen, brach sich das Sonnenlicht wie geschmolzenes Gold auf seinen Schuppen; ein Wasserfall aus Licht und winzigen, goldgrünen Sternen, der seine Flanken herablief und Yori blinzeln ließ.

Langsam ließ sie den Bogen sinken. Sie konnte nicht auf die Echse schießen; nicht auf *dieses* Tier. Plötzlich kam sie sich gemein und niederträchtig vor, mit einem Pfeil auf dieses wunderbare Geschöpf gezielt zu haben. Behutsam richtete sie sich auf und bog das Geäst ein wenig weiter auseinander, um besser sehen zu können.

Ein Zweig knackte. Das Geräusch war sehr leise und selbst für Yori kaum wahrnehmbar – aber die Echse hörte es trotzdem. Ihr massiger, dreieckiger Kopf fuhr mit einer abgehackt wirkenden Bewegung herum, und der Blick ihrer pupillenlosen Augen wanderte in Yoris Richtung.

Etwas Seltsames geschah: Yori spürte genau, daß die Smaragdechse sie hinter ihrer Deckung sah, und eigentlich hätte sie Angst haben oder zumindest erschrecken müssen; Smaragdechsen waren nicht nur schön und äußerst wohlschmeckend, sondern auch gefährlich, und mehr als ein Jäger hatte den Fehler, die schwerfällig erscheinenden Tiere zu unterschätzen, mit einer üblen Verletzung oder gar dem Leben bezahlt. Selbst mit einem Langbogen und einer so sicheren Hand wie der Yoris wäre es noch immer ein Risiko gewesen, die Smaragdechse anzugreifen.

Aber Yori erschrak nicht, und sie spürte auch keine Furcht. Die Augen des Tieres schimmerten im Licht der Sonne wie zwei große, leuchtendgelbe Edelsteine, und es waren nicht die Augen eines Tieres, sondern die eines denkenden, fühlenden, *intelligenten* Wesens. Für die Dauer von drei, vier Atemzügen trafen sich ihre Blicke, und

alles, was Yori spürte, war eine grenzenlose Verwunderung und ein sonderbares Gefühl von Frieden und Vertrauen, wie sie es in dieser Stärke noch nie zuvor in ihrem Leben kennengelernt hatte. Sie spürte, daß die Echse *wußte, warum* Yori da war, aber gleichzeitig spürte sie auch, daß das Tier keine Angst hatte, so wenig wie sie, und daß es ebenso sicher wußte, daß sie es nicht angreifen würde. Für einen Moment war es fast, als sprächen sie miteinander, wortlos und auf eine Art, die fremdartiger – aber auch ehrlicher – war als alles, was Yori jemals kennengelernt hatte.
Langsam und beinahe verwundert über ihr eigenes Tun richtete sich Yori ganz hinter ihrer Deckung auf. Sie trat um den Busch herum, ging dem Tier entgegen und blieb in drei, vier Schritten Abstand stehen. Die Echse hatte sich nicht bewegt, sondern hockte noch immer auf dem Kamm der Sanddüne, so daß sich ihr Schädel fast auf einer Höhe mit Yoris Gesicht befand. Jetzt, da Yori ganz nahe war, sah sie erst, *wie* groß und kraftvoll das Tier wirklich war. Seine Klauen waren lang und scharf wie Dolche, und der Schwanz mußte kräftig genug sein, sie mit einer einzigen lässigen Bewegung zu töten.
Aber sie hatte noch immer keine Angst; im Gegenteil. Yori fühlte sich wie in einem Traum: Ein Teil von ihr begann zu rebellieren und schrie danach, herumzufahren und davonzulaufen, so schnell sie konnte, aber der andere, stärkere Teil sagte ihr, daß sie nichts zu befürchten hätte und ihr dieses Tier nichts zuleide tun würde.
Die Echse hob den Kopf, musterte Yori aus ihren bernsteingelben Augen und öffnete das Maul, so daß Yori ihre fingerlangen Reißzähne sehen konnte. Ihre lange, gespaltene Zunge tastete in Yoris Richtung und nahm Witterung auf; der geschuppte Schwanz bewegte sich raschelnd und schleuderte Sandfontänen hoch. Der dreieckige Schädel des Tieres pendelte wie der Kopf einer Schlange hin und her, als betrachte es dieses zweibeinige Wesen, das da plötzlich vor ihm aufgetaucht war, mit größtem Interesse. Aber Yori glaubte zu spüren, daß es ein gutmütiges Interesse war, nicht das eines Raubtieres, das sein Opfer musterte, sondern pure Neugierde. Schließlich hefteten sich die Goldaugen der Echse auf ihre rechte Hand.

Yori sah an sich herab und fuhr zusammen, als sie sah, daß sie noch immer Bogen und Pfeil in der Rechten trug. Mit einer fast schuldbewußten Bewegung ließ sie die Waffe fallen und streckte der Smaragdechse ihre bloßen Hände entgegen.
»Verzeih«, sagte sie leise. »Ich wollte dich nicht erschrecken. Siehst du? Ich... ich tue dir nichts. Ich bin nicht dein Feind.« Ein ganz kleines bißchen kam sie sich albern vor, hier zu stehen und mit einem Tier zu reden, aber sie hatte schon immer ein gutes Verhältnis zu Tieren gehabt, und sie spürte, daß die Echse, wenn schon nicht die Worte, so doch wenigstens ihren Sinn verstand. Trotzdem begann ihr Herz ein wenig schneller zu schlagen, als die Echse abermals den Kopf hob und ihre Zunge mit kleinen, raschen Bewegungen über ihre Finger gleiten ließ.
Die Berührung ließ Yori schaudern. Die Zunge der Smaragdechse war rauh wie Sand, und ihre Berührung war gleichzeitig unangenehm und beruhigend; auf eine sonderbare, fast betäubende Art beruhigend.
Endlich hatte die Echse ihre Musterung beendet. Wieder hob sie den Kopf und sah Yori an, und wieder spürte diese, daß hinter den großen, klugen Augen weit mehr als nur die Intelligenz eines Tieres war. Lange Zeit stand sie reglos da und betrachtete die Smaragdechse, und die Smaragdechse musterte sie, ohne daß sich eine von ihnen rührte. Yori wußte nicht, wie lange das stumme Zwiegespräch dauerte, das ihre Blicke führten, sie wußte nicht einmal, was genau in dieser Zeit geschah, aber sie spürte, daß dem Blick dieser goldenen Echsenaugen nicht die geringste Kleinigkeit verborgen blieb. Es war, als würde das Tier in sie hineinschauen, ihre Gedanken und Gefühle begutachten, so wie sie seinen Körper musterte, und selbst in die tiefsten Tiefen ihrer Seele blicken, vielleicht sogar Dinge sehen, die ihr selbst verborgen geblieben waren.
Schließlich senkte die Echse mit einem letzten, fast wie ein zufriedenes Seufzen klingenden Laut den Kopf und begann ein Stück den Weg zurückzukriechen, den sie gekommen war, blieb jedoch schon bald wieder stehen und sah zu Yori zurück. Ein Ausdruck von vagem

Schmerz trat in ihre Augen, und Yori erkannte mit plötzlichem Schrecken, daß der Sand da, wo das Tier gelegen hatte, dunkel und verklumpt war. Die Echse blutete.
»Du... du bist ja verletzt!« sagte sie erschrocken. »Du blutest ja! Warte – ich helfe dir!«
Die Echse legte den Kopf schräg, als hätte sie die Worte verstanden, drehte sich schwerfällig herum und wandte Yori die andere Seite ihres Körpers zu. Aus ihrer linken Schulter ragte der zersplitterte Schaft eines Pfeiles.
Yori war mit zwei, drei hastigen Schritten bei dem Tier. Ihre Füße verloren auf dem lockeren Sand den Halt und glitten aus, so daß sie fast fiel, als sie neben der Echse auf die Knie ging, aber das spürte sie kaum. Ihr Blick heftete sich mit einer Mischung aus Schrecken und Staunen auf den Pfeil und die blutüberströmte Flanke des Tieres. Der Pfeil war abgebrochen, so daß sie nicht erkennen konnte, wie tief er eingedrungen war, aber die Wunde blutete stark, und als Yori behutsam die Hand hob und mit den Fingerspitzen über die Flanke der Echse tastete, spürte sie, daß das Fleisch unter den glitzernden Schuppen angeschwollen und heiß war. Das bedauernswerte Tier mußte sich stundenlang durch die Wüste geschleppt haben.
Die Smaragdechse fuhr unter der Berührung zusammen und stieß ein tiefes, schmerzerfülltes Seufzen aus. Langsam drehte sie den Kopf und sah Yori an, aber in ihrem Blick lag keine Feindseligkeit, sondern nur Schmerz und ein vager Vorwurf.
»Du armes Ding«, murmelte Yori. »Du mußt furchtbare Schmerzen haben.« Es kam ihr gar nicht zu Bewußtsein, daß sie mit einem Tier sprach, und sie zweifelte auch nicht einen Augenblick daran, daß die Echse jedes Wort verstand. Yori richtete sich auf, stützte die Hände auf den Knien ab und betrachtete den Pfeil kopfschüttelnd. Der Schaft war schwarz und aus einem Holz gearbeitet, das sie nicht kannte. Er war viel dünner als jeder andere Pfeil, den sie je zuvor gesehen hatte. Ein Geschoß wie dieses, mit einem entsprechenden Bogen abgefeuert, mußte eine furchtbare Wucht haben. Yori schauderte. Langsam richtete sie sich wieder auf, griff mit der rechten

Hand nach dem Pfeil und preßte die andere gegen den Leib der Echse, um Gegendruck zu haben. Ihre Zunge fuhr nervös über ihre rissigen, aufgesprungenen Lippen, und für einen Moment glaubte sie, Blut zu schmecken.

»Ich versuche es«, sagte sie leise. »Aber du mußt stillhalten.«

Die Echse blickte sie unverwandt an, und wieder hatte Yori das Gefühl, daß das Tier ihre Worte verstand und guthieß. Sie verstärkte ihren Griff um den Pfeil, suchte mit Knien und Zehen festen Halt im lockeren Sand und begann langsam, aber kraftvoll zu ziehen.

Die Smaragdechse fuhr wie unter einem Peitschenhieb zusammen und gab einen hellen, qualvollen Laut von sich, aber der Pfeil saß unverrückbar an seinem Platz. Die Wunde begann stärker zu bluten, und für einen Moment glaubte Yori, den Schmerz des Tieres wie ihren eigenen zu fühlen.

Enttäuscht ließ sie die Hände wieder sinken und blickte der Echse in die Augen. »Wie ich es befürchtet habe«, sagte sie leise. »Der Pfeil sitzt zu tief. Ich kann ihn herausschneiden, aber es wird sehr weh tun. Glaubst du, daß du es aushältst?«

Natürlich anwortete die Echse nicht, aber wie die Male zuvor spürte Yori ihre Antwort auch diesmal. Ihre rechte Hand glitt zum Gürtel, zog den schmalen, zweischneidigen Obsidiandolch und schmiegte sich fest um seinen lederumwickelten Griff.

Yoris Herz hämmerte. Ihre Hand begann zu zittern, als sie sich vorbeugte, mit der Linken den Pfeil umklammerte, damit er sich nicht bewegte und dem Tier noch mehr Schmerz zufügte, als es ohnehin aushalten mußte, und mit der anderen den Dolch auf den gesprungenen Panzerplättchen ansetzte.

»Ich schneide jetzt«, sagte sie. »Halte es aus – ich beeil mich, so gut ich kann.«

Aber es dauerte doch länger. Wie jedes Mitglied der Sippe war sie darin geübt, Wunden zu versorgen und auch kleinere Operationen wie diese auszuführen, aber der Pfeil saß noch tiefer in der Schulter des Tieres, als sie befürchtet hatte, und die glasharten Schuppen behinderten sie zusätzlich. Sie mußte sehr tief schneiden, und selbst dann kostete es sie fast ihre ganze Kraft, den Pfeil herauszuziehen. Die Smaragdechse saß während der ganzen Zeit vollkommen reglos da und bewegte nicht einmal die Lider, aber ihr Atem ging schnell und unregelmäßig, und aus ihrer Brust drang ein tiefes, peinvolles Stöhnen.

Alles in allem brauchte Yori fast zwei Minuten, ehe sie den Pfeil endlich heraus hatte, und als sie fertig war, war sie über und über mit Blut verschmiert und zitterte vor Anstrengung am ganzen Leib.

Keuchend sank sie zurück, ließ den Dolch fallen und betrachtete abwechselnd den Pfeil in ihren Händen und die Echse. Der Kopf des Tieres war nach vorne auf den Sand gesunken, als hätte es nicht mehr die Kraft, ihn zu halten, und die Wunde blutete stärker denn je. Aber Yori wußte, daß das Tier überleben würde. Smaragdechsen waren zäh. Sie lebten seit Urzeiten in den Randgebieten der großen Wüsten und in den unzugänglichsten Teilen der Gebirge, und das harte Leben, das sie führen mußten, hatte sie auch hart gemacht. Yori verzog angeekelt das Gesicht, als sie den Pfeil genauer betrachtete. So dünn, wie sein Schaft war, so übermäßig breit erschien ihr seine Spitze. Sie war dreieckig und aus dünnem, aber offensichtlich sehr widerstandsfähigem Metall und endete in mörderischen, mehrfach gebogenen Widerhaken, die jeden Versuch, den Pfeil aus einer Wunde zu ziehen, zu einer sinnlosen Quälerei werden lassen mußten. Ein Tier, das von einem solchen Pfeil getroffen wurde und nicht sofort starb, mußte einen furchtbaren, langsamen Tod erleiden. Yori fragte sich, was für ein Mensch eine solche Waffe benutzen mochte. Bestimmt nicht jemand, den sie gerne kennenlernen würde. Allein die Tatsache, daß sich das Tier Stunden, vielleicht sogar Tage verletzt durch die Wüste hatte schleppen müssen, erfüllte sie mit Zorn. Ihre ganze Sippe tötete Tiere und lebte fast ausschließlich von der Jagd, aber es gab ein ehrbares Gesetz, das von allen Jägern eingehalten wurde, und das besagte, daß man ein verletztes Tier nicht einfach davonlaufen und qualvoll verenden lassen durfte. Jeder Jäger, der auch nur einen Funken Ehre im Leib hatte, hätte die Echse verfolgt und von ihren Qualen erlöst. Selbst wenn es Tage gedauert hätte.

Angewidert schleuderte Yori den Pfeil von sich, richtete sich wieder auf und berührte den Nacken der Smaragdechse. Das Tier hatte aufgehört zu stöhnen, aber sein schlanker, wunderschöner Körper zitterte noch immer vor Schmerz und Anstrengung, und seine Klauen hatten tiefe Furchen in den Boden gegraben.
»Es ist vorbei«, sagte sie. »Es tut mir leid, daß ich dir so weh tun mußte, aber es ging nicht anders. Du wärst sonst gestorben, weißt du?« Sie seufzte. »Mehr kann ich dir leider nicht helfen, auch wenn ich es gerne täte. Allein, weil es ein Mensch war, der dir das angetan hat. Aber wir sind nicht alle so, glaube mir.«
Die Echse hob den Kopf, blinzelte schwerfällig und richtete sich mit einer langsamen Bewegung auf. Yori sah, daß die Wunde schon nicht mehr ganz so heftig blutete wie vorher.
Sie erhob sich, nahm ihren Dolch und trat ein paar Schritte zurück. Die Smaragdechse hob langsam erst das rechte, dann das linke Vorderbein, als müsse sie sich davon überzeugen, daß ihre Muskeln noch wie gewohnt arbeiteten, blickte noch einmal zu Yori auf und begann dann langsam, den Hang hinabzukriechen, zurück in die Richtung, aus der sie gekommen war. Ihre stahlharten Panzerplatten verursachten ein trockenes Rascheln auf dem Sand, und für einen kurzen Moment drehte sich der Wind und trug den strengen Reptiliengeruch des Wesens wie einen letzten, lautlosen Gruß mit sich.
Yori sah der Echse nach, bis sie hinter der nächsten Düne verschwunden war. Ein seltsames Gefühl breitete sich aus. Es war, als erwache sie langsam aus einem tiefen, erschöpften Schlaf, und genau wie manchmal danach hatte sie für einen Moment Schwierigkeiten, in die Wirklichkeit zurückzufinden. *Was war das?* dachte sie verstört. Für einen kurzen Augenblick kam ihr wirklich alles wie ein Traum vor – hatte sie denn wirklich hier gesessen und mit einer Smaragdechse geredet?
Aber gleichzeitig wußte sie auch, daß alles wahr war, und es hätte des blutigen Messers, das sie noch immer in der Hand hielt, nicht einmal bedurft, um sie davon zu überzeugen. Und sie ahnte auch, daß sie wahrscheinlich sogar nur einen Bruchteil dessen begriffen

hatte, was wirklich geschehen war. Es war kein normales Tier gewesen, zumindest keines in dem Sinn, in dem sie das Wort bisher benutzt hatte.
Plötzlich spürte Yori die Hitze wieder. Sie mußte länger als eine halbe Stunde völlig ungeschützt in der Sonnenglut gesessen haben, und ihre Kehle war ausgedörrt, als hätte sie seit Tagen nichts mehr getrunken. Der Wald und die Wüste begannen sich um sie zu drehen, als sie herumfuhr, ihren Bogen auflas und zu den Bäumen zurückeilte. Keuchend vor Erschöpfung erreichte sie ihr Versteck, ließ sich auf die Knie fallen und griff nach dem Wasserschlauch, aber ihre Hände zitterten so stark, daß sie den Verschluß erst beim dritten Versuch aufbekam und einen Teil ihres kostbaren Vorrats verschüttete.
Sie trank mit großen, gierigen Schlucken und verbrauchte fast ihre ganze Tagesration, ehe sie den Schlauch endlich absetzte. Trotzdem fühlte sie sich fast genauso durstig wie zuvor. Ihre Stirn glühte, als hätte sie Fieber, und langsam begann ein Gefühl der Übelkeit in ihr aufzusteigen, gefolgt von einem raschen, eisigen Schauer; wie Schüttelfrost.
Yori hob den Wasserschlauch ein zweites Mal, träufelte sich vorsichtig einige wenige Tropfen auf die Finger und begann ihre aufgesprungenen Lippen zu benetzen. Ein dünner Schmerz zuckte durch ihren Zeigefinger. Sie hob die Hand vor die Augen, wischte mit der Linken das Blut der Echse ab, so gut es ging, und gewahrte einen dünnen, tiefen Schnitt direkt über dem Fingernagel. Sie mußte sich an dem Pfeil verletzt haben, als sie ihn aus der Wunde zog. Seine Widerhaken waren scharf wie die Klinge eines Hautmessers gewesen. Yori runzelte die Stirn, steckte den Finger kurzerhand in den Mund und begann, Schmutz und Blut aus der Wunde zu saugen. Nach wenigen Augenblicken hörte der Schmerz auf und wurde zu einem dumpfen, kaum noch bemerkbaren Pochen.
Als sie aufstehen wollte, wurde ihr schwindelig. Wieder spürte sie einen eisigen Schauer, und die Übelkeit wurde langsam, aber unbarmherzig stärker. Ein bitterer Geschmack breitete sich in ihrem Mund aus. Yori war zu lange ungeschützt in der Sonne gewesen. Sie

mußte länger als eine halbe Stunde dort draußen in der Gluthitze gestanden haben, ohne Kopfbedeckung oder sonstigen Schutz vor den sengenden Strahlen der Sonne, und ihr Körper verlangte jetzt unbarmherzig den Preis für das, was sie ihm abverlangt hatte. Was sie spürte, waren die ersten Vorboten eines Sonnenstiches, und wahrscheinlich würde sie tagelang unter Übelkeit und Fieber zu leiden haben.

Zu allem Überfluß, dachte sie ärgerlich, würde Gonda sie bestrafen. Sie war dreizehn und somit altgenug, um die Gefahren zu kennen, auf die sie zu achten hatte, und die Sippe würde den tagelangen Ausfall eines Jägers schmerzhaft spüren. Die ohnehin schmalen Rationen würden vielleicht noch kärglicher ausfallen, und alle würden ihr die Schuld geben. Mit Recht.

Yori blieb reglos und mit geschlossenen Augen hocken, bis sich ihre rebellierenden Eingeweide wenigstens einigermaßen beruhigt hatten. Dann stand sie auf, hängte Bogen und Köcher über die eine und den Wasserschlauch über die andere Schulter und wandte sich nach Westen, in die Richtung, in der ihr Lager lag. Sie würde eine Stunde brauchen, um das schmale Tal mit dem knappen Dutzend Zelten zu erreichen, aber mit etwas Glück war sie da, ehe das Fieber *wirklich* kam.

Gonda würde einen weiteren Grund haben, zornig auf sie zu sein, wenn sie die Jagd vor der Zeit abbrach und mit leerem Beutel heimkehrte. Aber darauf kam es jetzt schon nicht mehr an.

Sie sah noch einmal aufmerksam zu Boden, um sich davon zu überzeugen, daß sie nichts vergessen hatte, ehe sie vollends aus dem Wald trat und mit schnellen Schritten losging. Ihr Blick glitt nach Osten und dann in südliche Richtung, tastete einen Moment lang über die gleichmäßigen Dünen, die wie die Wellen eines einstmals bewegten, nun aber völlig erstarrten Ozeans dalagen, und suchte den Reiter, fand ihn aber nicht mehr und schweifte zurück und streifte den Sandhügel, auf dem die Echse gesessen hatte. Für einen ganz kurzen Moment war Yori fast enttäuscht, sie nicht wieder dort sitzen zu sehen.

Aber natürlich war sie nicht mehr da, und der Wind, der unablässig Staub und den Geruch von Sand und Hitze herantrug, hatte selbst ihre Spuren verweht, als hätte es sie niemals wirklich gegeben.
Yori seufzte, wandte sich endgültig um und ging los. Ihre rechte Hand begann sanft zu pochen, und der bittere Geschmack auf ihrer Zunge wurde stärker.

Die Sonne stieg rasch höher, und es wurde heißer, selbst im Schatten der Bäume und Büsche, in dem Yori sich hielt. Das Pochen in ihrer Hand war schlimmer geworden, und sie wußte im Grunde nur zu gut, was es bedeutete – nämlich etwas weitaus Ernsteres als einen Sonnenstich. Aber sie weigerte sich, den Gedanken zu Ende zu denken.
Die Wüste fiel rasch hinter Yori zurück, aber die Berge schienen nicht näher zu kommen. Es war, als zerre sie eine unsichtbare Kraft jedesmal um die gleiche Strecke zurück, die sie vorwärts kam, und ihre Beine wurden mit jedem Schritt schwerer, bis sie das Gefühl hatte, unsichtbare Bleigewichte mit sich herumzuschleppen. Nach einer Ewigkeit tauchten die ersten kantigen Findlinge zwischen den Büschen auf, und der Boden begann sanft, aber stetig anzusteigen. Und dann hörte Yori den Hufschlag.
Zuerst war das Geräusch kaum wahrnehmbar, nur ein ganz leises, sanftes Echo, das im dumpfen Hämmern ihres eigenen Herzschlages fast unterging. Aber es wurde lauter, und schon bald erkannte sie es als das metallische Klappern eisenbeschlagener Pferdehufe auf dem hartgebackenen Boden.
Yori blieb stehen. In ihrem Kopf drehte sich alles, und auf ihrer Zunge war ein saurer Geschmack, der eine nahende Übelkeit ankündigte. Die Berge und der spärliche grüne Bewuchs schienen vor ihren Augen auf und ab zu hüpfen, und als sie den Reiter sah, war er zuerst nichts als ein verschwommener, immer wieder auseinanderfließender Schatten.
Der Mann kam in scharfem Tempo herangeritten, und irgend etwas an seiner Erscheinung warnte Yori. Sie wußte nicht, was. Sie wußte auch nicht, woher das Gefühl kam, diesen Reiter zu kennen und sich besser vor ihm in acht nehmen zu sollen, denn das Denken fiel ihr mit

jeder Minute schwerer, und irgendwo, tief unter der Schwelle ihres Bewußtseins, war etwas Großes, Finsteres, das stärker und stärker wurde mit jedem Moment.

Aus brennenden Augen sah sie dem Fremden entgegen, wich ein Stück zurück und sah sich instinktiv nach einer Deckung oder einem Versteck um. Natürlich war es viel zu spät dazu – der Mann hatte sie längst gesehen, und sie konnte ihm auch nicht davonlaufen, denn trotz der überall herumliegenden Felsen und der spärlichen Büsche bot das Gelände kaum Deckung. Trotzdem wich sie noch ein paar Schritte zurück, bis sie wenigstens einen der Felsen in ihrem Rücken hatte.

Der Mann galoppierte heran, brachte sein Pferd im letzten Moment dicht vor ihr zum Stehen und blickte sie mit unbewegtem Gesicht an. Es fiel Yori schwer, ihn anzusehen. Er stand gegen die Sonne, so daß sein Körper nur als flacher, bedrohlicher Schatten zu erkennen war, umgeben von einem gleißenden Kranz aus Licht, der ihr zusätzlich die Tränen in die Augen trieb. Und das dumpfe Gefühl der Bedrohung, das sie beim Anblick des Fremden empfunden hatte, blieb. Es wurde sogar stärker.

»Wer bist du?« fragte er. Seine Stimme klang hart, grob und irgendwie mächtig. Sie paßte zu seiner imposanten Erscheinung.

»Wer bist du?« fragte er noch einmal, als sie nicht antwortete. »Und was machst du hier, allein, und noch dazu in einer Gegend wie dieser?«

Yori wollte antworten, aber eine warnende Stimme in ihrem Inneren hielt sie im letzten Moment zurück. Hatte Gonda ihnen nicht immer wieder eingeschärft, keinem Fremden leichtfertig Auskunft über die Sippe und das Lager zu geben?

»Yori«, stammelte sie. »Mein Name ist... Yori«. Ihre Zunge weigerte sich, ihr richtig zu gehorchen. Wieder spürte sie dieses starke, quälende Schwindelgefühl, und sie merkte selbst, daß die Worte nur schwerfällig über ihre Lippen kamen. Der Schmerz in ihrer Hand wurde stärker.

Zwischen den buschigen Brauen des Reiters erschien eine steile Fal-

te. »Yori, so?« sagte er. Seine Stimme klang mißtrauisch. »Und das ist alles? Was ist mit dir? Bist du krank?«
»Ich... nein«, antwortete Yori. »Ich habe... einer verletzten Echse geholfen, und ich bin zu lange in der Sonne geblieben, und...«
»Einer Echse?« Diesmal war der mißtrauische Klang in den Worten des dunkel gekleideten Reiters nicht mehr zu überhören. Yori hatte plötzlich das Gefühl, einen ziemlich dummen Fehler gemacht zu haben. »Was für einer Echse?« schnappte er.
»Einer Smaragdechse«, antwortete Yori wahrheitsgemäß. *Warum fiel es ihr nur so schwer, klar zu denken?* »Draußen in der... in der Wüste.«
Das Gesicht des Mannes flammte vor Zorn. »Einer Smaragdechse?« brüllte er. »Du hast einer Smaragdechse geholfen, draußen in der Wüste? Wer hat dir gesagt, daß du dich in anderer Leute Angelegenheiten mischen sollst?«
»Aber sie war verletzt!« widersprach Yori. »Sie...«
»Natürlich war sie verletzt!« brüllte der Reiter. Seine Stimme bebte vor Wut. »Sie war verletzt, weil ich sie seit Tagen durch diese verdammte Wüste gejagt und sie angeschossen habe, und jetzt, wo ich sie fast geschnappt hätte, da kommst du und...« Er ballte wütend die Faust. »Oh, du verdammtes Balg! Ich könnte...« Er sprach nicht weiter, sondern griff plötzlich an seinen Sattel und löste eine kurzstielige Peitsche von seinem Gurt.
Yori fuhr erschrocken zusammen und hob die Hände vor das Gesicht. Instinktiv wollte sie zurückweichen, aber in ihrem Rücken war nur der harte Fels, den sie sich selbst als Deckung ausgesucht hatte – und den Fluchtweg nach vorne versperrte ihr der Fremde mit seinem gewaltigen Streitroß.
»Ich werde dich lehren, deine vorwitzige Nase in fremde Angelegenheiten zu stecken!« brüllte der Reiter. »Nach der Lektion, die du jetzt bekommst, wirst du nie wieder etwas tun, was du nicht darfst!« Damit schwang er seine Peitsche und holte zu einem gewaltigen Hieb aus. Aber er kam nicht dazu, Yori zu schlagen. Es ging beinahe zu schnell, als daß Yori wirklich begriffen hätte, was geschah – irgendwo hinter

ihr erscholl ein wütendes, tiefes Fauchen, dann flog ein gewaltiger, smaragdgrüner Schatten über sie hinweg, traf den Reiter wie ein lebendes Geschoß und riß ihn aus dem Sattel. Sein Pferd bäumte sich auf und galoppierte wiehernd davon, während der Mann mit einem Wutschrei zu Boden fiel. Über ihm hockte auf einmal eine gigantische, grün und golden schimmernde Echse, die Zähne wie zu einem bösen Grinsen gefletscht.

Das Tier mußte dem Mann aufgelauert haben, so, wie er selbst es zuvor beschlichen hatte – und jetzt war es gekommen, um sich für den Pfeil zu rächen, den er ihm in die Schulter gejagt hatte.

Yori sah dem ungleichen Kampf nicht weiter zu, sondern fuhr herum und rannte davon, so schnell sie konnte.

Sie brauchte fast zwei Stunden, um das Lager zu erreichen, nicht eine, wie sie geglaubt hatte. Ihre Stirn glühte, als sie sich den grasbewachsenen Hang hinunterschleppte und auf den Halbkreis aus Zelten und Feuerstellen zuging, und ihre Beine schienen kaum mehr die Kraft zu haben, das Gewicht ihres Körpers zu tragen. Das Fieber war schnell gestiegen, und das Gehen war ihr immer schwerer gefallen auf den letzten Meilen. Die Übelkeit hatte sich gelegt, aber dafür war aus dem Pochen in ihrer rechten Hand wieder ein schmerzhaftes Hämmern geworden, das sich mittlerweile bis zur Schulter hinaufzog und feurige Strahlen aus Schmerz wie tastende Finger in ihren ganzen Körper schickte. Während der letzten halben Stunde hatte es Yori nicht mehr gewagt, ihre Hand anzusehen. Aber sie wußte, daß sie unförmig angeschwollen und verkrampft war.

Stimmen und die vielfältigen Geräusche des Lagers schlugen ihr entgegen, als sie den zum Gebirge hin offenen Halbkreis erreichte und mit hängenden Schultern auf ihr Zelt zuschlurfte. Eines der kleineren Kinder kam ihr entgegengeeilt und zerrte an ihrem Kleid, um sie zum Spielen aufzufordern, aber Yori scheuchte es mit einem unwilligen Kopfschütteln davon. Die Bewegung rief ein quälendes Schwindelgefühl hinter ihrer Stirne wach, und das Lager und der Himmel und die Berge begannen sich für einen Moment um sie herum zu drehen. Sie blieb stehen, atmete tief ein und wartete, daß der Anfall vorüberging.

Als sie weitergehen wollte, vertrat ihr eine Gestalt den Weg. Sie sah auf, blinzelte einen Moment in das schmale, von schulterlangem, weißem Haar und einem sorgsam ausrasierten Bart in der gleichen Farbe eingerahmte Gesicht und erkannte Gonda erst, nachdem sie ihn einige Sekunden lang angestarrt hatte. Ihre Gedanken bewegten sich träge und widerwillig, und die quälende Mischung aus Schmerzen und Schwäche, die von ihrem Körper Besitz ergriffen hatte, wurde schlimmer.

»Du bist schon zurück?« begann Gonda ohne Umschweife. Wie immer war seine Stimme leise, aber so durchdringend, als hätte er laut und mit voller Kraft gesprochen. »Was ist geschehen, Yori? Ich sehe kein Wild auf deiner Schulter, und auch dein Beutel ist leer.«

Yori wollte antworten, aber ihre Kehle war so ausgedörrt, daß sie nur ein unartikuliertes Krächzen zustande brachte. Gondas Gesicht schien vor ihr zu zerfließen, als wäre es ein Bild aus einem Traum. Er musterte sie einen Augenblick, trat einen Schritt zurück, setzte erneut dazu an, etwas zu sagen, und erschrak.

»Bei allen Göttern, Yori«, entfuhr es ihm. »Was ist geschehen? Du bist voller Blut, und...«

Yori taumelte. Plötzlich, von einer Sekunde auf die andere, hatten ihre Beine nicht mehr die Kraft, ihren Körper zu tragen. Wieder begann sich das Lager um sie zu drehen, und diesmal hatte sie nicht mehr die Energie, gegen die Schwäche anzukämpfen, die wie eine betäubende Woge durch ihre Glieder lief. Gonda konnte gerade noch rechtzeitig hinzuspringen, um sie aufzufangen, als sie zusammenbrach.

Gonda hob sie behutsam hoch, trug sie in das Zelt, das sie zusammen mit ihrer Mutter und ihrer Halbschwester Lana bewohnte, und legte sie auf das Fellbündel, das ihr Nachtlager darstellte. Geräusche und Schritte und aufgeregte Stimmen waren um sie herum, und Hände berührten ihren Körper und ihren geschwollenen Arm, aber Yori nahm von alledem kaum etwas wahr. Die Schwäche wurde schlimmer, und sie verspürte eine Müdigkeit, die alles übertraf, was sie jemals erlebt hatte. Alles um sie herum wurde schemenhaft, die Laute klangen gedämpft und verzerrt, Licht und Schatten verbogen und wanden sich auf unbeschreibliche Weise, und die Gesichter und Gestalten der anderen schienen hinter grauen, treibenden Nebelschleiern zu verschwinden. Übelkeit kroch in ihrer Kehle nach oben; sie verspürte Brechreiz und kämpfte ihn mit letzter Kraft nieder.

Eine Hand berührte sie an der Schulter und schüttelte sie, sanft, aber beständig, und Gondas Gesicht erschien über ihr. »Yori«, fragte er, »verstehst du mich? Kannst du mich hören?«
Sie fühlte sich viel zu schwach, um zu antworten, und die Berührung seiner Hand war ihr unangenehm; sie wollte sie wegstoßen, aber nicht einmal dazu hatte sie die Kraft.
»Was ist passiert?« fragte Gonda. »Yori – hörst du mich? Du mußt uns sagen, was passiert ist, wenn wir dir helfen sollen!«
»Laß sie, Gonda«, mischte sich die Stimme ihrer Mutter ein. »Du siehst doch, daß sie nicht antworten kann. Ich habe Lana geschickt, damit sie Ferai holt.«
Gonda nahm die Hand von Yoris Schulter, blieb aber mit untergeschlagenen Beinen neben ihrem Lager sitzen und schüttelte den Kopf. »Sei vernünftig, Naila«, sagte er auf seine leise, aber bestimmte Art. »Ferai kann ihr auch nicht helfen, wenn wir nicht wissen, was passiert ist. Sieh dir ihren Arm an! Sie muß von einem giftigen Tier gebissen worden sein. Aber wir müssen wissen, was es war.« Er beugte sich wieder über Yori und berührte sie erneut an der Schulter, aber diesmal viel sanfter.
»Hast du gehört, was ich gesagt habe, Kind?« fragte er. »Du mußt uns sagen, was passiert ist! Versuche es!«
Yori war müde. Die Schmerzen verebbten langsam, und ihre Glieder, die zuvor noch bleischwer gewesen waren, fühlten sich plötzlich leicht und schwerelos an. Sie hatte das Gefühl zu schweben. Gondas Gesicht schien plötzlich durchsichtig zu werden. Schlafen. Alles, was sie wollte, war schlafen.
Aber Gonda blieb hart. Sein Griff verstärkte sich ein wenig, und obwohl die Berührung immer noch sanft war, schmerzte sie, und der Schmerz riß Yori für einen kurzen Moment in die Wirklichkeit zurück.
»Ich glaube dir, daß du müde bist«, sagte Gonda sanft. »Aber es ist wichtig. Du bist vergiftet, und wir müssen wissen, von welcher Art das Gift ist. Sonst kann Ferai dir nicht helfen. Bist du gebissen worden? Oder hast du dich an einer Pflanze verletzt?«
Yori versuchte zu antworten, aber es ging nicht. Ihre Kehle schmerz-

te, und ihre Lippen rissen auf und bluteten, als sie sie bewegte. »Der Pfeil... Pfeil«, flüsterte sie schwach. »Und der... Reiter...«
Gonda runzelte die Stirn, tauschte einen raschen, hilflosen Blick mit ihrer Mutter und beugte sich noch weiter vor, um die geflüsterten Worte verstehen zu können. »Wovon sprichst du?« fragte er. »Welcher Pfeil? Und was hat es mit diesem Reiter auf sich?«
»Die Echse«, murmelte Yori. »...Pfeil. Er... vergiftet gewesen... müde...«
»Ein Pfeil?« vergewisserte sich Gonda. »Hat jemand auf dich geschossen? War es der Reiter?«
Yori versuchte, den Kopf zu schütteln, aber sie war nicht sicher, ob es ihr gelang. Etwas Dunkles, Formloses kroch wie auf Spinnenfüßen in ihren Kopf und begann ihr Bewußtsein mit grauen Fäden einzuspinnen. »Smaragdechse«, flüsterte sie. »Ich... muß ihr... helfen. Pfeil heraus... ziehen. Er...«
»Bitte, Gonda!« sagte ihre Mutter flehend. »Warum quälst du sie? Du siehst doch, daß sie phantasiert. Vielleicht hat sie giftige Beeren gegessen. Warte, bis Ferai kommt.«
Gonda richtete sich langsam auf. Er wirkte sehr nachdenklich. »Ich glaube nicht, daß sie phantasiert«, meinte er.
»Aber man müßte eine Wunde sehen, wenn wirklich jemand auf sie geschossen hätte«, widersprach Naila.
»Bei all dem Blut auf ihren Armen kann man das nicht sagen.« Gonda schwieg einen Moment und fuhr dann mit veränderter Stimme fort: »Hol Wasser und saubere Tücher, Naila. Und lauf zu meinem Zelt und sage Andri, sie soll die Kinder losschicken, Heilkraut zu pflücken. Soviel sie tragen können.«
Ihre Mutter sagte noch etwas, das Yori nicht verstand, aber diesmal antwortete Gonda nur mit einem kurzen, befehlenden »Geh!«
Naila stand gehorsam auf und verließ das Zelt, und Yori blieb allein mit dem Sippenältesten zurück. Es fiel ihr immer schwerer, die Lider offenzuhalten und gegen die Müdigkeit anzukämpfen, aber Gonda ließ nicht zu, daß sie die Augen schloß oder gar einschlief. Immer wieder schüttelte er sie und versetzte ihr schließlich leichte Schläge

mit der flachen Hand ins Gesicht, um sie wachzuhalten. Yori wußte – mit einem kleinen, ständig schwächer werdenden Teil ihres Bewußtseins, der noch zu klarem Denken fähig war –, warum er das tat. Sie hatte oft genug dabeigesessen, wenn andere Mitglieder der Sippe von Schlangen oder Skorpionen und Spinnen gebissen dalagen und gegen den Schlaf ankämpften, dem der Tod folgen konnte. Aber gleichzeitig haßte sie Gonda für das, was er tat. Verstand er denn nicht, daß sie müde war, so müde, daß sie einfach nur ausruhen wollte, schlafen, selbst wenn es ein Schlaf war, aus dem sie nie wieder erwachen würde?
Nach einer Weile wurde die Zeltplane vor dem Eingang wieder zurückgeschlagen, und jemand kniete neben Yori nieder und machte sich an ihrer Hand zu schaffen.
»Du hast sie wach gehalten. Gut.« Yori erkannte die Stimme von Ferai, der greisen Heilmutter der Sippe. »Hat sie gesagt, was sie gebissen hat?«
»Sie spricht immer wieder von einem Pfeil«, antwortete Gonda. »Und von irgendeinem Reiter. Aber sie scheint nicht verletzt zu sein.«
»Ein Pfeil?« Ferai schwieg einen Moment und dachte nach, dann griff sie ein zweites Mal nach der geschwollenen Hand und untersuchte sie eingehend. Die Berührung tat weh. Unglaublich weh. Yori schrie, bäumte sich auf dem Lager auf und verlor endlich das Bewußtsein.

Irgendwann, lange nach Dunkelwerden, erwachte Yori. Das Zelt war von flackerndem rotem Feuerschein erfüllt, der durch den geöffneten Eingang fiel, und mit den Geräuschen der Nacht wehte ein dunkler, an- und abschwellender Singsang zu ihr herein. Eine Trommel tönte in einem dumpfen, monotonen Rhythmus, der ihr irgendwie bekannt vorkam und sie mit einem vagen Schrecken erfüllte, obwohl sie nicht wußte, warum. Das Fieber war nicht gesunken; ihre Stirn glühte noch immer, und ihre Zunge fühlte sich trocken und pelzig an, wie ein Fremdkörper in ihrem Mund. Gleichzeitig fror sie erbärmlich, obwohl sie bis ans Kinn mit Decken und Fellen zugedeckt war. Ihr Arm schmerzte, und als sie versuchte, ihn zu bewegen, spürte sie, daß er dick verbunden war.

Sie war nicht allein. Ein Schatten kauerte neben ihrem Lager, und als sie sich bewegte und dabei ein Geräusch verursachte, hob er den Kopf, und sie erkannte ihre Mutter.

»Yori?« Eine sonderbare Mischung aus Freude und einem Ausdruck von Schmerz, den sich Yori nicht erklären konnte, huschte über Nailas Gesicht. »Du bist wach?«

»Ich... habe Durst«, murmelte Yori. Das Sprechen bereitete ihr noch immer Mühe, aber es war nicht mehr ganz so schlimm wie vorhin, und auch die Schmerzen und das Schwächegefühl hatten an Intensität verloren.

Naila stand auf, eilte mit raschen Schritten zum Ausgang und wechselte ein paar Worte mit jemandem, der draußen vor dem Zelt stand und den Yori nicht sehen konnte, dann füllte sie eine Schale mit Wasser, kam zurück und kniete neben ihr nieder. Behutsam hob sie Yoris Kopf mit der Linken und führte mit der anderen Hand die Schale an ihre Lippen. Yori trank; mit kleinen, vorsichtigen Schlukken, aber sehr viel. Sie leerte die ganze Schale, und als ihre Mutter sah, daß ihr Durst damit nicht gelöscht war, füllte sie sie erneut und ließ Yori wieder trinken, bis sie den Mund schloß und dankbar den Kopf schüttelte. Yori dachte flüchtig daran, wie kostbar Wasser im Lager geworden war, und beinahe fühlte sie sich schuldig, so viel getrunken zu haben.

»Wie fühlst du dich?«

Yori versuchte zu lächeln, aber ihr Gesicht war taub. »Müde«, flüsterte sie. »Ich bin... müde. Wie lange habe ich geschlafen?«

»Es ist Mitternacht«, antwortete ihre Mutter. Ihre Stimme klang seltsam gepreßt, als koste es sie unendliche Mühe, überhaupt zu reden, und als Yori ihr Gesicht genauer betrachtete, sah sie die Spuren von eingetrockneten Tränen auf ihren Wangen.

»Du hast geweint«, stellte sie fest. »Warum? Was ist geschehen?«

»Nichts«, antwortete ihre Mutter hastig. »Es ist nichts, Kleines. Mach dir keine Sorgen. Es wird alles wieder gut.«

»Das wird es nicht, Naila«, sagte eine Stimme vom Eingang her. Yori sah, wie ihre Mutter zusammenzuckte, hob mühsam den Kopf und blickte an ihr vorbei. Gonda hatte das Zelt betreten, und er war nicht allein. Hinter ihm hob sich die gebückte Gestalt von Ferai gegen den Feuerschein ab, und hinter der Heilmutter erkannte Yori den blonden Haarschopf ihrer Schwester. Die Trommelschläge waren ein wenig lauter geworden, und düsterer.

»Gonda!« sagte Yoris Mutter erschrocken. »Du...«

»Sie ist alt genug, um die Wahrheit zu ertragen«, unterbrach Gonda sie hart. »Und zu alt, als daß du sie belügen dürftest.« Er seufzte, schüttelte den Kopf und kam langsam näher. Ferai und Lana folgten ihm, blieben aber in der Mitte des Zeltes stehen und musterten Yori wortlos.

Yori war verwirrt. Im ersten Moment verstand sie nicht, wie die Worte Gondas und ihrer Mutter gemeint waren, aber das Gefühl der Furcht, mit dem sie aufgewacht war, verstärkte sich, und als sie den Kopf wandte und in das Gesicht ihrer Mutter blickte, las sie darin nichts anderes als Verzweiflung und Schrecken.

Und endlich begriff sie. Plötzlich wußte sie, warum ihr das Klagen der Trommel und der monotone Wechselgesang, der ihn begleitete, auf so erschreckende Weise bekannt vorgekommen war, und warum ihre Mutter so ernst war und geweint hatte. Es war die Todestrommel, die sie hörte, und es war der Sterbegesang, mit dem die Sippe eine scheidende Seele ins Jenseits begleitete. Yori hatte es oft genug selbst getan. Und diesmal war es ihre Seele, für die die Sippe betete. Gonda ließ sich neben ihr in die Hocke sinken, und als er in ihre Augen blickte, sah er, daß sie die Wahrheit wußte.

»Es... tut mir leid, Yori«, sagte er leise. Seine Stimme bebte, nicht sehr, aber doch hörbar, und auf seinen Zügen lag der gleiche Ausdruck von Schmerz wie auf denen ihrer Mutter. »Es tut mir leid«, wiederholte er. »Aber ich glaube, du bist alt genug, um der Wahrheit ins Gesicht zu blicken.«

Yori nickte, aber es war eigentlich nur ein Reflex. *Sterben?* Sie hatte keine Angst, überhaupt nicht; der Gedanke erfüllte sie nur mit Unglauben und Verwirrung. Sie verstand es einfach nicht. »Aber... aber warum?« fragte sie stockend.

»Das Gift«, antwortete Gonda. »Ferai hat getan, was sie konnte, und die Sippe hat die ganze Nacht für dich gebetet, aber ich fürchte...« Er stockte, sah ihr einen Herzschlag lang fest in die Augen und fuhr fort: »Nein, Yori – ich will dir nichts vormachen. Es war zu spät. Das Gift saß bereits zu tief in deinem Körper, als du zurückgekommen bist. Es gibt keine Rettung.«

Yori blickte verwirrt von ihm zu ihrer Mutter, dann zu Ferai. Ihre Mutter schlug die Hände vor das Gesicht und begann leise zu weinen, und die Heilmutter senkte den Kopf. Nur Gonda hielt ihrem Blick stand und lächelte traurig.

»Aber warum?« murmelte Yori verstört. »Ich... ich fühle mich schon besser, und die Schmerzen sind schon gar nicht mehr so schlimm.«

Gonda schüttelte traurig den Kopf. »Das scheint nur so«, sagte er. »Ich habe lange mit Ferai gesprochen, und auch mit anderen, die das Pfeilgift kennen. Du spürst jetzt nicht mehr viel, und wahrscheinlich wirst du dich morgen sogar kräftig genug fühlen, um aufstehen zu können. Aber das kommt dir nur so vor. Dieses Gift wirkt immer so. Du glaubst, es überstanden zu haben, aber in Wirklichkeit hat dein Körper den Kampf schon aufgegeben.«

Er sprach nicht weiter, aber Yori wußte auch so, was er noch gesagt hätte: Irgendwann würde das Gift ihr Herz erreichen, und sie würde sterben. Sie dachte es ganz ruhig. Sie hatte noch immer keine Angst, und all diese Worte von Gift und Aufgeben kamen ihr fremd und entfernt vor, als beträfen sie gar nicht sie, sondern jemand anderen, einen Fremden, zu dem sie keine Beziehung hatte.

»Ich habe mit deiner Mutter darüber gesprochen, Yori«, fuhr Gonda fort. »Du wirst keine großen Schmerzen mehr haben, und wahrscheinlich wirst du einfach einschlafen und gar nichts mehr spüren. Wir hätten dich belügen können, und du hättest es vermutlich gar nicht gemerkt. Aber ich glaube nicht, daß das gut gewesen wäre. Nicht für dich – und auch nicht für uns.«

»Gonda«, schluchzte Yoris Mutter. *»Bitte!«*

Gonda sah auf, und auch Yori drehte den Kopf und sah ihre Mutter an. Sie hatte sich wieder gefaßt, aber sie weinte jetzt lautlos, und in ihren Augen stand ein Ausdruck, der Yori mehr weh tat als die Schmerzen in ihrem Arm. Mühsam hob Yori die Hand unter der Decke hervor und berührte den Arm ihrer Mutter. Diese ergriff ihre Finger und drückte sie; mit einer schnellen, festen Bewegung. Ihre Haut war kalt und feucht.

»Laß ihn, Mutter«, sagte sie leise. »Es ist gut. Ich bin froh, daß ihr es mir gesagt habt. Wirklich.«

Fast wunderte sie sich selbst, woher sie nur die Kraft nahm, so ruhig zu bleiben. Aber sie hatte wirklich immer noch keine Angst. Eigentlich hatte sie überhaupt nie Angst vor dem Sterben gehabt. Aber eigentlich hatte sie auch noch niemals ernsthaft über den Tod und das, was vielleicht danach kommen mochte, nachgedacht. Der Tod gehörte zum Leben der Sippe wie die Jahreszeiten und der Hunger, aber sie war erst dreizehn.

Naila begann wieder zu schluchzen, und auch in Gondas Gesicht zuckte es. Aber seine Stimme klang ruhig wie immer, als er sprach:

»Ich bin froh, daß du wach bist, Yori. Fühlst du dich kräftig genug, mir ein paar Fragen zu beantworten?«
Yori nickte, und auf Gondas Gesicht erschien ein unübersehbarer Ausdruck von Erleichterung. »Du hast von einem Reiter gesprochen«, sagte er. »Und an deiner Hand ist eine Wunde, die wirklich von einer Pfeilspitze stammen kann. Kannst du mir sagen, wie es passiert ist? Hat dieser Mann auf dich geschossen?«
Naila ließ ihre Hand los, fuhr mit einer ruckartigen Bewegung herum und funkelte den Stammesältesten zornig an. »Hör auf!« verlangte sie. »Kannst du nicht einmal jetzt aufhören? Kannst du sie nicht einmal jetzt in Ruhe lassen?«
»Es ist wichtig«, antwortete Gonda ruhig. »Sei vernünftig, Naila. Wenn wirklich jemand auf sie geschossen hat, dann müssen wir wissen, wer und warum. Wir können alle in Gefahr sein.« Er schwieg einen Moment, wandte sich wieder an Yori und streichelte ihr sanft mit der Hand über die Wange. »Hat jemand auf dich geschossen?« fragte er noch einmal.
Yori verneinte. »Es war ein Pfeil«, antwortete sie leise. »Aber der Mann hat... nichts damit zu tun. Ich... ich... habe mich selbst daran verletzt. Ich war ungeschickt. Ich wollte der Echse helfen, und...«
»Der Echse?« Gonda runzelte die Stirn.
»Eine Smaragdechse«, erklärte Yori. »Ich habe sie gesehen, als ich draußen am Rande der Wüste war und auf Beute gewartet habe.«
Gondas Stirnrunzeln vertiefte sich, aber er unterbrach Yori nicht mehr, sondern hörte stumm und reglos zu, während sie stockend die ganze Geschichte erzählte. Sie ließ nichts aus und erzählte auch, wie sonderbar sie sich gefühlt hatte, als sie der großen Wüstenechse gegenüberstand. Sie wußte, daß sie sich mehr als nur dumm oder leichtsinnig benommen hatte, aber sie wußte auch, daß Gonda sie nicht schelten würde und es jetzt keine Rolle mehr spielte.
»So war das also«, murmelte Gonda, als sie zu Ende gekommen war. »Und der Fremde hat dich nicht angegriffen?«
Für einen Moment überlegte Yori, ob sie Gonda erzählten sollte, daß er sie hatte schlagen wollen, und daß ihr die Echse zu Hilfe gekom-

men war. Aber dann tat sie es nicht. Das Ganze kam ihr einfach zu phantastisch vor. Sie war nicht einmal mehr sicher, ob sie es wirklich erlebt hatte oder ob ihr das Fieber nur Bilder vorgegaukelt hatte, die sie für wahre Erinnerungen hielt. So nickte sie.
»Du brauchst dir keine Sorgen zu machen. Niemand hat mich angegriffen. Ich war ungeschickt, das ist alles. Ich hätte damit rechnen müssen, daß der Pfeil vergiftet war.«
»Nein, Yori«, widersprach Gonda. »Das hättest du nicht. Es war nicht deine Schuld. Kein aufrechter Mann geht mit vergifteten Pfeilen auf die Jagd. Wir werden ihn suchen. Und wir werden ihn fragen, warum er mit vergifteten Pfeilen schießt, an denen ahnungslose Kinder sterben.«
»Hört auf!« sagte Yoris Mutter. Ihre Stimme bebte, und Yori spürte, daß sie kurz davor stand, Gonda anzuschreien, egal ob er der Sippenälteste war oder nicht. »Hör doch endlich auf, Gonda! Yori stirbt, und du redest über Ehre und aufrechte Männer. Du...«
»Bitte, Naila«, unterbrach Gonda sie sanft. »Beherrsche dich.«
Aber Yoris Mutter beherrschte sich nicht. Im Gegenteil sie sprang auf die Füße, trat einen Schritt auf Gonda zu und hob die Hände, als wolle sie mit Fäusten auf ihn einschlagen. »Beherrschen?« keuchte sie. »Ich soll mich beherrschen, sagst du? Ich will mich nicht mehr beherrschen, Gonda. Ich habe mich zu lange beherrscht. Ich habe geschwiegen, als wir in dieses verfluchte Land gekommen sind und Yoris Vater wegen eines Umhanges und einer silbernen Halskette von Räubern erschlagen wurde. Ich habe geschwiegen, als man uns alles genommen und wie die Bettler davongejagt hat, und ich habe nichts gesagt, als meine Kinder vor meinen Augen vor Hunger geweint haben. Jetzt will ich nicht mehr, Gonda. Ich habe nur diese beiden Kinder, und eines von ihnen muß sterben, und du verlangst von mir, daß ich mich beherrschen soll!«
»Ich verstehe deinen Schmerz«, sagte Gonda sanft. »Aber es ist der Wille der Götter, Naila, nicht der unsere.«
»Der Götter!« Naila schrie fast. »Wenn es so ist, dann verfluche ich deine Götter, Gonda! Sie haben mir fast alles genommen, was ich

hatte, und jetzt nehmen sie mir auch noch Yori. Was erwartest du? Daß ich stumm bleibe und warte, bis vielleicht auch noch Lana stirbt?«

»Versündige dich nicht«, sagte Ferai leise. »Der Ratschluß der Götter...«

»Ich verzichte auf eure Götter«, unterbrach Naila sie zornig. »Es sind nicht meine Götter, und wenn das, was ich bei euch kennengelernt habe, alles ist, was sie können, dann sind es schlechte Götter. Ich hasse sie, und ich hasse die Welt, die sie für euch erschaffen haben! Was ist das für ein Leben? Was ist das für eine Welt, in der ein Kind sterben muß, weil es einem verwundeten Tier helfen wollte?«

»Die einzige, die wir haben«, sagte Gonda leise. »Und wir müssen in ihr leben, auch wenn es manchmal hart ist. Ferai hat recht, Naila: Versündige dich nicht.«

Naila starrte ihn an. Ihre Lippen bebten, und ihre Finger hatten sich tief in den Stoff ihres Kleides gekrallt. Aber sie sagte nichts mehr, sondern blickte nur zornig von ihm zu Ferai und zurück.

»Es ist nicht der richtige Moment zum Streiten«, sagte Gonda schließlich. »Später, wenn dein Schmerz sich gelegt hat, reden wir über alles, Naila. Nicht jetzt.« Er atmete hörbar ein, wandte sich wieder an Yori und zwang sich zu einem Lächeln.

»Ich glaube, ich... ich habe mich ziemlich dumm benommen«, murmelte Yori, einfach nur, um irgend etwas zu sagen und die Situation zu entspannen. »Einem guten Jäger wäre das nicht passiert.«

Aber Gonda schüttelte den Kopf. »Du hast richtig gehandelt, der Echse zu helfen«, sagte er. »Wir leben von der Jagd, aber die Tiere sind auch unsere Freunde, und wir müssen ihnen helfen, wenn sie verletzt sind. Dich trifft keine Schuld.« Er setzte sich auf und tauschte einen langen, fragenden Blick mit Ferai, ehe er weitersprach: »Aber jetzt ist genug geredet. Ruh dich ein wenig aus. Schlaf.«

»Ich... will nicht schlafen«, murmelte Yori schwach. »Ich bin nicht müde.«

Gonda sah sie einen Herzschlag lang ernst an, dann stand er auf und trat zurück, und dann kniete Ferai neben Yoris Lager nieder. Ihre

dünnen, grauen Finger berührten Yoris Stirn genau zwischen den Augen. Yoris Haut begann zu kribbeln, wo die Fingerspitzen der alten Frau sie berührten.
»Schlaf«, befahl Ferai.
Yori schlief ein.

Sie träumte. Es war ein wirrer, vollkommen sinnloser Traum, in dem sich Landschaften und Bilder wild abwechselten und der immer wieder von langen Phasen voller Dunkelheit und Fieber unterbrochen wurde. Ein paarmal glaubte sie, sich selbst zu sehen, wie sie von einem namenlosen, schrecklichen Ding gejagt wurde und rannte und rannte, ohne wirklich von der Stelle zu kommen, dann wieder wurden die Bilder vollkommen sinnlos, zeigten Dinge, die es nicht gab, und Landschaften, die sie niemals erblickt hatte. Sie sah ein Land voller Feuer und großer, häßlicher Städte, eine Welt unter einem grauen, geduckten Himmel, an dem sich Flammen spiegelten und von dem gewaltige, schwarze Rauchwolken mit faserigen Händen zur Erde herabgriffen. Und immer wieder tauchte die Echse darin auf, die gewaltige, dunkelgrün gefleckte Smaragdechse, die sie am Waldrand getroffen hatte. Ihre Augen waren jetzt noch größer und klüger, und Yori spürte, daß das Tier ihr irgend etwas zu sagen versuchte, aber daß sie zu dumm oder vielleicht auch nur unfähig war, die Worte zu verstehen. Dann vermischten sich Traum und Wirklichkeit: Yori lag wieder in ihrem Zelt, sorgsam eingewickelt in Decken und Felle, und von draußen wehten noch immer der Feuerschein und das dumpfe Auf und Ab des Sterbegesanges herein, sie fror, und für einen Moment glaubte sie, wieder erwacht zu sein. Aber als sie die Lider hob, sah sie die Bernsteinaugen der Smaragdechse wie zwei schimmernde Kugeln aus Gold über sich schweben, und sie begriff, daß sie noch immer träumte. Sie wollte sprechen, aber sie konnte es nicht, und es war auch gar nicht nötig, weil die Echse in ihren Gedanken las und alles, was sie sagen wollte, schon vorher wußte.

Warum bist du gekommen? fragte Yori. Willst du sehen, wie ich sterbe, weil ein Mensch dir Schmerzen zugefügt hat und ich ein Mensch bin?

Sie war überhaupt nicht überrascht, als die Echse ihr antwortete, denn schließlich war sie sich ganz deutlich bewußt – dies war ein Traum, und im Traum vermögen auch die Tiere zu reden.
Nein, Yori, antwortete die Echse. Nicht deshalb. Ich weiß, daß ihr Menschen nicht alle gleich seid, sowenig, wie Tiere es sind. Ihr haltet uns für dumm, und manche von euch halten uns sogar für böse, aber wir sind weder das eine noch das andere. Ich bin nicht hier, um zu sehen, wie du stirbst. Du hast mir geholfen, als ich Schmerzen hatte, weil mich ein Mensch töten wollte, und nun helfe ich dir. Du wirst nicht sterben.
Die glühenden Augen der Smaragdechse schwebten ein Stück in die Höhe und zur Seite, und als Yori den Kopf drehte und ihnen folgte, sah sie, daß ihre Mutter noch immer zusammengekauert neben ihrem Lager hockte und eingeschlafen war.
Ich werde nicht sterben? Aber wie willst du mir helfen? fragte sie.
Ich schicke dir einen meiner Brüder, erwiderte die Echse. Hab keine Angst, kleine Yori. Er wird dir weh tun, aber nicht sehr, und hinterher wirst du gesund werden.
Wieder schwebten die glühenden Augen ein Stück zurück, hin zur anderen Seite des Zeltes. Yori hörte ein leises Rascheln, und als sie genauer hinschaute, sah sie, wie sich die Zeltplane bewegte und etwas Kleines, Schlankes darunter hindurchkroch. Es war ein Salamander; ein winziger, buntgemusterter Lurch, kaum so groß wie ihre Hand und von einer Art, wie sie sie noch nie gesehen hatte.
Strecke deine verletzte Hand unter der Decke hervor, sagte die Echse, und Yori gehorchte. Der Salamander kam mit schnellen, schlängelnden Bewegungen näher heran, blieb dicht vor ihren Fingern sitzen und starrte sie aus seinen kalten Augen an. Sein Mund öffnete sich, und Yori erblickte zwei Reihen winziger, nadelspitzer Zähnchen.
Warum tust du das? fragte sie, und die Echse antwortete: Weil du mir geholfen hast, Menschenkind. Ich schulde dir ein Leben. Und du darfst noch nicht sterben. Deine Aufgabe ist noch nicht erfüllt.
Yori verstand nicht, aber sie kam nicht dazu, die Echse nach dem Sinn ihrer Worte zu fragen, denn der Salamander bewegte sich noch

ein Stück weiter auf sie zu, hob den Kopf und berührte ihre Hand. Seine Haut war kalt und hart wie Glas, und Yori fuhr unwillkürlich zusammen und wollte die Hand zurückziehen, aber ihre Bewegung war zu langsam. Der Kopf des Salamanders zuckte vor, und die winzigen Zähnchen gruben sich tief in die Haut ihres Zeigefingers. Halt still, sagte die Echse, nur für eine kurze Weile. Es ist gleich vorbei. Yori gehorchte. Der Biß des Salamanders tat kaum weh, und sie war mehr vor Schrecken als vor wirklichem Schmerz zurückgezuckt. Etwas länger als eine Minute blieb das winzige Tierchen reglos stehen, dann löste es seine Fänge mit einer fast behutsamen Bewegung aus ihrer Haut, wandte sich um und huschte lautlos davon.

Schlaf jetzt, sagte die Smaragdechse. Schlaf und vergiß, was man dir angetan hat.

Yori fühlte sich fast augenblicklich schläfrig, und die Vorstellung kam ihr sonderbar vor, denn sie hatte niemals gehört, daß man im Traum müde sein konnte. Ihre Lider wurden schwer, und eine seltsame, wohlige Wärme breitete sich in ihrem Körper aus. Aber sie zwang sich, noch einmal den Kopf zu heben und die glühenden Goldaugen über sich anzublicken.

Werde ich dich wiedersehen? fragte sie.

Vielleicht, antwortete die Echse. Die Wege des Schicksals sind voller Geheimnisse, und das unsere und das eure sind enger miteinander verknüpft, als ihr Menschen ahnt. Ich werde dasein, wenn du Hilfe brauchst, ich und meine Brüder und Schwestern, Drachenkind. Vielleicht wird es bald sein, vielleicht nie. Und nun schlaf ein.

Zum zweiten Mal in derselben Nacht versank Yori in einen schweren, betäubenden Schlaf. Aber diesmal quälten sie keine Träume mehr.

Die Plane vor dem Zelteingang war geschlossen, aber durch das Rauchloch im Dach fiel ein breiter Streifen flimmernder Helligkeit herein und malte einen goldenen Fleck aus Licht auf den Boden.

Es war still; und es schien eine bange, fast erwartungsvolle Stille zu sein, die sich über dem Lager ausgebreitet hatte. Yori hörte das leise Rauschen des Windes in den Wipfeln der Bäume, die das hintere Drittel des Tales in einen schattigen Hain verwandelten, und das Murmeln von Stimmen. Es war nicht mehr der Sterbegesang, der Yori in den Schlaf gewiegt hatte, sondern nur noch ein murmelnder Chor, und auch das monotone Dröhnen der Trommeln war verstummt.

Die Sippe mußte die ganze Nacht gesungen und gebetet haben; jetzt waren alle müde und erschöpft, und so mancher von ihnen mochte insgeheim darauf warten, daß der graue Schnitter endlich sein Werk tat und sie aufhören konnten. Yori war schon ein paarmal bei solch einer Zeremonie dabeigewesen, seit sie alt genug war, um sie zu begreifen und nicht mehr zu stören, wie es die ganz kleinen Kinder manchmal taten, wenn ihnen die Zeit zu lang und sie des Sitzens und Singens überdrüssig geworden waren, und sie wußte, daß jeder von denen, die dort draußen ihre Nachtwache gehalten hatten, genauso gelitten hatte wie sie; vielleicht mehr. Die Sippe war mehr als eine Gruppe wandernder Nomaden, für die sie oft gehalten wurde; sie war eine einzige, große Familie, und daß nicht alle von ihnen wirklich miteinander verwandt waren, spielte dabei keine Rolle. Im letzten Sommer, als Borlo starb, der nach Gonda der zweitälteste Mann gewesen war, hatte Yori um ihn wie um einen Vater getrauert. Und nicht nur sie.

Yori vertrieb den Gedanken. Sie fühlte sich benommen. Auf ihrer

Zunge lag ein schlechter Geschmack, und ihre Haut klebte vor Schweiß. Es war warm im Zelt, und unter den Decken, die jemand sorgfältig über sie gebreitet hatte, beinahe unerträglich heiß. Trotz des Singsanges der anderen und des Raunens des Waldes hatte eine eigentümliche Stille vom Zelt Besitz ergriffen, als wäre das kleine Rund aus gegerbtem Leder und Holz schon Teil einer anderen Welt, die mit der draußen nichts zu tun hatte.

Yori war allein. Der Platz neben ihrem Lager war verwaist, und auch die Stimmen, die sie hörte, kamen nicht aus der Nähe des Zeltes, sondern von irgendwo am anderen Ende des Lagers. Sie wußte, daß auch dies zur Sterbezeremonie gehörte: Wenn sich ein Mitglied der Sippe bereitmachte zu gehen, dann ließen sie es allein – nicht aus Furcht oder gar Feigheit, sondern aus Respekt vor dem Tod.

Fast eine Minute blieb Yori mit geschlossenen Augen liegen und versuchte, Ordnung in ihre Gedanken zu bringen. Sie fühlte sich verwirrt; hinter ihrer Stirn purzelten allerlei Bilder durcheinander, und für einen Moment wußte sie nicht zu sagen, was von alledem, woran sie sich zu erinnern glaubte, nun Wirklichkeit und was Traum gewesen war, und sie mußte plötzlich daran denken, was Gonda in der Nacht zu ihr gesagt hatte: daß die Schmerzen und das Fieber vergehen würden und sie sich vielleicht sogar kräftig genug fühlen würde, aufzustehen. Für einen Moment fragte sie sich, ob es das war, was sie fühlte: nichts als ein letzter, grausamer Scherz des Schicksals, eine Hoffnung, die es erweckte und nicht erfüllen würde. Aber gleichzeitig fühlte sie, daß es nicht so war. Sie war nicht mehr krank. Der grausame Schmerz und das Fieber waren erloschen, und auch die Dunkelheit, die sich in ihren Gedanken breitgemacht hatte, war gewichen, als wäre sie nichts als ein böser Traum gewesen. Vielleicht war in Wahrheit *alles* nichts als ein Traum gewesen.

Yori setzte sich etwas auf, schlug die Decken ein wenig zurück und hob langsam den rechten Arm. Ihre Hand war dick mit Stoff und den dunkelgrünen, fleischigen Blättern des Heilbaumes umwickelt, so daß sie wie ein unförmiger Klumpen aussah, und als Yori versuchte, den Finger zu bewegen, war das einzige Ergebnis ein dumpfer, po-

chender Schmerz, der sich bis über den Ellbogen hinaufzog. Also war es kein Traum gewesen. Sie hatte alles wirklich erlebt: Die Smaragdechse, der Pfeil und das Gift, das durch ihre Unvorsichtigkeit in ihr Blut geraten war, und sie lag hier, weil ihre Mutter und Gonda und die Sippe darauf warteten, daß sie starb.
Aber sie fühlte sich nicht so, als würde sie sterben. Eigentlich fühlte sie sich nicht einmal krank, sondern allenfalls ein wenig müde; benommen, als hätte sie zu lange geschlafen.
Yori setzte sich ganz auf, schlug die Decken vollends zurück und zog die Knie an den Körper. Jemand hatte sie ausgezogen und ihr statt des ledernen Jagdgewandes das weiße, seidene Hemd übergestreift, das jedes Sippenmitglied besaß und das sonst nur zu besonders festlichen Gelegenheiten getragen wurde: etwa beim Frühlingsfest, zur Geburt eines Kindes – oder wenn jemand starb. Ihr Blick tastete über den Boden und blieb an einer Ansammlung irdener Gefäße haften, die neu waren. Ihre Ränder waren mit eingetrockneter Farbe bekleckst, und ein leichter Ölgeruch hing in der Luft. Yori schauderte. Hätte es außer ihrer verbundenen Hand noch eines Beweises bedurft, daß sie nicht geträumt hatte, dann hätte sie ihn jetzt gehabt. Das halbe Dutzend Töpfe war der größte Schatz der Sippe: Sie enthielten Farben, die aus der heiligen Erde von Yarman gewonnen waren und nur benutzt werden durften, um einen Toten für seinen letzten Weg zu schmücken.
Hastig wandte Yori den Blick ab, um die Töpfe nicht mehr ansehen zu müssen, streifte das weiße Seidenhemd über den Kopf und warf es achtlos in eine Ecke. Ihr Blick suchte einen Punkt an der Rückseite des Zeltes, und für einen Moment erwartete sie beinahe, die Spuren des kleinen, roten Salamanders zu sehen, der gekommen war, um das Gift aus ihrem Blut zu saugen. Aber der Zeltboden war glatt und sauber. Sie lächelte. Natürlich würde sie keine Spuren finden – dieser Teil ihrer Erinnerung war tatsächlich ein Traum.
Aber war er das wirklich? Yori war sich nicht ganz sicher – sie hatte das Gift in ihren Adern gespürt, und die sanfte Erschöpfung, die sie noch jetzt fühlte und die ihre Glieder – wenn auch auf durchaus

wohltuende Weise – schwer sein ließ, war die Folge des Fiebers, das ihre Lebenskraft angegriffen hatte. Gonda hätte nicht so zu ihr gesprochen, wie er es getan hatte, wenn er auch nur die geringste Hoffnung gehabt hätte, sie zu retten. Und Ferai hatte sich noch nie geirrt, solange sich Yori erinnern konnte. Sie war eine sonderbare alte Frau, verbittert und hart und vielleicht auf ihre Art sogar ein bißchen verrückt, aber sie war die beste Heilmutter, die die Sippe jemals gehabt hatte, und wenn sie sagte, daß es keine Rettung mehr gab, dann *gab* es mit irdischen Mitteln keine Rettung mehr.
Yori hob noch einmal die Hand vor die Augen und betrachtete sie kritisch. Der Verband war frisch und mit großem Geschick angelegt, und die Haut, die hier und da zu sehen war, war zwar noch bleich und irgendwie teigig, aber nicht mehr so rot und geschwollen wie am vergangenen Abend. Vielleicht hatte Ferai es doch noch geschafft, das Fieber zu besiegen.
Yori verschob die Lösung dieses Rätsels auf später, stand ganz auf und machte einen vorsichtigen Schritt. Sie war noch ein wenig wakkelig auf den Beinen, und als sie sich nach ihrem Kleid bückte und es überstreifte, wurde ihr schwindelig, aber das war alles. Sie zog sich ganz an, band ihren Gürtel um und legte auch ihren Totembeutel und die lederne Messerscheide an, was mit nur einer Hand gar nicht so einfach war, dann füllte sie die Trinkschale zwei Finger breit mit Wasser und trank. Aber durch das Fieber hatte ihr Körper sehr viel Flüssigkeit verloren, so daß sie noch genauso durstig war wie zuvor. Doch Wasser war kostbar, und Yori verzichtete darauf, die Schale ein zweites Mal zu füllen, und stellte sie sorgsam wieder auf ihren Platz und ging zum Ausgang.
Als sie die Hand nach der Zeltplane ausstreckte, erklangen von draußen schnelle Schritte, dann wurde der Eingang aufgeschlagen, und die Gestalt ihrer Mutter erschien als schwarzer Schatten in dem sonnenerfüllten Dreieck.
Für einen Moment fühlte sich Yori hilflos. Ihre Mutter erstarrte, und obwohl ihr Gesicht gegen den hell erleuchteten Hintergrund nichts als ein flacher, schwarzer Schatten war, konnte Yori deutlich erken-

nen, wie sie erschrak. Nailas Hände öffneten sich. Die Schale, die sie darin getragen hatte, polterte zu Boden, aber sie merkte es nicht einmal.
»Yori!« entfuhr es ihr. »Du...« Sie keuchte, war mit einem Satz bei ihr und schloß sie beinahe schmerzhaft fest in die Arme. »Bei den Göttern, Kind, du darfst nicht aufstehen!« sagte sie.
Yori löste behutsam die Hände von ihren Schultern, trat einen Schritt zurück und sah ihrer Mutter fest in die Augen. »Du brauchst keine Angst mehr zu haben, Mutter«, sagte sie leise. »Ich bin gesund. Wirklich«, fügte sie mit einem halbwegs gelungenen Lächeln hinzu.
»Du...« Ihre Mutter stockte, richtete sich mit einer beinahe komisch aussehenden, abrupten Bewegung auf und betrachtete Yori mit einer Mischung aus Schrecken und immer stärker werdender Verwirrung.
»Ich bin gesund«, sagte Yori noch einmal. »Wirklich.« Sie lächelte erneut, hob den rechten Arm und deutete mit einer Kopfbewegung auf die verbundene Hand. »Sieh. Es ist alles in Ordnung.«
Naila begann zu zittern. Ihre Hände waren noch immer erhoben und in einer erstarrten, halb zupackenden Bewegung geöffnet, und der Schrecken in ihren Zügen vermischte sich mit langsam aufkeimender, mit Furcht gemischter Hoffnung.
»Yori«, murmelte sie. »Du... du...« Plötzlich, als hätte sie erst jetzt wirklich begriffen, was geschehen war, schrie sie auf, schloß ihre Tochter in die Arme und preßte sie an sich, so fest, daß Yori für einen Moment kaum mehr Luft bekam. »Yori«, schluchzte sie. »Meine liebe, kleine Yori. Du lebst und bist gesund. Es ist ein Wunder!« Sie schluchzte ungehemmt, aber es waren jetzt Tränen der Freude, die über ihr Gesicht rannen, und ehe Yori sich versah und sich dagegen wehren konnte, hob sie sie wie ein kleines Kind in die Höhe und trug sie auf den Armen aus dem Zelt. Yori strampelte mit den Beinen und versuchte, die Umarmung zu lösen, aber ihre Mutter merkte es nicht einmal. Mit weit ausgreifenden Schritten lief sie den Hang hinab und auf den Kreis der Singenden zu. Ein paar Stimmen brachen plötzlich ab; zwei, drei Köpfe hoben sich, und auf den Gesichtern, die bisher

von Müdigkeit und Erschöpfung gezeichnet gewesen waren, erschien ein Ausdruck von Verblüffung und Schrecken.
»Ferai!« rief Naila. »Gonda! Lana! Seht! Yori ist gesund! Es ist ein Wunder. Sie lebt!«
Yori hatte es endlich geschafft, den Griff ihrer Mutter so weit zu lokkern, daß sie zwischen ihren Armen hindurchschlüpfen und die Füße auf den Boden stellen konnte: Mit einer letzten Bewegung, die ihre Mutter fast aus dem Gleichgewicht brachte, löste Yori ihre Hände völlig und blieb neben ihr stehen.
Gonda, Ferai und ein paar der anderen erhoben sich von ihren Plätzen und kamen auf sie zu, blieben jedoch stehen, als Gonda mit einer stummen, befehlenden Geste die Hand hob. Ein beinahe geisterhaftes Schweigen breitete sich auf dem halbrunden Platz aus. Auch die letzten Stimmen waren jetzt verstummt, und auch das Rascheln des Windes schien plötzlich leiser, als halte selbst die Natur den Atem an.
»Yori?« murmelte Gonda verwirrt. Zum zweiten Male innerhalb weniger Stunden sah Yori den weißhaarigen Sippenältesten ratlos und verstört. In seinen Zügen zeigte sich Überraschung und Freude, wie auf denen der anderen, aber auch ein Ausdruck von Sorge, ja, beinahe Angst.
»Sie lebt, Gonda!« sagte Naila aufgeregt. »Sie lebt und ist gesund. Sieh! Sieh dir ihren Arm an! Das Gift hat seine Wirkung verloren!«
Gonda schwieg, aber statt seiner trat Ferai mit einem raschen Schritt heran, sah Yori einen Herzschlag lang prüfend ins Gesicht und streckte schließlich fordernd die Hand aus. Yori hob gehorsam den Arm und ließ es zu, daß die greise Heilmutter den Verband entfernte und ihre Hand untersuchte. Sie war dabei alles andere als behutsam und drückte und knetete auf den Fingern herum, daß Yori am liebsten vor Schmerzen aufgeschrien hätte. Aber sie schluckte tapfer jeden Laut hinunter, auch wenn ihr die Berührung von Ferais Fingern fast die Tränen in die Augen trieb. Endlich – nach einer Ewigkeit, wie es Yori vorkam – ließ Ferai ihre Hand los und begann ihren Körper, ihren Hals und ihre Achselhöhlen abzutasten. Schließlich

ließ sie sich noch vor Yori auf die Knie sinken, hob ihre Augenlider mit dem Daumen an und musterte ihre Pupillen. Erst dann stand sie auf, trat kopfschüttelnd zurück und wandte sich an Gonda.
»Es stimmt«, sagte sie. »Sie ist gesund. Noch ein bißchen schwach, aber gesund. In ein paar Tagen wird sie nichts mehr spüren.«
»Aber wie ist das möglich?« wunderte sich Gonda. »Noch heute nacht hast du gesagt...«
»Ich weiß, was ich gesagt habe«, unterbrach ihn Ferai. Obgleich der Gedanke Yori fast absurd vorkam, glaubte sie einen schwachen Unterton von Zorn in der Stimme der Heilmutter zu hören. »Aber das war heute nacht. Du hast sie selbst gesehen, und du weißt so gut wie ich, wie das Pfeilgift wirkt. Aber jetzt sehe ich ein gesundes Mädchen vor mir stehen. Ich kann es mir ebensowenig erklären wie du. Vielleicht«, fügte sie nach einer winzigen Pause und mit einem raschen Seitenblick auf Yoris Mutter hinzu, »haben die Götter ein Einsehen gehabt und ein Wunder bewirkt.«
Gonda schien für einen Moment noch verwirrter zu sein; er wirkte beinahe hilflos. Aber dann straffte er sich, und an die Stelle der Sorge in seinen Zügen trat vorsichtige Erleichterung. »Was auch immer geschehen sein mag«, sagte er, »ist im Moment unwichtig. Yori lebt, und das allein zählt.« Er lächelte, trat wieder auf Yori zu und umarmte sie und ihre Mutter gleichzeitig, ehe er wieder zurücktrat und mit erhobener Stimme weitersprach: »Räumt die Todestrommel fort! Wir brauchen sie nicht mehr. Und bereitet ein Opfer vor! Heute abend, wenn die Sonne untergeht, werden wir ein Fest feiern und den Göttern dafür danken, daß sie uns Yori gelassen haben!«
Plötzlich brach Jubel aus. Von einem Moment auf den anderen sah sich Yori von der ganzen Sippe umringt und bejubelt. Hände griffen nach ihr und betasteten sie, als müßten sie sich davon überzeugen, daß sie echt und nicht etwa ein Trugbild wäre, sie wurde geküßt und gedrückt, und auf einen Zuruf hin hoben Alys und Handari sie in die Höhe und trugen sie in einer Art Triumphzug drei- oder viermal um den Platz, ehe sie sie endlich wieder absetzten. Yori war vollkommen verwirrt – sie wurde gefeiert, als wäre sie ein Held, und dabei hatte sie

doch nichts anderes getan, als sich ziemlich dumm zu benehmen, und einfach Glück gehabt. Aber es dauerte nicht lange, bis die ausgelassene Stimmung auch auf sie übergriff und sie wie die anderen lachte und schrie, bis sie vollkommen außer Atem war.

Schließlich sorgte Gonda mit einem lauten Ruf für Ruhe. »Genug jetzt!« sagte er. »Wir alle haben Grund, den Göttern dankbar zu sein, aber Yori ist noch immer etwas vom Fieber geschwächt, vergeßt das nicht. Wir sollten ihr jetzt die Ruhe lassen, die sie braucht.«

Yori war ihm dankbar für diese Worte. Sie fühlte sich tatsächlich wieder sehr schwach, und hätte ihre Mutter nicht so dicht neben ihr gestanden, daß sie sich insgeheim an ihrem Rockzipfel festklammern konnte, hätte sie wahrscheinlich kaum mehr die Kraft gehabt, sich auf den Beinen zu halten. Ihr Herz jagte, und ein ganz kleines bißchen fühlte sie sich schwindelig.

»Geht!« sagte Gonda noch einmal. »Wir sind alle müde und brauchen Ruhe.«

Die Sippe gehorchte, wenn auch zögernd; nur die siebenjährige Esta blieb weiter neben Yori stehen und musterte sie auf ihre altkluge Art, bis Gonda sie mit einem übertrieben geschauspielerten, bösen Blick davonscheuchte und sich an Naila wandte: »Nimm deine Tochter und geh zurück in dein Zelt, Ferai und ich werden dich begleiten.«

Yori sah, wie ihre Mutter unmerklich zusammenfuhr, als Gonda den Namen der Heilmutter erwähnte, aber sie schwieg, und so wandte Yori sich gehorsam um und ging zwischen ihrer Mutter und Gonda zurück zum Zelt. Ferai folgte ihnen in großem Abstand, und kurz bevor sie das Zelt erreichten, kam Yoris Halbschwester Lana quer über den Platz gelaufen und gesellte sich zu ihnen.

Gonda war der erste, der das Zelt betrat. Gebückt trat er durch den Eingang, hielt die Plane mit der Hand zurück und wartete, bis die greise Heilmutter herangeschlurft war. »Lana«, sagte er leise, »geh hinaus.«

Yori runzelte die Stirn, und auch auf dem Gesicht ihrer Schwester erschien ein halb fragender, halb ungläubiger Ausdruck. »Ich soll...«

»Geh«, sagte Gonda noch einmal, und dieses Mal war der scharfe,

von allen im Lager gefürchtete Ausdruck in seiner Stimme. »Ich habe mit deiner Mutter und Yori zu reden«, sagte er streng. »Und es sind keine Dinge, die Kinderohren etwas angehen.«
Lana starrte ihn einen Moment lang trotzig an, drehte sich aber dann gehorsam um und ging. Gonda sah ihr schweigend nach, bis er sicher war, daß sie seinem Befehl gehorchte und nicht etwa zurückkam, um zu lauschen. Sorgfältig verschloß er die Zeltplane, bedeutete Ferai, Naila und Yori mit einer stummen Geste, sich zu setzen, und nahm dann ebenfalls mit untergeschlagenen Beinen auf einer der Lagerstätten Platz.
»Zeig deinen Arm«, verlangte er.
Yori tauschte einen verwunderten Blick mit ihrer Mutter und stand wieder auf, um Gondas Befehl zu gehorchen. Wie zuvor Ferai untersuchte der Sippenälteste Yoris Hand beinahe übergründlich, blickte ihr auch in die Augen und knetete und befühlte ihre Arm- und Halsvenen, ehe er sie endlich entließ.
»Du bist gesund«, sagte er, aber etwas an der Art, wie er die Worte aussprach, gefiel Yori gar nicht. Er klang nicht nur scheinbar besorgt. »Du bist gesund«, wiederholte er, »und das, obgleich du noch vor sechs Stunden im Sterben lagst.« Er wandte sich an Ferai. »Wie kann das angehen, Ferai?« fragte er.
Die Heilmutter starrte erst ihn, dann Yori und anschließend deren Mutter an, ehe sie antwortete. »Ich weiß es nicht«, sagte sie. »Ich weiß es ebensowenig wie du. Vielleicht war sie nicht so krank, wie sie uns glauben gemacht hat, oder sie ist...«
»Vielleicht?« unterbrach sie Gonda. Seine Augen wurden schmal, und auf seinem Gesicht erschien ein Ausdruck, den Yori im ersten Moment für Zorn hielt, bis ihr klar wurde, daß es in Wahrheit tiefe Sorge war. *»Vielleicht,* Ferai?« wiederholte er mit sonderbarer Betonung. »Du hast mich wegen eines ›Vielleicht‹ glauben lassen, daß sie stirbt?«
»Ich war sicher«, fuhr Ferai auf. Ihr zahnloser Mund preßte sich zu einem schmalen, von Falten gesäumten, zornigen Strich zusammen. »Du kennst das Pfeilgift, und...«

»Ich kenne auch dich, Ferai«, unterbrach Gonda sie erneut. »Du hast dich noch nie getäuscht, nicht so.«
»Und ich habe mich auch diesmal nicht getäuscht«, behauptete Ferai. Ihre Stimme, ohnehin mit dem Alter zu einem Fisteln entstellt, überschlug sich fast. »Sie war todkrank, das hast du gesehen! Es ist ein Wunder, mehr kann ich dazu nicht sagen. Warum greifst du mich an? Warum freust du dich nicht einfach, daß sie leben wird?«
»Du bist unsere Heilmutter, Ferai«, sagte Gonda ernst. »Ich kenne dich, solange ich mich zurückerinnern kann. Du bist ein wichtiges Mitglied der Sippe, vielleicht wichtiger als alle anderen. Wir können ohne Ältesten auskommen, und wir können selbst auf unsere besten Jäger verzichten, aber nicht auf unsere Heilmutter. Wenn du anfängst, dich zu irren...«
»Ich habe mich nicht geirrt!« behauptete Ferai.
»... dann solltest du anfangen, dich nach einer Nachfolgerin umzusehen«, fuhr Gonda unbeirrt fort. Er schwieg einen Moment, sah Ferai ernst an und lächelte plötzlich, wohl, um seinen Worten etwas von ihrer Schärfe zu nehmen. »Bitte, Ferai, versuche mich zu verstehen. Wir haben die Todestrommel geschlagen. Ich habe diesem Kind sagen müssen, daß es sterben muß, und seiner Mutter, daß sie ihre Tochter verliert. Muß ich dir erklären, daß sich die Sippe solche Irrtümer nicht leisten kann?«
Ferai spie aus. Ihr faltiges Gesicht verzerrte sich zu einer Grimasse. »Ich habe mich nicht geirrt«, wiederholte sie stur. Ihr dürrer Zeigefinger stach wie ein Dolch in Nailas Richtung. »Frag sie!« stieß sie hervor. »Frag doch diese Hexe, was sie getan hat. Yori lag im Sterben, als ich sie das letzte Mal gesehen habe. Der einzige Mensch, der danach noch bei ihr war, war sie. Vielleicht hat sie einen Teufel beschworen, um ihre Tochter zu retten.«
Yori erschrak, aber sie kam nicht dazu, irgend etwas zu sagen. Ihre Mutter sog hörbar Luft ein, ballte kurz und heftig die Fäuste und legte in einer unbewußten, beschützenden Geste den Arm um Yoris Schultern.
»Das ist Unsinn«, antwortete sie. »Du kennst mich seit zehn Jahren,

Gonda. Du weißt, daß ich ebensowenig eine Hexe bin wie du oder Ferai oder irgendein anderer.«
»Aber ich weiß auch, daß deine Tochter jetzt tot sein müßte«, entgegnete Gonda ernst. »Wenn du irgend etwas getan hast, das...«
»Ich habe nichts getan«, unterbrach ihn Naila. Ihre Stimme klang jetzt beinahe verzweifelt. »Ich... ich habe gebetet, so wie ihr alle, die ganze Nacht über.«
»Gebetet? Ferai beugte sich ein Stück vor. »Zu welchen Göttern, Naila? Zu unseren – oder zu den Gottheiten deiner Heimat?«
»Zu beiden!« antwortete Naila erregt. »Zu euren und meinen und allen anderen, von denen ich je gehört habe. Ich habe sie angefleht, mir nicht meine Tochter zu nehmen, und das ist alles. Willst du mir verbieten, für meine Tochter zu beten? Und willst du mir verbieten, mich an meine Götter zu wenden, wenn die euren versagen?«
»Das kommt darauf an, an wen du deine Gebete richtest«, sagte Ferai böse. »Es gibt Mächte, die...«
»Genug!« Gondas Stimme klang scharf. Sein Blick sprühte. »Gestern abend habe ich dir verziehen, Naila, weil du erregt warst, aber jetzt befehle ich dir aufzuhören. Du lebst wie eine von uns bei der Sippe, und du wirst unseren Glauben respektieren, solange du bei uns bist. Und du, Ferai, wirst aufhören, dein Versagen auf eine andere abwälzen zu wollen.« Er schwieg einen Moment, sah die beiden Frauen scharf an und wandte sich an Yori.
»Vielleicht weißt du etwas«, sagte er. »Gibt es etwas, was du uns bisher verschwiegen oder vielleicht einfach vergessen hast?« Er lächelte, als er sah, wie Yori zusammenfuhr. »Ich glaube, du bist alt und vernünftig genug, um zu verstehen, warum ich diese Frage stellen muß, Yori. Es ist wichtig für mich, und vielleicht für die ganze Sippe. Du brauchst keine Angst zu haben, daß ich dich oder deine Mutter bestrafe. Ich will es nur wissen. Gibt es noch etwas, was ich und Ferai nicht wissen?«
Ja, dachte Yori bedrückt, es gab etwas. Aber sie war viel zu verwirrt – und zu verängstigt –, um auch nur einen Laut hervorzubringen. Und es hätte sowieso keinen Zweck gehabt, Gonda von ihrem Traum –

von dem sie mittlerweile gar nicht mehr so sicher war, daß es wirklich ein Traum gewesen war – zu erzählen. Sie wußte ja selbst nicht, was sie glauben sollte, wie konnte sie da erwarten, daß Gonda oder gar Ferai ihr glauben würden? Nein, alles, was sie erreichen würde, wäre, ihre Mutter noch mehr in Schwierigkeiten zu bringen. Sie verstand sowieso nicht, wieso Ferai ihre Mutter plötzlich so angriff, aber sie ahnte, daß die Heilmutter die Geschichte ihres Traumes wahrscheinlich zum Vorwand nehmen würde, Naila erneut Hexerei und Gotteslästerung vorzuwerfen. So schüttelte Yori nur den Kopf, senkte den Blick und preßte sich schutzsuchend an ihre Mutter.

Gonda atmete hörbar ein. Er wirkte enttäuscht. »Nun gut«, sagte er. »Wir werden es jetzt nicht klären, und vielleicht nie. Vielleicht«, fuhr er nach einer Pause, an Ferai gewandt und in eindeutig warnendem Tonfall, fort, »belassen wir es einfach dabei, es als das zu nehmen, was es ist, nämlich ein Wunder, und den Göttern zu danken.«

Ferai lachte böse. »Sicher. Es fragt sich nur, welchen Göttern.«

Zu Yoris Überraschung reagierte Gonda nicht auf die Worte der Heilmutter, sondern stand mit einer raschen Bewegung auf und ging zum Ausgang. Er wartete, bis sich Ferai erhoben und das Zelt verlassen hatte, nickte Naila zum Abschied zu und ging ebenfalls.

Yori starrte ihm nach, bis seine Schritte vor dem Zelt verklungen waren, dann sah sie zu ihrer Mutter empor. Nailas Gesicht wirkte gefaßt, aber Yori spürte, wie schwer es ihrer Mutter fiel, wenigstens äußerlich Ruhe zu bewahren. Hinter der Maske, in die sich Nailas Züge verwandelt hatten, brodelte es.

»Was... was bedeutet das alles?« fragte Yori hilflos. »Warum ist Ferai so feindselig, und was hat sie damit gemeint, deine Götter?« Sie schüttelte verwirrt den Kopf, fuhr sich mit den Fingern durch das Haar und sah ihre Mutter fragend an.

»Was es bedeutet?« Naila blickte auf ihre Hände, aber in Wahrheit schien sie etwas ganz anderes zu sehen, und ihre Stimme klang, als spräche sie im Traum. »Das, was ich all die Jahre über befürchtet habe, Yori«, sagte sie. »Ich habe gewußt, daß es eines Tages passieren würde, aber...«

»Was hat Gonda gemeint?« fragte Yori. »Warum hat er gesagt, wir sollen ihre Götter respektieren, solange wir bei ihnen leben? Sind es denn nicht unsere?«
Naila lächelte traurig. Langsam hob sie die Hand und strich Yori über das Haar, wie man es bei ganz kleinen Kindern tut. »Nein, Yori«, sagte sie. »Das sind sie nicht. Wir... wir gehören nicht zur Sippe, weißt du? Nicht so wie Gonda und Ferai und all die anderen.«
»Wir gehören nicht zur Sippe?« wiederholte Yori. Sie verstand nichts mehr. Irgendwie keimte in ihr ein Verdacht auf, eine vage Vorstellung von dem, was ihre Mutter ihr hatte sagen wollen, aber sie wehrte sich mit aller Kraft gegen den bloßen Gedanken.
»Oh, natürlich gehören wir zu ihnen«, sagte Naila. »Wir leben unter ihnen, und sie behandeln uns wie Mitglieder der Familie, aber eigentlich gehören wir doch nicht dazu. Du und ich, Yori, wir sind Fremde für sie, und ich fürchte, wir werden es immer bleiben.« Sie lächelte, aber auf ihren Wangen glitzerten Tränen. »Du weißt, daß dein Vater starb, ehe du ein Jahr alt warst?«
Yori nickte. Sie hatte niemals viel über ihren Vater erfahren, denn sie hatte schon als kleines Kind aufgehört, sich nach ihm zu erkundigen, weil sie schon damals gespürt hatte, daß ihre Mutter immer sehr traurig wurde, wenn sie eine entsprechende Frage stellte. Aber sie wußte, daß er von Wegelagerern getötet worden war. Lana war nur ihre Halbschwester, und auch *ihr* Vater war gestorben, Monate, bevor sie überhaupt das Licht der Welt erblickt hatte. Danach hatte ihre Mutter keinen neuen Mann genommen, obwohl es in der Sippe mindestens zwei gegeben hatte, die um sie warben. Aber sie hatte Angst, auch den dritten Mann zu verlieren und den Schmerz, der ihr zweimal fast das Herz gebrochen hatte, ein weiteres Mal zu fühlen.
»Aber du weißt nicht, daß dein Vater kein Mitglied der Sippe war«, sagte ihre Mutter. »So wenig wie ich. Wir sind nicht in der Sippe geboren, nicht einmal in diesem Land. Wir waren auf einer Reise, als uns die Räuber überfielen, und du und ich waren die einzigen, die das Gemetzel überlebten. Ich wurde verletzt, aber ich konnte mit dir fliehen, und Gonda und Kahn fanden uns, ehe uns die Räuber einho-

len und das zu Ende bringen konnten, was sie begonnen hatten. Seither leben wir bei der Sippe.«

Yori starrte sie an. Die Worte ihrer Mutter trafen sie wie ein Schlag ins Gesicht. Sie sollte kein echtes Mitglied der Sippe sein? Sie, die seit sie denken konnte, jede Sekunde ihres Lebens bei der Sippe verbracht hatte, in ihr aufgewachsen und zu einer Jägerin geworden war, deren Geschick selbst die Erwachsenen respektierten, sie sollte eine *Fremde* sein?

»Aber das ist...«, stotterte sie. »Das... das...«

»Das ist die Wahrheit, Yori«, sagte ihre Mutter leise. »Ich wollte es dir sagen, aber später und unter anderen Umständen. Wir gehören nicht zu ihnen. Vielleicht hätten sie es vergessen, wenn du einmal alt genug gewesen wärst, einen der Jungen zu heiraten, aber jetzt...« Sie brach ab, seufzte schmerzlich und begann die Hände zu ringen. »Es tut mir leid«, sagte sie. »Es tut mir leid, Yori, daß du es so erfahren mußtest. Aber vielleicht ist es auch gut so.«

Yori schwieg. Sie wußte, daß sie das, was sie gerade erlebt und gehört hatte, noch lange nicht wirklich verstehen würde. Es würde ein langer und schmerzhafter Weg sein, bis sie wirklich begriffen hätte. Und sie war sich nicht ganz sicher, ob sie es überhaupt wollte.

»Und was... was geschieht jetzt?« fragte sie stockend. »Ich meine... müssen wir... müssen wir fort?«

Ihre Mutter sah auf, lächelte traurig und strich ihr über das Haar. »Natürlich nicht«, sagte sie. »Es wird sich nichts ändern. Wir werden hierbleiben, und wir werden weiter unter ihnen leben, wie bisher. Ferai wird sich beruhigen, und in ein paar Tagen ist alles vergessen. Und ich werde mich an den Gedanken gewöhnen, eine Fremde zu bleiben. Für eine Weile hatte ich es vergessen, aber...«

Sie sprach nicht weiter. Yori blickte sie gleichermaßen verwirrt wie bestürzt an, stand schließlich auf und ging unsicher zum Ausgang. Als sie das Zelt verließ, sah sie, wie ihre Mutter die Hände vor das Gesicht schlug und lautlos und krampfhaft zu schluchzen begann.

Das Lager hatte sich vollkommen verändert, als Yori aus dem Zelt kam. Der größte Teil der Sippe war in den Zelten verschwunden, um auszuruhen, und ein paar waren wohl trotz der durchwachten Nacht, die sie hinter sich hatten, noch zur Jagd oder zur Wassersuche aufgebrochen, um zumindest einen Teil der verlorenen Zeit aufzuholen. Über dem halbrunden Platz aus festgestampftem Lehm lag eine sonderbare, erschöpfte Stille. Der Gedanke erschien Yori fast absurd, aber wahrscheinlich war sie die einzige, die in dieser Nacht wirklich ausreichend geschlafen hatte.

Aber hatte sie denn geschlafen? Hinter ihrer Stirn herrschte noch immer ein heilloses Chaos, und sie wußte weniger denn je, was nun Traum und was Wirklichkeit gewesen war. Langsam und eigentlich ohne wirklich zu wissen, warum, hob sie die rechte Hand vor die Augen und betrachtete ihre Finger.

Die Wunden waren da: zwei kleine, punktförmige Einstiche wie von feinen Nadeln, direkt über dem Nagelbett ihres Zeigefingers, und für einen Moment glaubte sie wieder die Berührung der kalten, glatten Haut des Salamanders zu spüren. Ein rascher, eisiger Schauer lief über ihren Rücken. War es doch kein Traum gewesen? War es wirklich alles *wahr?*

Yori fühlte sich hilflos wie niemals zuvor in ihrem Leben. Sie glaubte den Boden unter den Füßen zu verlieren, und am liebsten hätte sie vor Verwirrung und Furcht geweint. Aber natürlich tat sie es nicht, sondern beherrschte sich, wie sie es gelernt hatte. Natürlich hatte sie Geschichten von Zauberei und Magie, von verwunschenen Tälern und sprechenden Tieren, von guten und bösen Geistern und Wundern gehört; sie wurden oft und gerne erzählt, im Winter, wenn die Abende lang und kalt waren und sie unter ihren Decken bei den

Feuern saßen und warteten, daß die Kälte ging. Aber das waren *Geschichten,* Märchen, nicht mehr.
Und doch waren die Bißwunden an ihrer rechten Hand, und sie hatte die Stimme der Smaragdechse gehört und den Salamander gesehen, den jene geschickt hatte.
Yori zitterte. Mühsam hob sie den Kopf und blickte zu den Bäumen am Ende des Tales hinüber, als erwarte sie, die Echse dort sitzen zu sehen, zur Bestätigung, daß sie nicht verrückt und alles wahr war. Statt dessen sah sie Gonda. Der weißhaarige Sippenälteste stand am Ausgang des Tales und sprach leise mit Kahn, seinem jüngeren Bruder und Jagdmeister der Sippe. Yori konnte nicht verstehen, was sie redeten, aber Gonda deutete ein paarmal nach Osten, in Richtung Wüste und Waldrand, und Kahn nickte schließlich und entfernte sich mit raschen Schritten. Er hatte weder Bogen noch Schleuder bei sich, und Yori fragte sich, welchen Auftrag Gonda ihm wohl erteilt haben mochte, daß er ohne Waffen das Lager verließ.
Sie wartete, bis sich Gonda umwandte, um zu seinem Zelt zu gehen, lief rasch zu ihm und vertrat ihm den Weg. Auf Gondas Stirn erschien ein mißbilligendes Stirnrunzeln, aber er blieb wortlos stehen und wartete, bis sie von sich aus sprach.
»Ich... muß mit dir reden«, sagte sie stockend. Ihre Stimme bebte, und ohne daß sie selbst wußte, warum, schossen ihr plötzlich heiß die Tränen in die Augen.
Zu ihrer Überraschung wies Gonda sie nicht ab, sondern nickte nur und deutete auf den Waldrand. Sie folgte ihm, bis er aus der Sonnenglut heraus war und im Schatten der ersten Bäume stehenblieb, sah ihn unsicher an und suchte einen Moment vergeblich nach den richtigen Worten.
»Du wolltest mit mir reden«, half ihr Gonda schließlich. »Nun, ich höre.«
»Meine... meine Mutter hat mir alles erzählt«, begann Yori. Innerlich verfluchte sie sich für ihre Ungeschicklichkeit. Was war nur mit ihr los? Es fiel ihr doch normalerweise nicht so schwer, die richtigen Worte zu finden. Jetzt quälte sie sich mit jeder Silbe ab. »Sie... sie ist

keine Hexe, Gonda. Du darfst Ferai nicht glauben. Sie hat nichts getan. Ich kann dir erklären, wie...«
Gonda lächelte milde. »Ich weiß, daß deine Mutter keine Hexe ist, Yori«, sagte er sanft. »Ferai ist zornig, und man kann sie nicht mehr ernst nehmen. Du weißt, daß sie schon immer ein bißchen verrückt gewesen ist, und sie wird eben älter.« Er schüttelte den Kopf, ließ sich in die Hocke sinken und legte die Unterarme auf die Knie, wodurch er plötzlich kleiner als Yori war und zu ihr aufsehen mußte. »Weißt du, es ist viel geschehen, gestern abend und heute. Wir haben alle Dinge gesagt, die besser ungesagt geblieben wären. Wenn jemand die Schuld trifft, dann höchstens mich. Ich hätte erkennen müssen, daß Ferai zu alt wird.«
»Aber sie...«
»Es ist niemandes Schuld«, fuhr Gonda fort, ohne sie zu Wort kommen zu lassen. »Du lebst, und Ferai wird sich wieder beruhigen. In ein paar Tagen ist alles vergessen.«
»Und sie wird... meine Mutter nicht mehr hassen?« fragte Yori stokkend. »Sie wird nicht mehr behaupten, daß sie eine Hexe ist und die Götter gelästert hat?« Sie überlegte, ob sie Gonda von der Echse und dem kleinen Salamander erzählen sollte, tat es dann aber nicht. Vor einer Minute hätte sie es noch gekonnt, aber jetzt spürte sie, daß sie den einzig möglichen Zeitpunkt dafür verpaßt hatte. Wahrscheinlich würde Gonda ohnehin nur glauben, daß sie sich die ganze Geschichte ausgedacht hätte, um ihre Mutter zu schützen.
»Naila hat dir gesagt, wie ihr zu uns gekommen seid, nicht?« fragte Gonda sanft.
Yori nickte.
»Es ist schade, daß du es auf diese Weise erfahren mußtest«, sagte Gonda. »Aber das ändert nichts, Yori. Glaube mir. Wir alle lieben dich und deine Mutter, als wäret ihr bei uns geboren. Ihr gehört zur Sippe. Deine Mutter gehört zur Sippe, und du erst recht.«
»Und wir müssen nicht... nicht gehen?« fragte Yori stockend.
Gonda lachte. »Aber natürlich nicht«, sagte er. »Du bist dreizehn und schon jetzt ein fast ebensoguter Jäger wie Kahn, und in ein paar Jah-

ren wirst du alt genug sein, zu heiraten und selbst Kinder zu bekommen – warum sollten wir dich fortschicken? Wir brauchen dich, und wir brauchen auch deine Mutter. Niemand hat daran gedacht, euch fortzujagen, nicht einmal Ferai. Sie war nur zornig, weil ich ihr vorgeworfen habe, daß sie sich geirrt hat.«
Yori nickte und wollte etwas sagen, aber in diesem Moment erscholl vom anderen Ende des Lagers ein halblauter Ruf, und Gonda stand mit einer raschen Bewegung auf und drehte sich herum.
Kahn war zurückgekommen. Er rannte, und Yori sah schon von weitem, wie schnell sein Atem ging und daß seine Haut vor Schweiß glänzte. Dabei war er gerade erst vor wenigen Minuten gegangen und konnte sich kaum eine halbe Meile vom Lager entfernt haben.
»Ein Fremder kommt!« rief er aufgeregt. »Ein Reiter!«
Gonda runzelte die Stirn, trat seinem Bruder entgegen und blickte an ihm vorbei in die Richtung, aus der jener gekommen war. »Wo?«
»Er muß... jeden Moment da sein«, antwortete der Jagdmeister schweratmend. »Er reitet schnell. Ich glaube, er hat mich gesehen.«
Yori spürte einen leisen Anflug von Sorge. Urplötzlich fiel ihr der Reiter wieder ein, auf den sie gestoßen war. Natürlich war es nicht gesagt, daß es derselbe sein mußte, den Kahn entdeckt hatte – aber sie hatte doch plötzlich Angst, daß er jetzt kam, um sie noch nachträglich zur Verantwortung zu ziehen. Es kam nicht oft vor, daß Fremde die Sippe besuchten. Sie mied die dichter besiedelten Gebiete, und die meisten Menschen mieden sie, nicht weil sie Feinde, sondern nur, weil sie *anders* waren. Und sie waren weiter von den großen Städten und Handelswegen entfernt als jemals zuvor.
Gonda überlegte einen Moment. »Rufe Berg und Tura und Handari zurück«, sagte er schließlich. »Und Irco soll zu mir kommen. Schnell.«
Kahn nickte und entfernte sich, um die Befehle auszuführen, und Gonda wandte sich an Yori, die ihm gefolgt war. »Geh in dein Zelt«, sagte er, »und bleib bei deiner Mutter, bis wir wissen, wer dieser Fremde ist und was er will.« Er sprach in einem Ton, der keinen Widerspruch duldete, aber Yori kam nicht dazu, seine Worte zu befolgen.

Aus dem Wald am anderen Ende des Lagers drang ein helles Splittern und Brechen, dann teilte sich das Unterholz, und ein riesiges, schwarzgrau geflecktes Schlachtroß trat mit einem erleichterten Schnauben auf die Lichtung heraus. Auf seinem Rücken saß ein gewaltiger, ganz in Schwarz und Braun gekleideter Mann.
Yori erschrak, als der Reiter sein Tier mit einer rohen Bewegung zum Weitergehen zwang und er näher kam, so daß sie ihn genauer betrachten konnte. Sie erkannte ihn sofort wieder – auch wenn sie ihn beim ersten Mal, geschwächt durch Fieber und Schwindel, nicht viel deutlicher denn als Schatten gesehen hatte. Aber ein Mann wie dieser war unverwechselbar.
Er war ein Riese. Seine Schultern schienen den Mantel aus Bärenfell, den er trotz der Hitze trug, beinahe zu sprengen, und er hätte Gonda selbst dann noch um mehr als Haupteslänge überragt, wenn er nicht im Sattel gesessen hätte. Auf seinem Haupt thronte ein wuchtiger, mit kleinen Metallschuppen verstärkter und von zwei mehr als handlangen, polierten, weißen Drachenzähnen gekrönter Helm, der nur einen kleinen Teil des Gesichtes frei ließ. Er war bewaffnet wie ein Krieger – mit Schwert, Schild, Speer und einem Langbogen, der fast so groß wie er selber war, dazu kam, am Sattel des Pferdes aufgehängt, ein Köcher mit einem Dutzend armlanger Pfeile. Yori fiel auf, daß die Spitzen der Geschosse sorgfältig mit kleinen Hütchen aus zähem Leder abgedeckt waren. Auf seiner linken Wange glänzte eine frische, kaum verheilte Wunde. Es *war* der Reiter, den Yori am vergangenen Tag getroffen hatte.
Der Mann kam näher, hielt sein Tier erst einen knappen Schritt vor Gonda und Yori an und blickte von der Höhe seines Sattels kühl auf sie herab. Das Tier schnaubte unruhig. Wie sein Reiter war es gerüstet, als zöge es in die Schlacht, und unter den schwarzen Decken und den Metallplatten mußte eine unglaubliche Hitze herrschen. Sein Schweif peitschte, und die eisenbeschlagenen Vorderhufe scharrten nervös im Boden. Yori konnte seinen Schweiß riechen, obwohl es gegen den Wind stand.
Der Reiter machte keine Anstalten, aus dem Sattel zu steigen oder ir-

gend etwas zu sagen. Die Regeln der Gastfreundschaft – und selbst die bloße Höflichkeit unter Fremden, die sich zufällig begegneten – hätten verlangt, daß er seinen Namen und sein Begehr nannte, aber er tat weder das eine noch das andere, sondern blickte nur Gonda und Yori abwechselnd an und streichelte mit seiner Rechten, an der er einen Kettenhandschuh trug, die Mähne seines Pferdes.
Endlich brach Gonda das Schweigen. Er deutete eine Verbeugung an, ohne den Reiter aus den Augen zu lassen, räusperte sich übertrieben und sagte: »Willkommen, Fremder. Ich bin Gonda, der Älteste der Sippe, in deren Lager du bist, und ich heiße dich willkommen. Nenne dein Begehr und nimm unsere Gastfreundschaft an.«
Es waren die formellen Worte, die bei einer Begrüßung üblich waren. Sie klangen ein wenig steif und von einer Freundlichkeit, die mehr erzwungen als echt war, aber sie waren ein Versuch Gondas, dem Fremden eine Brücke zu bauen, über die er gehen konnte.
Aber wenn der Reiter die Geste überhaupt verstanden hatte, so reagierte er doch nicht darauf. Seine Lippen verzogen sich zu einem raschen, humorlosen Lächeln, und die erwartete, zeremonielle Antwort blieb aus.
»Gonda«, knurrte er. »So. Und dieser Haufen hier ist deine Sippe?«
Gonda erbleichte, aber zu Yoris Erleichterung blieb die erwartete scharfe Antwort aus. »Du bist im Lager meiner Sippe, Fremder«, bestätigte er. »Und ich biete dir Gastfreundschaft an.«
Der Mann lachte leise, klappte das Visier seines Helmes hoch und schwang sich mit einer raschen, unglaublich kraftvollen Bewegung aus dem Sattel. Yori erschrak erneut, als sie sah, *wie* groß er war. Selbst Berg, der stärkste Mann der Sippe, würde neben ihm kümmerlich aussehen; wie ein Kind neben einem Erwachsenen. Auch ohne den gewaltigen Helm mußte der Reiter über zwei Meter messen, und seine Hände waren wie zwei gewaltige Schaufeln. »Gastfreundschaft«, sagte er abfällig. »Alles, was ich brauche, ist ein wenig Wasser für mein Pferd und mich und eine Auskunft.« Seine Stimme war hart und von einem ungeduldigen, beinahe zornigen Ton durchdrungen.

»Wasser ist kostbar bei uns, Fremder«, antwortete Gonda steif. »Aber wir teilen mit dir, was wir haben, wie es die Gesetze der Gastfreundschaft vorschreiben.«
Ein rasches, ärgerliches Zucken lief über die scharfen Züge des Reiters. In seinen Augen, die im Schatten des Helmes mehr zu erahnen als wirklich zu sehen waren, blitzte es wütend auf. Er knurrte, griff unter den Mantel und warf Gonda eine Münze vor die Füße.
»Ich bin kein Bettler«, sagte er zornig. »Was ich brauche, das bezahle ich. Gebt meinem Tier und mir zu trinken, und ich gehe.«
Gonda hielt seinem Blick einen Moment lang stand. Dann bückte er sich, hob die Münze auf und hielt sie dem Fremden mit einer auffordernden Geste entgegen. »Nimm dein Gold zurück«, sagte er ruhig. »Wir brauchen kein Geld. Es hat keinen Wert für uns. Du bekommst, was du brauchst, auch ohne dafür zu zahlen.«
»Um so besser«, antwortete der Fremde. Er steckte die Münze ein, drehte sich einmal um sich selbst und sah sich mit unverhohlener Neugier im Lager um. Ein paar Mitglieder der Sippe waren aus den Zelten getreten und kamen jetzt neugierig näher, und von dort, woher er selbst gerade gekommen war, näherten sich Kahn, Berg und Tura.
»Sind das alle?« fragte er, nachdem er seine Musterung beendet hatte.
»Unsere Sippe ist nicht groß«, antwortete Gonda. »Aber groß genug, um zu überleben.«
Der Fremde schürzte abfällig die Lippen. »Wenn man das Leben nennen kann«, sagte er. »Aber das geht mich nichts an.« Er stockte einen Moment, als Irco und Handari aus verschiedenen Richtungen herbeikamen und rechts und links von Gonda stehenblieben. Beide waren bewaffnet; Handari mit seinem Bogen, auf dessen Sehne er bereits einen Pfeil gelegt hatte, ohne sie indes zu spannen, und Irco mit einem Dolch, der aus seinem Gürtel hervorschaute. Yori spürte die Spannung, die plötzlich in der Luft lag. Mit dem Fremden war etwas Feindseliges, Finsteres in das Lager gekommen. Es war nicht die Art der Sippe, Besucher mit der Waffe in der Hand zu begrüßen.

Aber die Erscheinung des Reiters und sein Auftreten machten es unmöglich, ihm anders als mit Mißtrauen zu begegnen. Trotzdem schien ihn der Anblick der beiden Jäger und ihrer Waffen eher zu amüsieren als zu schrecken.
Gonda hob die Hand und gab Andri, die aus ihrem Zelt getreten und ein Stück herangekommen war, einen Wink. »Bring Wasser, Weib«, sagte er. »Für unseren Gast und sein Pferd.« Dann wandte er sich wieder an den Fremden. »Es ist heiß in der Sonne. Komm in mein Zelt, um zu trinken. Für dein Tier wird gesorgt werden.«
Der Reiter schüttelte den Kopf. »Ich bleibe nicht lange«, sagte er. »Ich sah euer Lager und eure Spuren, und ich habe seit Tagesfrist keine Quelle mehr gefunden, aber ich will eure« – er lächelte spöttisch – »*Gastfreundschaft* nicht länger in Anspruch nehmen als unbedingt nötig.«
»Wie du willst«, antwortete Gonda kühl. »Du kannst bleiben und die Nacht in einem unserer Zelte verbringen oder gehen, ganz nach deinem Belieben. Wenn du einen Wunsch hast, so äußere ihn.«
Der Fremde überlegte einen Moment. Auch die drei anderen Jäger waren mittlerweile herangekommen und wenige Schritte hinter ihm stehengeblieben. Er mußte es spüren. Aber er ließ sich nichts anmerken. »Einen Wunsch habe ich in der Tat«, sagte er. »Ihr seid schon lange hier in diesem Teil der Berge?«
Gonda verneinte: »Nicht lange, und wir werden auch nicht mehr lange bleiben. Der Sommer ist hart, und das Land verdirbt, wenn man zu lange an einem Ort weilt und ihn ausbeutet.«
»Jedenfalls lange genug, um mir Auskunft zu geben«, sagte der Fremde. »Ich bin auf der Jagd, alter Mann. Seit Wochen. Ihr seid doch auch Jäger?«
Gonda nickte.
»Ich verfolge eine Smaragdechse«, fuhr der Fremde fort. Sein Blick streifte Yori, und sie spürte, wie ihr Herz wie wild zu hämmern begann. Er mußte sie doch wiedererkennen!
Aber seltsamerweise zeigte er mit keiner Regung, daß er in ihr das Mädchen erkannte, auf das er am vergangenen Tage mit seiner Peit-

sche losgegangen war, sondern sprach unbeeindruckt weiter: »Ein besonders großes und starkes Tier. Ich habe sie quer durch die Wüste gejagt, aber ihre Spur am Rand der Berge verloren.« Seine Augen wurden ein ganz kleines bißchen schmaler, und in seiner Stimme war plötzlich ein lauernder Ton. »Dafür fand ich die Spuren eines Menschen. Vielleicht von einem deiner Sippe?«
»Vielleicht«, antwortete Gonda kalt. »Und wenn es so wäre?«
»Ihr seid ehrsame Leute«, sagte der Fremde. »Ich glaube doch nicht, daß ihr einem Mann, der seit Wochen hinter einem Wild her ist, die Beute stehlen würdet?«
»Sicher nicht«, antwortete Gonda. Er sprach noch immer ruhig, aber Yori hörte an seinem Ton, daß es eine erzwungene Ruhe war und er sich nur noch mit Mühe beherrschte. Die Worte des Fremden waren eine kaum noch verhohlene Beleidigung. Plötzlich war Yori sicher, daß er sie wiedererkannt hatte, im selben Moment wie sie ihn. Vielleicht war er sogar ihren Spuren gefolgt und hatte so das Lager gefunden. Nein – wenn er so tat, als kenne er sie nicht, dann hatte das seinen Grund.
Der Riese lächelte böse. »Es erschien mir nur sonderbar, daß sich die Spuren einer Smaragdechse plötzlich in die eines Menschen verwandeln sollten«, sagte er.
Gonda sog scharf die Luft zwischen den Zähnen ein, aber er kam nicht dazu, zu antworten, denn in diesem Moment trat sein Bruder auf den Fremden zu. Berg und Tura folgten ihm mit weniger als einem Schritt Abstand.
»Du kannst dich gerne in unserem Lager umsehen, wenn du glaubst, daß Gonda lügt«, sagte der Jagdmeister eisig. »Du wirst keine Spur einer Smaragdechse finden.«
Der Fremde lächelte dünn. Der drohende Ton in Kahns Stimme schien ihn zu amüsieren. »Ach?« machte er.
Kahn ballte zornig die Fäuste. »Du wirst nichts finden, weil sie nicht hier ist«, sagte er. »Aber in einem Punkt vermutest du richtig – es war ein Mitglied unserer Sippe, das die Echse fand. Verletzt und mit einem Pfeil in der Schulter.«

»Und wo ist die jetzt?« fragte der Fremde lauernd.
»Irgendwo dort draußen«, schnappte Kahn. Gonda warf ihm einen warnenden Blick zu, aber sein Bruder ignorierte ihn. Er schäumte vor Zorn: »Und ich hoffe, daß du sie niemals findest. Jetzt, wo Yori ihm den vergifteten Pfeil aus dem Leib geschnitten hat, hat das Tier eine gute Chance.«
»Das glaube ich nicht«, antwortete der Fremde spöttisch. »Aber ich frage mich, woher ihr das Recht nehmt, euch in meine Angelegenheiten zu mischen. Glaubt ihr, ich reite aus Spaß eine Woche durch die Wüste, um dieses Tier zu stellen?«
»Ich weiß nicht, warum du irgendwas tust«, erwiderte Kahn wütend. »Ich weiß nur, daß ein Mann, der mit vergifteten Pfeilen auf Tiere schießt, nicht das Recht hat, sich Jäger zu nennen.«
»Ach nein? Meinst du nicht, daß das meine Sache ist?«
»Nicht, wenn...«, begann Kahn zornig, aber diesmal trat Gonda rasch neben ihn und legte ihm beruhigend die Hand auf die Schulter.
»Verzeih die Unbeherrschtheit meines Bruders, Fremder«, sagte er hastig. »Aber du mußt ihn verstehen.« Er wies mit einer Kopfbewegung auf den Köcher am Sattel des Pferdes. »Es ist bei uns nicht üblich, mit vergifteten Pfeilen auf die Jagd zu gehen. Ein Mitglied unserer Sippe wäre fast gestorben, weil es sich an dem Pfeil verletzte, mit dem du geschossen hast.«
»Das wäre kaum geschehen, wenn es sich um seine Angelegenheiten gekümmert hätte, statt sich in Dinge zu mischen, die es nichts angehen«, erwiderte der Fremde eisig.
Gondas Gestalt versteifte sich, und Yori sah aus den Augenwinkeln, wie sich Kahns Gesicht vor Zorn verzerrte und Berg die Hand auf den Obsidiandolch legte, den er im Gürtel trug.
Auch der Fremde schien die stärker werdende Feindseligkeit zu spüren, die in der Luft lag, aber er machte keinen Versuch einzulenken, sondern fuhr fort: »Vielleicht erfüllt sich der Wunsch deines Bruders, alter Mann, und ich werde der Echse jetzt wirklich nicht mehr habhaft, obwohl ich es nicht glaube, denn bisher ist mir noch kein Tier entkommen. Ich bekomme immer, was ich haben will, weißt du?

Aber wenn ich die Echse wirklich nicht mehr erwischen sollte, wäre es besser, wenn ihr nicht mehr hier wäret, wenn ich wiederkomme, denn es könnte sein, daß ich mich dann für den Verlust, den ich durch eure Schuld erlitten habe, bei euch schadlos halte.«

»Es wäre besser, wenn du jetzt gehen würdest«, antwortete Gonda leise. »Die Regeln der Gastfreundschaft sind uns heilig, aber einer von uns ist durch deine Schuld zu Schaden gekommen, und ich kann nicht für die Gefühle meiner Leute garantieren. Nimm das Wasser und geh.«

Der Fremde schürzte wütend die Lippen, starrte Gonda einen Herzschlag lang mit unverhohlenem Haß an und straffte die Schultern.

»Willst du mir drohen, alter Mann?« fragte er.

»Nein«, antwortete Gonda. »Ich will nur...«

Der Schlag kam zu schnell, als daß Gonda noch Zeit gehabt hätte, irgendwie zu reagieren. Der Riese stieß ein wütendes Knurren aus, schlug dem Sippenältesten die geballte Faust in den Leib und wirbelte mit einer blitzartigen Bewegung herum. Das Schwert schien wie von selbst in seine Hand zu springen.

Trotzdem war er zu langsam. Noch ehe Gonda, der sich keuchend krümmte und in die Knie ging, den Boden berührte, warfen sich Berg und Tura gleichzeitig auf den hünenhaften Fremden. Tura packte den Arm mit der Waffe und verdrehte ihn; mit einem kurzen, harten Ruck, der dem Mann das Gelenk gebrochen hätte, hätte er die Waffe nicht losgelassen. Gleichzeitig umspannten Bergs mächtige Arme seinen Körper von hinten und hielten ihn wie stählerne Klammern fest.

Der Fremde bäumte sich auf. Ein wütender Tritt traf Tura in den Leib und schleuderte ihn davon; der Fremde wankte, warf sich blitzschnell herum und versuchte, Berg wie ein lästiges Insekt abzuschütteln, aber der Griff des Jägers war zu fest. Berg wurde mitgerissen und fiel auf die Knie, ließ aber nicht los, sondern zerrte den Fremden mit sich zu Boden. Yori sah, wie sich Bergs mächtige Muskeln wie dicke, knotige Stricke spannten, als er versuchte, den Titanenkräften des Fremden standzuhalten.

Trotzdem hätte Berg den Kampf wahrscheinlich verloren, wären ihm nicht die anderen Sippenmitglieder zu Hilfe geeilt. Innerhalb von Augenblicken verschwand der Riese unter einem wahren Knäuel von Leibern, und wenige Sekunden später lag er am Boden, gehalten von einem Dutzend Armen.

Gonda richtete sich stöhnend auf. Aus seiner aufgeplatzten Lippe lief Blut und malte ein bizarres Muster auf sein Kinn, und der Blick seiner Augen war glasig. Er wankte, als er auf den Fremden zuging.

»Aufhören!« befahl er. »Laßt ihn... los.«

Berg, der mittlerweile auf der breiten Brust des Fremden hockte und dessen Arme mit den Knien auf den Boden preßte, warf dem Sippenältesten einen fast enttäuschten Blick zu. Aber er gehorchte, nachdem Gonda noch einmal eine knappe, befehlende Geste gemacht hatte, und auch Tura und die anderen standen nach kurzem Zögern auf und traten ein Stück zurück.

Der Riese richtete sich mit einem Ruck auf und funkelte Gonda an. »Das werdet ihr bereuen«, sagte er. »Niemand...«

»Niemand«, unterbrach ihn Gonda kalt, »bricht ungestraft den Frieden dieses Lagers, Fremdling. Auch du nicht.« Er starrte den schwarzen Giganten für die Dauer eines Herzschlages eisig an, bückte sich nach dem Schwert, das Tura jenem entwunden hatte, und hielt es ihm hin. »Nimm«, drängte er. »Nimm deine Waffe und geh. Solange du es noch kannst.«

Der Fremde hielt seinem Blick eine endlose Sekunde lang stand, dann richtete er sich auf, riß Gonda die Waffe aus der Hand und schwang sich mit einer zornigen Bewegung in den Sattel.

»Behaltet euer Wasser«, grölte er. »Was ich brauche, nehme ich mir, ohne darum zu betteln oder mich beleidigen zu lassen. Und ihr werdet noch von mir hören.«

Mit einer brutalen Bewegung riß er sein Pferd herum, schlug ihm die Fersen in die Flanken und ritt los, so schnell, daß Tura sich mit einem hastigen Sprung zur Seite werfen mußte, um nicht über den Haufen geritten zu werden. Rücksichtslos sprengte der Fremde durch das Lager und den Hang hinauf und verschwand im Unterholz.

Kahn sah ihm aus zusammengekniffenen Augen nach. »Das gefällt mir nicht«, murmelte er. »Wir hätten ihn nicht gehen lassen sollen. Er wird wiederkommen, Gonda. Und er wird Ärger machen.«
Er seufzte: »Wie geht es dir? Bist du schlimm verletzt?«
Gonda machte eine wegwerfende Geste und wischte sich mit dem Handrücken das Blut aus dem Gesicht. Seine geplatzte Lippe war geschwollen, hatte aber schon aufgehört zu bluten. Auch sein Blick ging in die Richtung, in der der Fremde verschwunden war, und auf seinen Zügen machte sich ein Ausdruck von Sorge breit.
»Ich fürchte, du hast recht«, pflichtete er Kahn leise bei. Plötzlich fuhr er herum und machte eine weit ausholende Bewegung, die das ganze Lager einschloß. »Aber wir werden nicht mehr hier sein, wenn er kommt«, erklärte er mit veränderter Stimme. »Brecht das Lager ab. Wir ziehen noch heute weiter.«

Noch bevor die Sonne bis zum Zenit gestiegen und die Stunde der größten Hitze gekommen war, hatte die Sippe das Lager abgebrochen und ihre wenigen Habseligkeiten auf die Lastschlitten und die Packtaschen des halben Dutzend Mulis verteilt. Gonda wäre am liebsten sofort aufgebrochen, das sah man ihm an, aber sie alle waren erschöpft und übermüdet von einer Nacht ohne Schlaf, und eine halbe Stunde Marsch in der glühenden Mittagssonne kostete mehr Kraft als drei Stunden zu einer anderen Tageszeit, und so beschloß er, wenn auch widerwillig, den Aufbruch bis zum späten Nachmittag aufzuschieben und ihnen allen noch ein paar Stunden Schlaf oder wenigstens Ruhe zu gewähren.

Yori verstand nicht ganz, warum Gonda wegen eines einzigen Fremden so überhastet zum Weiterziehen drängte; im Grunde verstand sie nicht einmal, warum er das Lager überhaupt abbrechen und auch noch ihren letzten einigermaßen sicheren Wasserplatz verlassen wollte. Sicher, der Mann war zornig gewesen und hatte Gonda offen gedroht, aber es war nur *ein* Mann, und auch wenn er ein Riese war, würde er kaum so tollkühn sein, sich gegen die zwei Dutzend Mitglieder der ganzen Sippe zu stellen. Zumindest nicht offen.

Sie hätte Gonda gerne danach gefragt, aber wie jeder im Lager hatte er alle Hände voll zu tun, zu packen und die Zelte abzubauen, und später, als sie sich alle in den Wald zurückzogen, um in seinem Schatten die größte Hitze abzuwarten, fand sie nicht mehr den Mut, ihn im Beisein der ganzen Sippe anzusprechen. Aber sie glaubte zu spüren, daß der Reiter für Gonda mehr gewesen war als nur ein Fremder, der zufällig das Lager gefunden hatte, und daß Gondas Feindseligkeit nicht nur auf der Tatsache beruhte, daß jener um ein Haar schuld am Tod eines Sippenmitgliedes gewesen wäre.

Der Tag schleppte sich träge dahin. Yori fühlte sich noch immer matt, und die Hitze, die selbst hier im Wald beinahe unerträglich wurde, als die Sonne höher stieg und nur quälend langsam wieder am Himmel herabzuwandern begann, ließ ihre Glieder zusätzlich schwer werden. Aber sie war auch nicht müde genug, um zu schlafen, und zudem hatte ihre Mutter nicht zugelassen, daß sie ihr beim Abbau des Zeltes und beim Verladen half, so daß sie sich beinahe ausgeruht fühlte, und so lag sie länger als eine Stunde reglos und mit offenen Augen neben ihrer Mutter, die eingeschlafen war und Lana schützend an sich preßte, starrte das Mosaik aus schattigen Blättern und stahlblauen, unregelmäßig geformten Flecken freien Himmels über sich an und versuchte, Ordnung in ihre Gedanken zu bringen; ein Vorhaben, das leichter gefaßt als ausgeführt war. Es war zu viel geschehen, zu viel in zu kurzer Zeit, und vieles von dem, was sie erlebt hatte, wäre ihr noch vor Tagesfrist unmöglich erschienen.
Aber hatte sie es denn wirklich erlebt? Vorhin, als sie die Hand gehoben und die winzigen Bißwunden an ihrem Finger gesehen hatte, war sie überzeugt davon gewesen, daß alles wahr war und die Echse nicht nur im Traum zu ihr gesprochen hatte. Jetzt war sie gar nicht mehr so sicher: Die Bißwunden an ihrer Hand waren zwar echt und keine Einbildung, aber bei ruhiger Überlegung ließ sich auch eine andere Erklärung finden – vielleicht war der Salamander nichts als ein normaler Salamander gewesen, der sich in ihr Zelt verirrt und nach ihr gebissen hatte, und vielleicht hatte sie den Schmerz gefühlt und war davon aufgewacht, so daß sie das Tier hatte sehen können. Ihr vom Fieber gebeutelter Geist mochte sich den Rest der Geschichte dazuerfunden haben.
Wenigstens wäre es das, was Gonda behaupten würde, wenn sie ihm die Geschichte erzählte. Es gab keine sprechenden Tiere und sprechende Echsen schon gar nicht. Und obwohl sie lange dalag und jeden Gedanken einzeln und sorgfältig abwog, blieb tief in ihr die Überzeugung, daß wirklich alles wahr war.
Schließlich hielt sie es nicht mehr aus. Vorsichtig, um die anderen nicht zu wecken, erhob sie sich von ihrem Platz, stieg mit einem gro-

ßen Schritt über Lana und ihre Mutter hinweg und ging zurück zum Waldrand. Gonda schlief zusammengerollt im Schutze der letzten Büsche, und als sie an ihm vorüberging, erhob sich ein Schatten neben ihm, und sie erkannte Beren, den jüngsten Sohn des Sippenältesten. Er blinzelte, und sein Blick wirkte für einen Moment verschleiert, als er sie ansah.

»Was ist?« murmelte er verschlafen. »Wo willst du hin?«

Yori hob rasch den Zeigefinger an die Lippen und schüttelte den Kopf. »Nirgends«, sagte sie. »Ich habe etwas vergessen, das ist alles. Schlaf weiter.«

Beren sah sie mißtrauisch an, zuckte aber dann mit den Achseln und ließ sich wieder zurücksinken; zu müde, um noch lange über den Zweifel, den Yoris Worte in ihm wachgerufen haben mochten, nachzudenken. Yori atmete erleichtert auf und ging weiter. Sie mochte Beren; so wie ihn eigentlich jedes Mitglied der Sippe wie einen Sohn oder Bruder liebte. Gondas Weib Andri hatte mit fast vierzig Jahren noch diesen Nachzügler bekommen, und der schwarzhaarige Knabe war nicht einmal ein Jahr älter als Yori, aber bei dem, was sie vorhatte, konnte sie ihn nicht brauchen.

Sie blieb stehen, als sie die Mitte der Lichtung erreicht hatte, hob schützend die Hand über die Augen und sah sich um. Der Platz kam ihr größer vor als vorher, jetzt, wo die Zelte und Trockengestelle und der Pferch für die Mulis abgebaut waren, und er wirkte auf eigentümliche Weise kalt und unwirtlich; einsam. Er war für Wochen ihre Heimat gewesen, und jetzt, als sie ihn verlassen hatten, schien ein Teil seiner Seele fort zu sein, als wäre etwas von ihm gestorben.

Yori schüttelte den Gedanken ab, ging weiter und erreichte die Stelle, an der ihr Zelt gestanden hatte. Sein Abdruck war noch deutlich zu erkennen: ein nicht ganz makelloser Kreis von knapp fünf Metern Durchmesser, in dem der Boden so lange getreten und von zahllosen nackten Füßen festgestampft worden war, bis er hart wie Stein war. Fast kam ihr die Stelle vor wie eine Wunde, die sie dem Boden geschlagen hatten, aber sie wußte auch, daß er sich erholen würde, sobald sie fort waren. Sie blieben niemals lange genug an einem

Fleck, um dem Ort, an dem sie sich niederließen, wirklich Schaden zuzufügen.
Eine Zeitlang ging Yori unschlüssig im Inneren des Kreises umher, blickte hierhin und dorthin und begann sich zu fragen, was sie überhaupt zu finden hoffte. Spuren waren – wenn es sie überhaupt gegeben hatte – nach dem Abbau des Lagers sicher keine mehr zu sehen. Sie blieb stehen, hob den Blick und ging dann zu dem niedrigen Gebüsch hinüber, das dort begann, wo die Rückseite des Zeltes gewesen war. Die Sträucher waren geknickt und zum Teil niedergetrampelt, aber die spitzen Dornen hatten verhindert, daß ihre Mutter und Lana zu tief in das Unterholz eingedrungen waren.
Irgend etwas lag zwischen den Büschen. Yori konnte es nicht genau erkennen, aber es war rot und klein und keine Pflanze. Ihr Herz begann zu klopfen. Eine bange Furcht breitete sich in ihr aus. Yori ließ sich in die Hocke sinken, zögerte einen kurzen, bangen Moment und bog die Zweige vorsichtig auseinander.
Das Tier lag einen knappen halben Meter vor ihr, nicht einmal zehn Schritte von der Stelle, an der ihr Nachtlager gewesen war, entfernt. Seine Augen standen weit offen und schienen sie vorwurfsvoll anzublicken, und die winzigen Füße waren von den Krämpfen, die es getötet hatten, zu Krallen verkrümmt. Seine Haut hatte ihren geheimnisvollen Schimmer verloren und wirkte jetzt blind und stumpf wie staubiges Wasser, und aus seinem halb offenstehenden Maul war eine dunkle Flüssigkeit getropft und auf dem Boden eingetrocknet. Fast eine Minute lang starrte Yori das Tier an, ohne sich zu rühren oder auch nur Atem zu holen. Dann begannen ihre Hände zu zittern. Sie schluchzte, ließ sich vollends auf die Knie fallen und nahm das Tier behutsam mit der rechten Hand auf. Die scharfen Dornen des Busches zerkratzten ihren Arm und hinterließen blutige Striemen auf ihrer Haut, aber das spürte sie gar nicht. Ihre Augen begannen zu brennen, und salzige Tränen liefen über ihre Wangen. Das winzige Tierchen lag kalt und steif in ihrer Hand und fühlte sich an wie ein Stück Holz, und es war trotz der verkrümmten Haltung, die die Qual verriet, unter der es gestorben war, noch immer wunderschön anzu-

sehen. Es war der Salamander, der während der Nacht zu ihr gekommen war. Das Tier, das die Smaragdechse geschickt hatte, um ihr Leben zu retten. Es hatte seinen Auftrag erfüllt, aber es war selber an dem Gift gestorben, das es aus ihrem Körper gesogen hatte.
Yori weinte lautlos. Sie fühlte sich schuldig, und für einen Moment konnte sie an nichts anderes denken als daran, daß eigentlich sie jetzt reglos und kalt daliegen müßte und nicht dieses wunderbare Tier. Zitternd hob sie es ans Gesicht, berührte seine kalte Haut mit den Lippen und legte es dann behutsam vor sich auf den Boden.
»Es… es tut mir leid«, flüsterte Yori. »Ich weiß, daß du mich nicht mehr hören kannst, armes, kleines Ding, aber du mußt mir glauben, daß ich das nicht gewollt habe. Du… du wolltest mir nur helfen, und jetzt bist du tot. Ich wußte das nicht. Bitte glaube mir, daß ich es nicht wußte.«
»Was hast du nicht gewußt?« fragte eine Stimme hinter ihr. Es war Beren.
Yori fuhr mit einem kaum unterdrückten Schreckenslaut herum, richtete sich auf und blinzelte, als das grelle Sonnenlicht wie ein glühendes Messer in ihre Augen stach.
»Was hast du nicht gewußt?« fragte Beren noch einmal. »Und mit wem redest du da überhaupt?« Er beugte sich neugierig vor, erblickte den toten Salamander und verzog verblüfft das Gesicht. Yori versuchte, sich so zu setzen, daß Beren das Tier nicht mehr sehen konnte, obwohl es schon viel zu spät war.
»Nichts«, stammelte sie rasch. »Ich… habe nur so vor mich hin gemurmelt, das ist alles.« Sie versuchte zu lächeln, senkte den Blick und wischte sich mit einer schnellen Bewegung die Tränen aus dem Gesicht. »Es war wirklich nichts«, wiederholte sie noch einmal.
»So?« machte Beren. Er sah sie scharf an, blickte dann noch einmal auf den toten Salamander hinab, schüttelte den Kopf und ließ sich vor Yori in die Hocke sinken. »Ist mit dir alles in Ordnung?« fragte er besorgt. »Weißt du, für einen Moment hatte ich fast das Gefühl, daß du mit einem toten Lurch redest.«
»Unsinn«, widersprach Yori, aber sie spürte selbst, wie wenig über-

zeugend sie war. Ihre Stimme schwankte noch immer. Sie hatte Mühe, die Tränen zurückzuhalten.
»Was ist das überhaupt für ein Tier?« murmelte Beren. Er beugte sich weiter vor, stützte sich mit der Linken ab und griff mit der anderen Hand nach dem Salamander. Yori unterdrückte im letzten Moment den Impuls, seine Hand beiseite zu schlagen und sah weg.
Beren betrachtete den kleinen Lurch lange und eingehend, ehe er ihn wieder zu Boden legte und sich die Hand an der Hose abwischte.
»So einen Salamander habe ich noch nie gesehen«, sagte er. »Vielleicht sollten wir ihn Ferai zeigen. Oder meinem Vater.«
»Nein!« entfuhr es Yori. Sie sah, wie zwischen Berens Brauen eine mißtrauische Falte erschien, und am liebsten hätte sie sich auf die Zunge gebissen; sie hatte das Wort fast geschrien, und Beren müßte schon blind und taub zugleich sein, wenn er noch immer nicht merkte, daß mit ihr etwas nicht stimmte. Aber er sah sie nur einen Herzschlag lang durchdringend an, zuckte dann mit den Schultern und stand auf.
»Wie du willst«, meinte er. »Ist ja schließlich auch nur ein Salamander. Aber du solltest nicht so lange in der Sonne bleiben. Es ist zu heiß hier, und du bist noch lange nicht ganz gesund. Außerdem haben wir noch einen anstrengenden Tag vor uns. Komm – laß uns zurückgehen.«
Yori griff zögernd nach seiner hilfreich ausgestreckten Hand, stand auf und ging mit ihm zum Wald und zu den anderen zurück.

Die Sonne stand zwei Handbreit über dem Horizont, als sie aufbrachen. Es war noch immer so heiß wie an einem normalen Sommertag zur Mittagsstunde, aber niemand wagte es, Gonda zu widersprechen oder auch nur zu murren, als er das Zeichen zum Losmarschieren gab. Eine sonderbare Stimmung hatte von der ganzen Sippe Besitz ergriffen; Yori war nicht die einzige, die die Besorgnis Gondas fühlte. Ihr Weggehen hatte eher den Anstrich einer Flucht als den eines normalen Aufbruches, und Yori sah, wie Gonda seinen Bruder, Berg und Tura zur Seite nahm und mit leiser Stimme mit ihnen redete, kurz bevor sie das Tal verließen. Sie sahen alle vier immer wieder in die Richtung, in der der Fremde verschwunden war, und ihre Blicke waren sehr ernst.

Yori, ihre Mutter und ihre Schwester gingen in der Mitte der langen, weit auseinandergezogenen Kette, in der sie sich fortbewegten, zusammen mit den anderen Frauen und den kleineren Kindern, während die Männer Anfang und Abschluß bildeten. Es war die normale Art, in der sie sich immer bewegten, solange es das Gelände zuließ, eine Marschordnung, die gleichermaßen dazu angetan war, rasch voranzukommen wie die schwächeren Mitglieder der Sippe vor einem überraschenden Angriff zu schützen. Yori war ein wenig verstimmt, daß sie in der Mitte gehen mußte, als wäre sie ein kleines Kind; normalerweise war ihr Platz schon lange vorne, bei den Jägern, aber Gonda hatte sie zurückgeschickt und gemeint, daß sie noch zu schwach wäre und lieber bei ihrer Mutter bleiben sollte.

Sie hatten kaum Wasser. Die seichte Pfütze, die von der einst sprudelnden Quelle am Fuße der Felsen zurückgeblieben war, war leer gewesen, als sie das Tal verlassen hatten, aber die wenigen kümmerlichen Schlucke, die in ihren Wasserschläuchen waren, würden kaum ausreichen, den nächsten Tag zu überstehen. Und niemand, auch Gonda nicht, wußte genau, wohin sie gingen. Sie zogen weiter nach Westen, tiefer hinein in die Berge und in Gebiete, die vielleicht noch nie eines Menschen Fuß betreten hatte, und keiner von ihnen wußte zu sagen, ob die nächste Wasserstelle hinter der nächsten Biegung oder eine Million Meilen entfernt war. Yori fiel die Stille auf, in der sie sich fortbewegten. Sie sprachen nie viel, wenn sie auf Wanderschaft waren, um Kraft zu sparen und nicht noch mehr Aufmerksamkeit zu erregen, als es eine so große Gruppe ohnehin tat, aber jetzt hatte sich ein fast geisterhaftes Schweigen über der Sippe ausgebreitet. Selbst die Hufschläge der Mulis und das Geräusch ihrer Schritte schienen gedämpft, und es war irgend etwas Bedrücktes, ja, fast Feindseliges an diesem Schweigen. Ein paarmal, als Yori unversehens den Kopf wandte, fing sie einen fast feindseligen Blick von einem der anderen auf, und einmal, als sie sich ein Stück von ihrer Mutter entfernte und in Ferais Nähe kam, die als einzige nicht zu Fuß gehen mußte und auf einem der Mulis ritt, sah sie einen beinahe haßerfüllten Ausdruck in deren Zügen.

Irgend etwas war anders als sonst, dachte Yori bedrückt, ganz anders. Es war nicht das erste Mal, daß sie Not litten und Durst oder Hunger ertragen mußten, nicht einmal das erste Mal, daß sie auf der Flucht waren, aber sie hatte niemals eine Stimmung wie diese gespürt. Yori begann sich zu fragen, ob die anderen vielleicht ihr die Schuld an dem gaben, was auf sie zukommen mochte. Natürlich würde es niemand laut aussprechen, aber immerhin hatte alles durch sie angefangen. Hätte sie nicht versucht, der Echse zu helfen, wäre der Reiter vielleicht niemals in ihr Lager gekommen; zumindest wäre er nicht im Zorn fortgeritten.

Stunde um Stunde marschierten sie nach Westen. Das Gelände stieg langsam, aber stetig an, und im gleichen Maße, in dem die Felsen und Steine größer und der Boden härter und zerschrundener wurde, wurden Büsche und Bäume seltener; das Land verlor seinen grünen Anstrich und wurde grau, und als die Sonne sank, waren nur noch kärgliches Moos und graublaue Flechten unter ihren Füßen.

Aber auch nach Sonnenuntergang marschierten sie noch weiter. Yori war zum Umfallen müde, und auch die anderen schleppten sich jetzt mehr voran, als daß sie gingen, aber Gonda ließ sie weitergehen, eine, zwei, schließlich drei Stunden, bis das Gelände so schwierig wurde, daß sie haltmachen mußten, wenn sie nicht Gefahr laufen wollten, sich im Dunkeln zu verletzen.
Sie lagerten auf einem schmalen, an drei Seiten von lotrecht aufsteigenden, grauen Wänden umgebenen Felsplateau, über das der Wind pfiff und in dessen Ritzen und Spalten drahtiges Moos wuchs. Gonda verbot ihnen, ein Feuer zu entzünden, aber die meisten Mitglieder der Sippe waren ohnehin zu müde, um an Essen zu denken oder gar noch die Kraft aufzubringen, miteinander zu reden.
Auch Yori bereitete sich auf dem felsigen Grund ein Lager aus Dekken und Fellen, und obwohl sie noch immer aufgeregt war und das bange Gefühl in ihr eher zugenommen hatte, schlief sie beinahe augenblicklich ein.
Aber sie schlief nicht lange. Ein klarer, wolkenloser Nachthimmel spannte sich über ihr, als sie erwachte, und das Geräusch des Windes, der sich heulend und wimmernd an Felszacken und Graten brach und irgendwo über ihnen in den Bergen sein düsteres Lied sang, war lauter geworden. Es war noch immer warm, obwohl beinahe Mitternacht sein mußte, und das Plateau war von den Lauten der Schlafenden erfüllt. Eines der Mulis stampfte unruhig, und als Yori sich behutsam herumdrehte und die Augen öffnete, erkannte sie, daß das Lager neben ihr leer war; ihre Schwester lag auf der Seite und schnarchte mit offenem Mund, aber ihre Mutter war verschwunden.
Yori setzte sich ganz auf, rieb sich mit dem Handrücken den Schlaf aus den Augen und sah sich um. Der Mond war nur als kaum fingerbreite Sichel am Himmel zu sehen und spendete kaum Licht, aber am Himmel strahlten und funkelten die Sterne, als wären sie darum bemüht, die schwache Leuchtkraft des Mondes auszugleichen, und Yori konnte das Plateau fast zur Gänze überblicken. Die meisten Mitglieder der Sippe schliefen, aber am anderen Ende des Felsbandes

erkannte sie Schatten von drei, vielleicht vier Menschen, die sich dunkel und aufrecht gegen den Nachthimmel abzeichneten, und als sie lauschte, hörte sie den gedämpften Klang von Stimmen.
Yori war nicht sicher, aber es schien ihr, als wäre es keine normale Unterhaltung, die dort im Gange war. Die Stimmen erschienen ihr erregt, und als sie die Augen anstrengte und sich konzentrierte, sah sie, wie eine der Gestalten den Arm hob und eine rasche, zornige Geste machte.
Ein Streit? dachte sie verwirrt. Sofort machte sich wieder das ungute, bohrende Gefühl von Schuld in ihrem Inneren breit. Sie hoffte inständig, daß sie sich täuschte, aber das Fehlen ihrer Mutter und die erregten Stimmen, die sie hörte, sagten ihr überdeutlich, daß ihr Gefühl sie nicht getäuscht hatte, weder jetzt noch am Abend, während des Marsches. Nach einem letzten, kurzen Zögern stand sie auf und ging leise zwischen den Schlafenden hindurch.
Es waren ihre Mutter, Gonda und sein Bruder Kahn, die am äußersten Ende des Plateaus saßen und miteinander redeten, und ein Stück abseits, als wäre sie so weit wie möglich von Naila fortgerückt, um den Bruch zwischen ihnen auch äußerlich sichtbar werden zu lassen, Ferai. Als Yori näher kam, erkannte sie einen fünften, etwas kleineren Schatten vor der Felswand: Beren. Er blickte direkt in ihre Richtung und lächelte freundlich, als er sie erkannte, gab aber keinen Laut von sich. Yori konnte nicht hören, was die Erwachsenen sagten, zumal Gonda beim Geräusch ihrer Schritte aufsah und mitten im Wort verstummte, aber der Ausdruck auf ihren Gesichtern war nicht zu verkennen: Sie *hatten* gestritten.
»Yori?« fragte ihre Mutter erschrocken. »Was machst du hier? Warum schläfst du nicht?«
»Ich... konnte nicht schlafen«, antwortete Yori verwirrt. »Ich bin aufgewacht und habe euch gehört, und...«
»Leg dich wieder hin«, sagte ihre Mutter. »Du brauchst deinen Schlaf. Wir haben einen harten Tag vor uns.«
»Warum läßt du sie nicht hier?« mischte sich Ferai ein. »Sie kann ruhig hören, was ich zu sagen habe.«

Naila sah auf und setzte zu einer wütenden Entgegnung an, aber Gonda brachte sie mit einer zornigen Geste zum Verstummen. »Schweig, Naila«, sagte er. »Und du auch, Ferai. Und du Yori, solltest besser tun, was deine Mutter sagt. Du wirst morgen alle Kraft brauchen, die du hast. Der Weg, der vor uns liegt, ist lang und anstrengend.«

Yori blickte nachdenklich von einem zum anderen. »Ihr habt euch gestritten, nicht?« fragte sie leise. »Meinetwegen.«

»Unsinn«, widersprach Gonda, aber das Wort kam ein wenig zu schnell und zu bestimmt, um echt zu klingen.

»Ihr habt euch gestritten, weil ihr glaubt, daß alles meine Schuld ist«, behauptete Yori. »Ich... ich habe es schon die ganze Zeit gemerkt.« Sie schwieg einen Moment, trat näher und ließ sich zögernd zwischen ihrer Mutter und Gonda nieder.

»Ich weiß, daß es so ist«, fuhr sie fort. »Vielleicht habt ihr sogar recht. Wenn ... wenn ich nicht versucht hätte, der Echse zu helfen, dann wäre alles nicht passiert. Ich wäre nicht krank geworden, und der Reiter wäre nicht gekommen.«

»Unsinn«, sagte Gonda noch einmal. »Dich trifft keine Schuld, Yori. Vielleicht war es sogar gut so, wie es gekommen ist. Wir hätten so oder so bald weiterziehen müssen, um eine neue Quelle zu finden.«

»Aber das ist nicht der alleinige Grund, aus dem wir aufgebrochen sind«, bemerkte Yori. Sie blickte erwartungsvoll von ihrer Mutter zu Gonda und zurück, aber beide wichen ihrem Blick aus. Ferai stieß einen zornigen Laut aus, schwieg aber, als Gonda sie warnend ansah.

Aber Yori ließ nicht locker. Sie konnte nicht länger so tun, als merke sie nichts. Irgend etwas ging hier vor, etwas, an dem sie stärker beteiligt war, als Gonda und ihre Mutter eingestehen wollten, und sie wollte jetzt wissen, was. »Wir sind nicht nur weitergezogen, weil die Quelle versiegt ist«, behauptete sie.

»Sag es ihr!« verlangte Ferai. »Morgen früh erfährt sie es sowieso, und warum soll sie nicht vor den anderen wissen, was sie angerichtet hat?«

»Sie hat nichts angerichtet, Ferai«, sagte Gonda scharf. »Vielleicht hat sie uns sogar geholfen, denn wenn der Fremde nicht ihrer Spur gefolgt wäre, hätten wir die Gefahr vielleicht nicht einmal erkannt.«
»Vielleicht hätte es auch gar keine gegeben«, zischte Ferai böse.
»Der Fremde?« fragte Yori. »Ist es das? Ist er der Grund für diese ... Flucht?«
Gonda sah sie einen Moment ernst an. Dann nickte er. »Ja«, sagte er leise. »Ferai hat recht – morgen bei Sonnenaufgang muß ich es so oder so allen sagen, warum sollst du es da nicht gleich erfahren? Aber das ist auch alles, womit sie recht hat«, fügte er mit einem warnenden Seitenblick auf die Heilmutter hinzu, ehe er weitersprach. »Dieser Fremde war kein normaler Jäger, Yori«, erklärte er. »Du und die meisten der anderen sind zu jung, um sich daran zu erinnern, aber wir sind schon einmal auf Männer wie diesen gestoßen. Es ist lange her, aber nicht so lange, daß ich seinen Dialekt und die Art seiner Kleidung vergessen hätte. Der Reiter stammt aus Muurhat.«
»Muurhat« Yori erschrak. »Du meinst, er ist...«
»Ein Sklavenhändler«, sagte Ferai hart. »Ihr habt seine Worte gehört – er wird wiederkommen, hat er gesagt, und es war keine leere Drohung.«
»Es ist nicht das erste Mal, daß ich solche Männer sehe«, sagte Naila leise. Sie lächelte, aber auf sehr traurige Art, griff plötzlich unter ihr Gewand und zog einen kleinen, in der Dunkelheit der Nacht silbern aufblitzenden Gegenstand hervor. Es war ein Anhänger, ein kleines, kunstvoll geschmiedetes Schmuckstück, an einer Seite durchbohrt, so daß man eine Kette hindurchziehen und es um den Hals tragen konnte. Es kam Yori auf sonderbare Weise bekannt vor, und nach einem Moment fiel ihr auch ein, woher: Ihre Schwester trug ein Armband, auf dem dasselbe Symbol zu sehen war.
»Woher hast du das?« fragte sie.
Ihre Mutter seufzte. »Ich fand es an der Stelle, an der Berg und Tura den Mann niedergerungen haben«, sagte sie. »Es gehört mir.«
»Dir?« wiederholte Yori verwirrt.
»Jedenfalls hat es mir einmal gehört«, sagte Naila. »Dein Vater

schenkte es mir, Yori, lange bevor du geboren wurdest. Zusammen mit dem Armband, das Lana trägt.« In ihren Augen glitzerten Tränen. »Die Männer, die uns damals überfielen, haben es gestohlen«, berichtete sie. »Und jetzt fand ich es wieder.«
»Dann ...«, Yori begriff nur allmählich, was die Worte ihrer Mutter in letzter Konsequenz bedeuteten. »Dann ist es nicht nur ein Verdacht«, sagte sie.
»Nein.« Ferais Stimme klang hart. »Es sind die gleichen Männer, die deine Mutter überfielen und deinen Vater getötet haben. Sklavenjäger. Menschen, die Menschen fangen und mit ihnen handeln wie mit Tieren.«
»Ein Sklavenjäger«, wiederholte Yori flüsternd. Sie hatte den Schrecken, der im Klang dieses Wortes lag, noch nicht ganz begriffen, aber sie spürte, wie er langsam und wie eine eisige, tastende Hand in ihre Seele kroch. »Dann ... dann habe ich ...«
»Nichts«, unterbrach sie ihre Mutter. »Du hast nichts getan, wofür du dich schuldig fühlen müßtest, Yori.« Sie straffte die Schultern, legte Yori beruhigend die Hand auf den Unterarm und funkelte Ferai kampflustig an. »Warum ziehst du sie hinein, Ferai?« fragte sie. »Mußt du dich jetzt schon an Kinder halten, um einen Schuldigen zu finden, wo es keinen gibt?«
»An Kinder vielleicht nicht«, antwortete Ferai lauernd. »Aber vielleicht an ihre Mütter.«
»Schweig, Ferai!« befahl Gonda wütend.
Aber Ferai schwieg nicht, sondern fuhr, leise und in lauerndem Tonfall, fort: »Ich habe dich gewarnt, Naila. Ich habe gesagt, daß du die Götter nicht lästern sollst. Vielleicht ist dies der Preis, den wir für dein Verhalten zu zahlen haben.«
»Ferai!« sagte Gonda warnend. »Du wirst ...«
»Ich werde nicht länger schweigen, sondern sagen, was ich weiß«, schnappte Ferai wütend. Ihre Hand deutete zornig auf Yori, als wolle sie nach ihr schlagen. »Noch gestern zu dieser Stunde lag dieses Kind im Sterben, und keine Medizin und kein Heilkundiger der Welt hätte es retten können. Tu nicht so, als wüßtest du das nicht, Gonda. Wir

alle wissen, daß Yori nicht mehr leben dürfte und daß es nur eine Erklärung gibt, nämlich Hexerei oder dunkle Magie!«
Gonda beherrschte sich nur noch mit Mühe. Seine Stimme bebte, als er Ferai antwortete: »Was ist mit dir, Ferai? Willst du nicht begreifen, daß wir uns geirrt haben? Wir alle sind Menschen und können Fehler machen. Vielleicht hat der Reiter ein Pfeilgift benutzt, das wir nicht kennen, und vielleicht hat Yori einfach nur Glück gehabt. Hör auf, Unsinn zu reden. Du weißt so gut wie ich, daß Naila keine Hexe ist!«
»Nein«, zischte Ferai. »Dann gib mir eine andere vernünftige Erklärung, Gonda! Oder du, Naila! Erkläre mir, wie man einen Toten vom Sterbebett aufstehen läßt, damit ich mein Wissen vermehren und der Sippe besser helfen kann. Vielleicht«, fügte sie noch böse hinzu, »bist du ja auch viel besser zur Heilmutter geeignet als ich. Du hast Gondas Worte ja gehört – ich werde alt und muß mich nach einer Nachfolgerin umsehen.«
»Hör auf!« sagte Yori. Ihre Stimme zitterte, und sie spürte, wie ihr schon wieder Tränen in die Augen schossen. Aber diesmal waren es Tränen des Zornes. »Meine Mutter ist keine Hexe. Was geschehen ist, hat nichts mit schwarzer Magie zu tun.«
Ferai lachte meckernd. »Was weißt du davon, du dummes Kind?« fragte sie abfällig.
»Ich kann es erklären«, sagte Yori leise. »Meine Mutter ist keine Hexe, Ferai. Sie hat keinen Anteil an dem, was geschehen ist. Niemand hat die Götter gelästert oder irgendwelche Dämonen beschworen.«
»Sei still, Yori«, bat ihre Mutter, aber Yori dachte in diesem Moment gar nicht daran, den Mund zu halten und die Erwachsenen reden zu lassen, wie es sich gehört hätte.
»Vielleicht ist es meine Schuld, daß der Sklavenjäger unser Lager gefunden hat«, sagte sie zornig. »Und wenn es so ist, dann will ich gerne die Verantwortung dafür tragen. Aber meine Mutter kann nichts dafür, Ferai. Es war die Echse, die mich gerettet hat.«
Ferai blinzelte. »Wie?«
»Die...« Yori stockte. Ohne sich umblicken zu müssen, spürte sie, wie Gonda, Beren und Kahn und auch ihre Mutter sie plötzlich anstarr-

ten, und ihr kam eigentlich erst jetzt richtig zu Bewußtsein, was sie gerade gesagt hatte. Einen Moment lang blickte sie verstört zu Boden, dann schluckte sie den bitteren Kloß, der plötzlich in ihrer Kehle saß, tapfer hinunter und blickte Ferai ins Gesicht. Es fiel ihr schwer, dem Blick der Heilmutter standzuhalten, aber sie war schon zu weit gegangen, um jetzt noch einen Rückzieher machen zu können, und daher würde sie die Sache jetzt zu Ende bringen, so oder so.

»Es war die Echse«, wiederholte sie. »Die Smaragdechse, die ich am Rande der Wüste getroffen habe.«

»Yori, sei still!« sagte ihre Mutter, aber Gonda hob rasch die Hand und schüttelte den Kopf.

»Laß sie reden, Naila«, sagte er. »Vielleicht hat sie uns etwas zu sagen, was wir wissen müssen.«

Yori sah ihn kurz und dankbar an. »Es war keine normale Smaragdechse«, begann sie. »Sie war viel größer als jede andere, die ich jemals gesehen habe, und wunderschön. Und sie hatte überhaupt keine Angst, obwohl es ein Mensch war, der sie gejagt und verletzt hatte. Ich ... ich habe zu ihr gesprochen, und ich weiß, daß sie meine Worte verstanden hat.«

Ihre und die Seele des Tieres hatten miteinander geredet, als sie sich in der Wüste gegenübergestanden hatten, und die Echse hatte ihr irgend etwas mitgeteilt, ein Wissen, das Yori jetzt noch nicht greifbar, aber tief in ihrem Inneren bereits vorhanden war. Aber das sprach sie nicht laut aus.

»Papperlapapp«, sagte Ferai. »Wer hätte je gehört, daß...«

»Laß sie zu Ende erzählen, Ferai«, sagte Gonda, und Ferai verstummte gehorsam.

Yori schwieg einen Moment. Es fiel ihr plötzlich schwer weiterzureden, und als sie es tat, mußte sie mit jedem Wort kämpfen und sprach stockend und langsam. »In ... in der Nacht«, sagte sie, »nachdem ihr fort wart, ist ... ist sie wiedergekommen.«

»Die Echse?« fragte Ferai hämisch. »Einfach so? Sie ist einfach ins Lager spaziert, ohne daß es einer von uns gemerkt hätte, wie?«

»Nicht sie selbst«, sagte Yori. »Ich ... ich weiß nicht, was ... was es war, aber ich ... ich habe ihre Stimme gehört. Sie hat mit mir gesprochen, und sie hat gesagt, daß ... daß sie mir ein Leben schuldet und daß die Echsen unsere Freunde sind und daß sie mir helfen wird. Und dann hat sie den Salamander geschickt.« Yori sah aus den Augenwinkeln, wie sich Beren, der die ganze Zeit schweigend dabeigesessen und zugehört hatte, versteifte. Ein erstauntes Funkeln erschien in seinen Augen, aber er schwieg weiter.

»Was für ein Salamander?« fragte Gonda, als sie nicht weitersprach.

»Ein ... ein ganz kleines Tier«, antwortete Yori. »Er war rot und gelb gestreift und gehörte zu einer Art, die ich nie vorher gesehen habe. Die Smaragdechse nannte ihn ihren kleinen Bruder und sagte, er würde das Gift aus meinem Blut verjagen.«

Ferai lachte häßlich, aber Gonda brachte sie mit einem zornigen Blick zum Schweigen. »Sprich weiter, Yori«, forderte er das Mädchen auf.

»Er ... er hat getan, was die Echse gesagt hat«, fuhr Yori fort. Sie merkte, daß sie drauf und dran war, den Faden zu verlieren. Es kostete sie unendliche Mühe, wenigstens einigermaßen ruhig zu bleiben und weiterzusprechen: »Er hat mich gebissen, aber es hat kaum weh getan. Danach bin ich eingeschlafen, aber als ich am Morgen wieder erwachte, war das Fieber fort.« Sie blickte auf und sah Gonda flehend an. »Bitte, Gonda, du mußt mir glauben. Es war alles so, wie ich es erzählt habe. Ich habe nur nichts gesagt, weil ich Angst hatte, daß ihr mir sowieso nicht glauben würdet.«

»Da kannst du recht haben«, versetzte Ferai. »Wer hat jemals von einer solch verrückten Geschichte gehört? Sprechende Echsen. Das Kind lügt! Es hat sich alles ausgedacht, jetzt, in diesem Moment, um seine Mutter zu schützen.«

Gonda sah plötzlich sehr nachdenklich aus. »Vielleicht«, murmelte er. »Aber vielleicht auch nicht. Ich erinnere mich, einmal von einem Reisenden gehört zu haben, daß es in den Sümpfen des Südens kleine Salamander geben soll, die die Gabe haben, Gift zu neutralisieren und Krankheiten zu heilen.«

Ferai schnaubte. »Das stimmt«, sagte sie ärgerlich. »Es gibt diese Tie-

re, aber zehntausend Meilen von hier! Sie leben nicht in diesem Teil des Landes. Es ist zu heiß und zu trocken hier, und selbst wenn...«
»Aber er war da!« begehrte Yori auf. »Er hat mich gebissen und das Gift aus meinem Blut gesaugt, und er ist selbst daran gestorben. Ich fand seinen Leichnam heute nachmittag, nachdem das Lager abgebaut war, nur wenige Schritte von der Stelle entfernt, an der unser Zelt gestanden hat.« Erregt beugte sie sich vor und hielt Ferai die rechte Hand hin. »Sieh doch selbst, wenn du mir nicht glaubst!«
Ferai schürzte die Lippen, beugte sich ein wenig vor und betrachtete flüchtig ihren Arm. »In der Tat«, sagte sie böse. »Da sind Spuren. Aber mir scheint, sie stammen eher von einem Stachelschwein als von einem Salamander.«
Yori stöhnte vor Enttäuschung und Zorn. Ferais gehässiger Tonfall war nur zu verständlich, denn ihr rechter Arm war bis über den Ellbogen hinauf zerschunden und zerkratzt, wo die Dornen des Gebüsches ihre Haut aufgerissen hatten. Selbst wenn Ferai die beiden winzigen punktförmigen Bißwunden in der Dunkelheit gesehen hätte, hätte sie sie kaum von den zahllosen anderen Kratzern und Rissen unterscheiden können.
»Das ... das ist passiert, als ich mich an den Büschen gekratzt habe«, sagte sie stockend. »Aber es ist alles wahr. Ich ... ich kann dir das Tier beschreiben, in allen Einzelheiten, und...«
Sie brach ab. Ferai starrte sie kalt an, und auf den Gesichtern von Gonda und ihrer Mutter war ein sonderbarer, schwer zu definierender Ausdruck erschienen.
»Sei jetzt still, Yori«, sagte ihre Mutter leise. »Du machst alles nur noch schlimmer.«
»Aber sie sagt die Wahrheit«, sagte Beren ruhig.
Gonda atmete hörbar ein und starrte seinen Sohn an. »Was sagst du da?« fragte er.
Beren rutschte aufgeregt ein Stück näher heran und deutete mit einer Kopfbewegung auf Yoris zerschundenen Arm. »Sie hat sich wirklich an einem Dornenbusch verletzt«, sagte er. »Ich war dabei. Und ich habe auch den Salamander gesehen. Er war tot, und er sah ge-

nauso aus, wie Yori ihn beschrieben hat. Rot und gelb gestreift und von einer Art, die ich nicht kenne.«

Einen Moment lang war es vollkommen still, dann gab Ferai einen zornigen Laut von sich und winkte ab. »Und wenn«, sagte sie. »Was beweist das? Nur, daß sie einen toten Salamander gefunden hat. Vielleicht ist ihr die ganze Geschichte erst eingefallen, als sie das Tier sah. Nein.« Sie schüttelte heftig den Kopf: »Ich bleibe dabei – was geschehen ist, ist die Strafe der Götter. Naila hat sie um ein Leben betrogen, und sie werden sich vierundzwanzigfach zurückholen, was ihnen genommen wurde.« Gonda wollte sie unterbrechen, aber Ferai ließ ihn nicht zu Wort kommen, sondern stand mit einer Bewegung auf, die ihrem Alter und ihrer gebrechlichen Erscheinung hohnsprach, und fuhr mit erhobener Stimme fort: »Nennt mich ruhig eine alte Närrin, wenn ich gegangen bin, aber ihr werdet noch an meine Worte denken. Die Götter lassen sich nicht betrügen, und sie lassen es auch nicht zu, daß man ihnen ins Handwerk pfuscht. Vielleicht kann man sie überlisten, aber sie sind rachsüchtig. Ihr werdet es spüren.« Damit wandte sie sich um und ging, ohne Naila oder Yori noch Gelegenheit zu einer Entgegnung zu geben.

Yori wollte ihr folgen, aber Gonda hielt sie mit einem raschen Griff zurück. »Laß sie, Yori«, sagte er. »Sie ist eine alte Frau, die nicht anders kann. Sie ist nicht böse, wenn du das glaubst. Sie weiß es nur nicht besser.«

»Aber meine Mutter ist keine Hexe!« beharrte Yori verzweifelt. »Es war alles so, wie ich es gesagt habe!«

»Vielleicht«, sagte Gonda, aber er sagte es in einem Ton, der mehr als alle Worte deutlich machte, wie er es wirklich meinte. »Vielleicht war es so, vielleicht anders. Das spielt jetzt keine Rolle mehr. Niemand macht dir oder deiner Mutter irgendeinen Vorwurf, Yori. Es ist nicht das erste Mal, daß wir vor den Menschenjägern fliehen müssen, und es wird nicht das letzte Mal sein. Aber wir haben eine gute Chance, unser Vorsprung ist ausreichend.« Er seufzte, drehte den Kopf und blickte einen Augenblick lang nach Westen. Die Berge erhoben sich wie eine unüberwindbare, schwarze Mauer vor ihnen in der Nacht.

»Wenn wir Wasser finden, ist alles gut«, murmelte er.
»Wohin gehen wir?« fragte Yori leise. »Weißt du, was hinter diesen Bergen liegt?«
Gonda verneinte: »Das weiß niemand, jedenfalls niemand, mit dem ich je gesprochen hätte. Wir waren nie so weit im Westen.«
»Und wenn wir ... wenn wir kein Wasser finden?« fragte Yori stokkend.
»Wir werden Wasser finden«, antwortete Gonda. »Es gibt Tiere in diesen Bergen, und auch sie können ohne Wasser nicht leben. Im Frühjahr fließt das Schmelzwasser in breiten Bächen von ihren Gipfeln, und man sagt, daß selbst ein Fluß tief unter dem Felsen hindurchfließt. Es gibt Wasser hier, und wir werden es finden.«
Gonda lächelte zuversichtlich. Aber Yori spürte genau, daß er diese Worte nur gesprochen hatte, um sie und die anderen – und vielleicht auch sich selbst – zu beruhigen. Er lächelte noch immer, als er aufstand, um zu seinem Lager zurückzugehen, aber in seinen Augen war ein anderer Ausdruck, und als Yori ihn erkannte, erschrak sie zutiefst, weil es etwas war, was sie an Gonda noch nie gesehen hatte: Angst.

Am nächsten Morgen zogen sie noch vor Sonnenaufgang weiter. Die Dämmerung hatte die Nacht vertrieben, und über den immer steiler ansteigenden Bergen lag ein grauer, unwirklicher Schein, als sich die lange Kette von Menschen wieder in Bewegung setzte. Der Wind, der ihnen von den Gipfeln her in die Gesichter blies, war kühl und brachte ein wenig Erfrischung, aber der Himmel war schon jetzt, während der Dämmerung, von jener seltenen Klarheit, die große Hitze während des kommenden Tages versprach.

Obwohl sie alle noch müde und erschöpft vom vergangenen Tag und der viel zu kurzen Nacht auf dem felsigen Boden waren, ließ niemand einen Laut des Protestes hören. Sie würden nicht sehr lange marschieren können. Hier, in den Bergen, wo es keinen Schutz vor der sengenden Hitze der Sonne gab, mußten sie die wenigen halbwegs kühlen Stunden des frühen Morgens und Abends ausnutzen. Gegen Mittag würde das Gehen zur Qual werden.

Yori marschierte neben ihrer Mutter und vor ihrer Schwester, wie am Tage zuvor, aber diesmal war sie froh, diese Marschordnung einhalten zu dürfen; bei dem Gedanken, etwa weiter vorne und in Ferais Nähe gehen zu sollen, rebellierte etwas in ihr.

Das Gelände wurde schwieriger. Der Boden stieg immer steiler an, und die Felsen, die sich immer wieder vor ihnen auftürmten und sie zu Umwegen oder halsbrecherischen Klettereien zwangen, wurden zahlreicher und größer. Mehr als einmal klaffte urplötzlich ein bodenloser Abgrund vor ihnen auf, so daß sie von ihrem ursprünglichen Weg abweichen oder gar die Strecke, die sie sich gerade hinaufgequält hatten, mühsam wieder zurückgehen mußten, um einen anderen Weg zu suchen, und als die Mittagsstunde herannahte, wuchs vor ihnen eine lotrechte, hundert oder mehr Manneslängen hohe Felswand empor, die sie zwang, im rechten Winkel von ihrem bisherigen Kurs abzuweichen. Aber sie spendete wenigstens Schatten, wenn es auch nur ein schmaler Streifen unmittelbar an ihrem Fuße war, und so konnten sie weitergehen, ohne sich wie die Tiere zwischen Felsen und Geröll verkriechen zu müssen, um die Zeit der größten Hitze abzuwarten.

Der Tag verging unendlich langsam. Yoris Wasservorrat schmolz unbarmherzig dahin, obwohl sie nur trank, wenn sie es gar nicht mehr aushielt und glaubte, vor Durst verrückt werden zu müssen, und als die Abenddämmerung hereinbrach, war der Schlauch aus Ziegenleder an ihrem Gürtel bis auf ein paar kümmerliche Tropfen geleert.

Sie schliefen zwischen einer Gruppe gewaltiger, wie von einem Riesen im Spiel über den Hang verstreuter Felsen, und diesmal waren sie alle zu müde und erschöpft, als daß es noch Gespräche oder einen neuen Streit gegeben hätte. Überhaupt hatte während des gesamten Marsches niemand mehr als das Allernötigste gesagt; auch Yori und ihre Mutter hatten nicht miteinander gesprochen, sondern waren nur wortlos nebeneinander hergegangen. Reden kostete Kraft, und Yori glaubte auch zu spüren, daß es sinnlos gewesen wäre, noch einmal auf das Thema vom vergangenen Abend einzugehen. Es war alles gesagt, was zu sagen gewesen war, und sie glaubten ihr nicht. So einfach war das.

Am nächsten Morgen war eines der Mulis tot. Das Tier hatte sich losgerissen und war, offensichtlich auf der Suche nach Wasser, in eine Felsspalte gestürzt. Seine Last mußte auf die verbliebenen Tiere und die einzelnen Mitglieder der Sippe verteilt werden, wodurch die Bündel, die jeder einzelne ohnehin zu tragen hatte, noch schwerer wurden und das Marschtempo noch weiter sank.

Yori wußte, daß sie den Tag nicht mehr durchhalten würden. Niemand sprach es aus, aber wenn der Tag auch nur annähernd so heiß würde wie die vorhergehenden (woran kein Zweifel bestand), dann würden spätestens zur Mittagsstunde die ersten Menschen zusammenbrechen. Sie hatte den letzten Rest ihres Wassers getrunken, als

sie aufgewacht war, und so wie der ihre waren fast alle Wasserschläuche leer.
Sie zogen weiter, aber als hätte ein grausames Schicksal beschlossen, ihnen im wahrsten Sinne des Wortes noch mehr Steine in den Weg zu legen, stieg das Gelände jetzt noch steiler an, und immer öfter türmten sich Barrieren aus Felsen und Geröll vor ihnen; sie schafften während der ersten zwei Stunden kaum zwei Meilen, und vor ihnen war, soweit das Auge reichte, nichts, das irgendeine Erleichterung versprach.
Schließlich fanden sie eine Höhle. Sie bildete eine ausgezackte Öffnung in der Flanke der Wand, an der sie sich noch immer entlangbewegten, nicht viel größer als ein Mann und von unheimlichem Schatten und Dunkelheit erfüllt, aber dahinter lag eine geräumige, domartig gewölbte Halle, von deren Decke bizarre Steingewächse herabhingen. Es war nicht sehr viel kühler als draußen, aber die unmittelbare Glut der Sonne fehlte, und obwohl die Luft auch im Inneren des Berges stickig und warm war, atmeten doch alle erleichtert auf, als sie die Höhle betraten.
Gonda rief die Sippe am Eingang zusammen, nachdem sie ihre Lasten abgelegt und ein wenig zu Atem gekommen waren. Es war dunkel in der Höhle, nur durch den Eingang fiel helles Sonnenlicht herein, so daß sich Gondas Gestalt als nachtschwarzer Schatten gegen den hellerleuchteten Hintergrund abzeichnete. Die gewölbte Decke des Felsendomes warf seine Stimme als Echo zurück. »Wir müssen beraten«, sagte er. »Ich habe mit Kahn gesprochen, was zu tun ist, und wir sind zu einem Schluß gekommen. Aber ich will eure Meinung dazu hören, ehe ich über unser weiteres Vorgehen entscheide.« Er schwieg einen Moment und sah nachdenklich von einem zum anderen.
Auch Yori blickte in die Runde. Der Ausdruck auf den zwei Dutzend Gesichtern, die sie umgaben, war überall gleich: Müdigkeit, Erschöpfung und Mutlosigkeit, aber hier und da glaubte sie auch eine schwache Spur von Zorn zu erkennen. Zorn worauf?
»Es gibt drei Möglichkeiten«, sagte Gonda nach einer Pause. »Wir

können zurückgehen und versuchen, den Weißfelsen wieder zu erreichen. Die Quelle ist versiegt, aber wir werden vielleicht noch ein wenig Wasser finden. Doch ich weiß nicht, ob ihr alle noch die Kraft habt, den ganzen Weg zurückzugehen. Außerdem sind da noch die Sklavenjäger.«

»Wenn es sie wirklich gibt«, murrte eine Stimme.

Gonda runzelte die Stirn, ging aber nicht weiter auf den Einwurf ein.

»Die zweite Möglichkeit«, fuhr er fort, »ist weiterzugehen. Aber ihr wißt alle, daß wir das nicht mehr schaffen. Das Gelände wird noch schwieriger werden, und manche von euch haben jetzt schon kaum mehr Kraft zu gehen. Viele von uns würden sterben, wenn ich euch weitertriebe.«

Wieder schwieg er eine Weile, und wieder sah sich Yori insgeheim um. Ein bitterer Geschmack breitete sich auf ihrer Zunge aus. Eigentlich begriff sie – und nicht nur sie – erst jetzt, wie ernst die Lage war, in der sie sich befanden. Das hier war kein Spiel, nicht einmal mehr nur ein Abenteuer. Es ging ums nackte Überleben.

»Die dritte Möglichkeit«, sagte Gonda, »erscheint mir am vernünftigsten: Wir werden hier bleiben, in dieser Höhle. Es gibt hier wenigstens Schutz vor der Sonne. Die Jäger werden ausschwärmen und in verschiedenen Richtungen nach Wasser suchen. Der erste, der eine Quelle findet, kommt zurück und holt die anderen.«

Zustimmendes Murmeln wurde laut. Kahn, Tura, Berg, Handari und Irco hatten sich, während Gonda sprach, ohnehin um ihn geschart und demonstrierten so, daß sie mit seinem Vorschlag einverstanden waren, und auch den anderen war klar, daß sie wahrscheinlich nur diese eine Möglichkeit hatten. Es war auch hier in der Höhle heiß, aber mit etwas Glück konnten sie noch einen, vielleicht zwei Tage durchhalten. Draußen unter der Sonnenglut würden die ersten sterben, noch bevor der Tag zu Ende war.

Auch Yori wollte sich zu den Jägern gesellen, wo ihr Platz war, aber Gonda wies sie mit einer knappen Geste zurück. »Nein, Yori«, sagte er. »Du bleibst hier.«

»Aber ich...«

»Keine Widerrede!« sagte Gonda streng. »Es reicht, wenn wir sechs gehen. Finden wir kein Wasser, dann findest du auch keines.«
Yori widersprach nicht mehr. Gonda war viel zu müde, um sich auf eine lange Diskussion einzulassen, und verlegte sich aufs Befehlen. Und im Grunde war Yori sogar ganz froh, nicht wieder hinaus und in die Hitze zu müssen.
»Gut«, sagte Gonda nach einer Weile, als sich kein Widerspruch regte. »Dann machen wir es so. Ihr bleibt hier, während wir versuchen, eine Wasserstelle zu finden. Sind wir bis morgen nicht wieder da, versucht ihr, auf eigene Faust zurückzukehren. Laßt alles Gepäck hier und rettet nur euer Leben.«
»Und die Sklavenjäger?« fragte eine Stimme.
Gonda schwieg einen Moment. »Vielleicht ist es besser, ein lebender Sklave als ein toter Freier zu sein«, murmelte er. »Und vielleicht sind sie längst weitergezogen. Niemand geht in diesen Teil der Berge, wenn er nicht muß.« Er versuchte zu lächeln, um sich und den anderen Mut zu machen, aber es gelang nicht ganz. »Wir werden Wasser finden«, sagte er. »Ihr werdet sehen. Und nun ist genug geredet. Ruht euch aus und schlaft. Aber stellt Wachen auf – für alle Fälle.«
»Du solltest hierbleiben«, sagte Yoris Mutter. »Es ist nicht gut, wenn ein Ältester seine Sippe verläßt. Wir brauchen dich hier.«
»Es gibt hier nichts für mich zu tun«, widersprach Gonda.
»Und draußen auch nicht«, sagte Naila. »Dein Bruder und die anderen sind mehr als genug, die Berge nach Wasser abzusuchen. Was sollen wir tun, wenn die Sklavenjäger kommen? Du kannst nicht alle Jäger fortschicken und die Frauen und Kinder schutzlos zurücklassen.«
»Warum wendest du dich nicht an deine Tochter?« bemerkte Ferai böse. »Vielleicht bittet sie ihre Wunderechse um Hilfe.«
Naila wollte auffahren, aber Gonda verhinderte den drohenden Streit mit einer zornigen Handbewegung. »Keinen Laut!« sagte er scharf. »Ich will nichts mehr davon hören, von keiner von euch, versteht ihr das? Ich verbiete euch, miteinander zu reden während meiner Abwesenheit.«

Ferai funkelte ihn zornig an, sagte aber nichts mehr, sondern wandte sich um und schlurfte gebückt in den hinteren Teil der Höhle zurück, um im Dunkel zu verschwinden.
»Naila hat recht, Gonda«, sagte Kahn. »Es wäre nicht gut, wenn wir alle gingen. Die Sippe braucht Schutz. Selbst wenn die Sklavenjäger uns nicht verfolgen, kann es wilde Tiere geben. Tura wird nach Süden gehen, ich nach Norden, und Berg weiter nach Westen, um Wasser zu suchen, das ist genug. Ihr anderen solltet hierbleiben.«
Gonda überlegte. Er wäre niemals von sich aus zurückgeblieben, aber er sah wohl auch ein, daß sein Bruder recht hatte. Er war ein alter Mann von über sechzig Jahren, und er litt wie alle unter der Hitze und dem Durst.
»Bleib hier«, sagte Kahn noch einmal. »Wir drei gehen auf Wassersuche, und du und die anderen beschützen die Sippe.«
»Tu, was er sagt«, sagte Naila mit einem Kopfnicken. »Du gehörst zur Sippe.«
Gonda zögerte noch immer, aber schließlich nickte er doch. »Gut«, sagte er. »Ich bleibe. Gebt auf euch acht, Tura, Berg und Kahn. Ich wünsche euch Glück. Und mögen die Götter mit euch sein.«
Kahn nickte steif und wandte sich ohne ein weiteres Wort um, um die Höhle zu verlassen. Berg und Tura folgten ihm. Ihre Gestalten schienen sich in der hitzeflimmernden Luft der Berge aufzulösen, als sie sich entfernten.
Yori sah ihnen einen Moment lang mit gemischten Gefühlen nach, ehe sie sich umdrehte und zu der Stelle zurückging, an der sie ihr Bündel abgeladen hatte. Ihre Schwester hatte sich bereits auf dem harten Boden zusammengerollt und schlief den Schlaf der Erschöpfung, und ihre Mutter hockte, mit angezogenen Knien und den Kopf an einen Felsen gelehnt, stumm da und starrte vor sich hin. Yori wollte sie ansprechen, tat es aber dann doch nicht, sondern setzte sich so weit von ihr entfernt, daß ihre Gestalt nur noch als grauer Schatten in der künstlichen Dämmerung der Höhle zu erkennen war, ebenfalls auf den Boden. Sie rutschte einen Moment unruhig auf der Stelle und lehnte sich dann gegen eines der bizarren Felsgebilde, die

aus dem Boden wuchsen. Der Stein war warm, und Müdigkeit kroch wie eine betäubende Woge in ihrem Körper empor. Ihre Lider wurden schwer, aber sie drängte die Müdigkeit zurück und zwang sich, die Augen offenzuhalten.

Es war sehr still in der Höhle, obwohl sich noch immer fast zwei Dutzend Menschen und ein halbes Dutzend Maulesel im Halbkreis beim Eingang drängten. Die meisten schliefen, manche lagen auch nur mit offenen Augen da und starrten vor sich hin. Einige redeten zwar miteinander, aber die gewölbte Decke und die Wände, die sich an drei Seiten in wogenden Schatten und ungewisser Dunkelheit verloren, schienen jeden Laut wie ein gewaltiger Schwamm aufzusaugen, und es war Yori fast, als kröchen die Schatten langsam heran und drängten den Halbkreis blasser, gelber Helligkeit, der vor dem Eingang lag, Stück für Stück zurück. Beinahe, dachte sie, als lebe die Höhle und als versuche sie – oder der Geist, der von ihr Besitz ergriffen hatte –, die fremden Eindringlinge zu vertreiben oder, wenn dies nicht ging, aufzusaugen und zu einem Teil ihrer Dunkelheit und Stille zu machen. Die Gestalten der Sippenmitglieder waren nicht mehr als blasse Umrisse, die allmählich an Substanz verloren.

Yori schauderte. Natürlich war es Einbildung; an dieser Höhle war nichts Bedrohliches oder gar Übernatürliches. Das einzige, was echt war, war das Gefühl der Spannung, das sie spürte. Aber es war nichts, was mit dieser Höhle zu tun hatte. Es war die Sippe, jedes einzelne Mitglied, dessen Verzweiflung und Zorn sie spürte, ganz egal, was ihre Mutter und Gonda behaupteten. Yori wußte, daß alle anderen sie und Naila für ihr Schicksal verantwortlich machten, und sie fragte sich erneut, ob sie nicht sogar recht hatten, ob nicht sie und ihre Mutter für all das verantwortlich waren.

Leise Schritte drangen in ihre Gedanken, und als sie aufblickte, sah sie Beren neben sich stehen. Sie lächelte flüchtig, machte eine einladende Handbewegung und wartete, bis Gondas Sohn sich ihr gegenüber auf den Boden gesetzt hatte. Er sah so müde und abgekämpft aus wie die anderen, aber der Ausdruck in seinem Blick war nur Erschöpfung, kein Vorwurf oder gar Haß.

»Ich muß dir noch danken«, sagte Yori, »für gestern abend. Du warst der einzige, der zu mir gehalten hat.«
»Ich habe nur gesagt, was ich gesehen habe«, antwortete Beren. »Außerdem stimmt nicht, was Ferai sagt – mein Vater weiß ganz genau, daß sie Unsinn redet.«
»Da ist er außer dir wohl der einzige«, meinte Yori düster. »Sieh dich doch um – sie geben uns die Schuld. Und vielleicht haben sie sogar recht damit.«
»Quatsch«, sagte Beren überzeugt. »Das Gegenteil ist der Fall – wenn der Sklavenjäger sich nicht aus lauter Zorn über die entkommene Echse selbst verraten hätte, dann wären sie vielleicht in ein paar Tagen über uns hergefallen, und wir hätten nicht einmal gewußt, was los ist.« Er lächelte aufmunternd. »Mach dir keine Sorgen«, fuhr er fort. »Du wirst sehen – in ein paar Stunden kommt Tura mit einem Beutel voller Wasser zurück, und alles ist gut. Er kann Wasser riechen, das weißt du doch.«
Yori ging nicht auf seine Worte ein. »Du glaubst mir auch nicht, nicht wahr?« fragte sie leise.
»Ich weiß nicht«, murmelte Beren. »Ich habe den Salamander gesehen, und ...« Er zögerte, beugte sich vor und hob einen kleinen Stein vom Boden auf, um damit zu spielen. »Ich würde dir gerne glauben«, sagte er schließlich. »Aber es fällt mir schwer, wenn ich ganz ehrlich sein soll. Eine sprechende Smaragdechse ...«
»Sie hat nicht gesprochen«, erklärte Yori. »Nicht ... nicht so wie du oder ich. Aber ich ... ich habe einfach gefühlt, daß sie mir etwas sagen wollte. Es war kein normales Tier.«
»Was denn dann?« fragte Beren lächelnd. »Vielleicht die Königin der Echsen?«
Yori fuhr zusammen, und Beren senkte schuldbewußt den Blick, als er begriff, daß er Yori unabsichtlich verletzt hatte. »Verzeih«, sagte er. »Ich wollte dich nicht verspotten.«
»Schon gut«, antwortete Yori. »Ich kann verstehen, wenn du mir nicht glaubst. Ich glaube es ja selbst kaum. Aber es war so, wie ich gesagt habe, Beren. Wort für Wort.«

»Gewiß«, versicherte Beren, jedoch eine Spur zu schnell, wie Yori fand. »Aber es spielt auch keine Rolle mehr. Du darfst Ferai nicht zu ernst nehmen. Sie ist ein närrisches altes Weib, mehr nicht.« Er sprach jetzt genau wie sein Vater, fand Yori. Und genau wie er glaubte er ihr nicht, sondern hielt ihr Erlebnis für erlogen oder allenfalls für eine Fieberphantasie.

Ein Stein kollerte. Irgendwo in der Dunkelheit hinter Yori huschte etwas über den felsigen Boden, dann hörte sie das Scharren harter, horniger Krallen. Erschrocken setzte sie sich auf, fuhr herum und starrte aus zusammengekniffenen Augen in die Dunkelheit.

»Was war das?« fragte Beren. Auch er hatte das Geräusch gehört, und der Ausdruck von Erschöpfung auf seinen Zügen war dem von Anspannung gewichen. Seine Hand hatte sich in einer unbewußten Bewegung auf den Griff des Dolches gelegt.

Yori zuckte mit den Achseln und wollte antworten, aber in diesem Moment ertönte das leise Scharren erneut, und für die Dauer eines Lidzuckens glaubte sie einen langgestreckten Schatten zu erkennen, der sich schwarz gegen den dunklen Hintergrund der Höhle abhob.

»Da ist doch was!« stellte Beren fest. »Das ist ein Tier oder ...«

Yori brachte ihn mit einer hastigen Geste zum Verstummen und stand vorsichtig auf. Der Schatten war wieder da, gerade so deutlich, sie erkennen zu lassen, daß da vor ihr *irgend etwas* war, ohne daß sie indes sagen konnte, was. Ihr Herz begann schneller zu schlagen, aber es war keine Furcht, die sie spürte. Es war seltsam – aber Yori wußte ganz genau, daß ihr der Schatten nichts Übles wollte.

Beren trat neben sie, legte die Hand auf ihren Unterarm und zog mit der anderen seinen Dolch. Seine Zunge fuhr nervös über die aufgesprungenen, rissigen Lippen. Yori drückte seine Hand mit der Waffe herab.

»Nicht«, sagte sie. »Es ist nicht gefährlich.«

Beren sah sie verwundert an, aber Yori gab ihm keine Gelegenheit, irgend etwas zu sagen oder zu tun. Vorsichtig stieg sie über den Felszacken hinweg, an dem sie gelehnt hatte, und ging auf den Schatten zu.

»Yori!« keuchte Beren. »Was tust du?«
Yori machte eine unwillige Geste. »Sei still!« befahl sie. »Komm von mir aus mit. Aber halt den Mund, und weck die anderen nicht auf.«
Sie ging weiter. Der Schatten vor ihr bewegte sich unruhig, huschte ein Stück zur Seite und entfernte sich dann wieder, verschwand aber nicht vollkommen. Kurz sah Yori einen langgestreckten Körper, kräftige Pfoten und einen mächtigen, dreieckigen Schädel, in dem zwei knopfgroße Augen wie geschmolzener Bernstein schimmerten.
Sie blieb einen Moment stehen, als Beren neben sie trat und sie fragend ansah, legte den Zeigefinger über die Lippen und ging weiter. Wieder huschte der Schatten vor ihnen davon, und wieder blieb er hocken, ehe sie ihn ganz verlieren konnten.
»Was ist das?« flüsterte Beren. Seine Stimme bebte.
Yori antwortete nicht. Sie hätte es ihm sagen können, aber ihre Erkenntnis erschien ihr im ersten Moment so verrückt, daß sie sich beinahe selbst weigerte, es zu akzeptieren. Der Schatten vor ihr war eine Echse, ein gewaltiges, mehr als mannslanges Tier mit glühenden gelben Augen. Und Yori war sicher, daß seine Haut wie ein geschmolzener Smaragd geschimmert hätte, hätte sie es im hellen Sonnenlicht betrachten können.
»Geh nicht weiter«, flüsterte Beren, als sie seine Hand abstreifen und erneut auf das Tier zugehen wollte. Die Echse wandte den Kopf und sah ihn an, und in ihren Augen schien es fast spöttisch aufzublitzen.
»Du wirst dich verirren!« keuchte Beren. »Es... es kann eine Falle sein. Das Tier wird uns angreifen, und ...« Er brach ab, als Yori einfach weiterging, ohne seine Worte zu beachten. Die Echse wartete, bis sie ganz nahe heran war, wandte sich dann mit einer fast lautlosen Bewegung um und huschte davon.
Yori folgte ihr. Beren rief irgend etwas, das sie nicht verstand, fluchte halblaut und lief hinter ihr her.
»Verdammt, wenn du schon nicht auf mich hörst, dann warte wenigstens auf mich«, sagte er, nachdem er sie eingeholt hatte. Aber Yori antwortete auch diesmal nicht, sondern beeilte sich, ihre Führerin nicht aus den Augen zu verlieren.

Tiefer und tiefer drangen sie in die Höhle ein. Der Eingang schrumpfte hinter ihnen zusammen und war schließlich nicht mehr als ein münzgroßer Fleck gelber Helligkeit. Beren wurde zusehends nervöser, aber Yori achtete weder darauf noch auf seine Einwürfe, sondern folgte beharrlich dem Schatten, der lautlos vor ihnen über den felsigen Boden huschte.
Schließlich blieb die Echse stehen, und auch Yori und Beren hielten an. Der massige Kopf des Tieres hob sich. Für einen Moment bohrte sich der Blick seiner großen, klugen Augen direkt in den Yoris, und sie spürte eine Woge von Wärme und Zuneigung, ein Verstehen, das viel tiefer und umfassender war, als es Worte oder Gesten hätten vermitteln können; ein Gefühl von solcher Intensität, wie sie es zuvor nur in Gegenwart ihrer Mutter – und selbst da nur ganz selten – erlebt hatte. Sie schauderte.
»Yori!« keuchte Beren. »Yori, hör doch!«
Es fiel Yori schwer, ihren Blick von dem der Echse zu lösen. Langsam wandte sie den Kopf und sah Beren an. Das Gesicht ihres Begleiters war vor Erregung gerötet. »Hörst du denn nichts?« keuchte er.
Yori lauschte angestrengt. Sie wußte nicht, was Beren meinte, aber nach einigen Sekunden glaubte sie auch, ein leises Murmeln und Rauschen zu hören, das aus der Tiefe der Höhle zu ihnen drang.
»Wasser!« jubelte Beren. *»Das ist Wasser, Yori!«*
Er hatte recht. Jetzt, als Yori wußte, worauf sie zu achten hatte, spürte und hörte sie es ganz deutlich – ein kühler Hauch wehte ihnen aus der Tiefe entgegen, und irgendwo vor ihnen plätscherte Wasser. Sehr viel Wasser.
»Da ist Wasser!« sagte Beren noch einmal. Seine Stimme zitterte vor Erregung und schien fast umzukippen. »Yori, wir haben es geschafft. Wir haben Wasser gefunden!« Er fuhr herum, machte einen Schritt und blieb wieder stehen. »Bleib hier«, sagte er. »Ich hole die anderen!«
Beren lief los, und Yori blieb allein zurück. *Wasser,* dachte sie. Sie waren gerettet, denn sie hatten Wasser gefunden.
Aber das stimmte ja gar nicht. Nicht *sie* hatten das Wasser gefunden,

sondern die Echse. Es war kein Zufall, daß sie sie gesehen hatten. Das riesige Tier hatte sie hierher geführt, als wüßte es, wie dringend sie und die anderen das Wasser benötigten.
Mit einem Ruck wandte sie sich wieder um. Aber die Echse war verschwunden. Die künstliche Nacht der Höhle hatte ihre Gestalt aufgesaugt, als wäre sie nicht mehr als ein Trugbild gewesen.
Und trotzdem wußte Yori, daß sie noch da war, ganz in ihrer Nähe. Ohne sie sehen zu müssen, spürte sie ihre Gegenwart. Sie spürte sie wie eine große, warme Hand, die sie hielt und beschützte.
»Danke«, flüsterte sie. »Ich ... ich danke dir.«
Ihre Stimme rief hallende Echos in der Dunkelheit hervor, und für einen ganz kurzen Augenblick hörte es sich fast an, als antworte sie auf ihre Worte.

»Es war dieselbe Echse, die ich in der Wüste getroffen habe. Das weiß ich genau. Sie hat versprochen, daß sie dasein wird, wenn ich sie brauche, und sie hat ihr Versprechen gehalten, Gonda.« Yoris Stimme überschlug sich fast vor Aufregung. Sie hatte die Geschichte in den letzten Minuten zwanzigmal erzählt – jedem einzelnen Mitglied der Sippe –, und sie wurde nicht müde, es auch noch ein weiteres Mal zu tun, um Gonda endlich davon zu überzeugen, daß sie die ganze Zeit über die Wahrheit gesagt hatte.

Der Sippenälteste sah sie stirnrunzelnd an, sagte aber kein Wort, sondern tauschte nur einen raschen Blick mit Beren und nickte auffordernd, damit Yori weitersprach. Sie waren alle am Ufer des Sees zusammengekommen, nachdem sie Berens aufgeregte Rufe alarmiert hatten; jetzt waren die Männer und Frauen der Sippe im Kreis um den runden, vielleicht dreißig Meter durchmessenden See verteilt. Sie hatten Fackeln angezündet, und die Dunkelheit war ein Stück zurückgewichen, umlagerte sie aber weiter wie eine schwarze, lichtschluckende Mauer.

»Sie muß gewußt haben, wie dringend wir Wasser brauchen«, fuhr Yori fort, als Gonda zu ihrer Enttäuschung nicht antwortete. »Und sie ist gekommen und hat mir die Quelle gezeigt. Mir und Beren.« Sie deutete aufgeregt auf Gondas Sohn und dann auf den flachen See, dessen Wasser im Licht der Fackeln schwarz wie geschmolzener Teer aussah. Das Wasser bewegte sich kaum, aber es war trotzdem so klar und frisch, als stamme es aus einer sprudelnden Quelle. Sie alle hatten getrunken und ihre Wasserschläuche und Flaschen gefüllt, und einige – vor allem die Kinder – nutzten die Gelegenheit, zum ersten Mal seit Monaten wieder ein Bad zu nehmen, auch wenn das Wasser des Sees eisig war.

»Glaubst du mir jetzt?« fragte sie, als Gonda nicht antwortete, sondern nur versonnen tiefer in die Höhle hineinstarrte. »Es war kein Zufall, daß sie ausgerechnet jetzt zurückgekommen ist. Sie hat es versprochen, und sie hat ihr Versprechen eingelöst. Genauso, wie sie versprochen hatte, mir das Leben zu retten.«
Gonda schwieg noch immer, aber nun ergriff Beren das Wort. »Ich war dabei, Vater«, sagte er. »Yori spricht die Wahrheit. Das Tier war wirklich da. Um ein Haar hätte ich es angegriffen, weil ich so erschrocken war.« Er lächelte verlegen, als Yori ihm einen bösen Blick zuwarf. »Es war eine Smaragdechse, und es war die größte Smaragdechse, die ich jemals gesehen habe«, fuhr er fort. »Wenn der Fremde hinter diesem Tier her war, dann verstehe ich seinen Zorn beinahe. Seine Haut muß ein Vermögen wert sein.«
Gonda schwieg noch immer, aber auf seinem Gesicht war ein sehr, sehr nachdenklicher Ausdruck erschienen. Immer wieder sah er an Yori vorbei über den See, fast, als erwarte er, am anderen Ufer irgend etwas Bestimmtes zu entdecken.
»Ich zweifle nicht daran, daß ihr die Echse gesehen habt«, sagte er schließlich. »Es kommt selten vor, aber sie leben manchmal auch in den Bergen, und eine Höhle wie diese – noch dazu mit Wasser – bietet einen idealen Unterschlupf für alle möglichen Tiere. Ich hätte daran denken sollen. Wir müssen Wachen aufstellen, wenn wir noch länger hierbleiben.«
»Aber es war nicht *irgendein* Tier«, begehrte Yori auf. Ein Gefühl dumpfer Verzweiflung machte sich in ihr breit. Sie ahnte, daß Gonda ihr noch immer nicht glaubte. »Es war kein Zufall, Gonda!« sagte sie überzeugt. »Was muß noch passieren, damit du mir glaubst?«
»Wer sagt, daß ich dir nicht glaube?« entgegnete Gonda ruhig. Er sah sie fest an. Sein Gesicht blieb fast unbewegt, nur das Netzwerk feiner Fältchen rings um seine Augen vertiefte sich, als er ein Lächeln andeutete. »Aber du mußt mir Zeit geben, über alles nachzudenken. Wenn das, was du erzählt hast, stimmt, dann kann es sehr wichtig sein, für uns alle. Nicht nur für dich.«
»Das ist Hexenwerk!« mischte sich eine schrille Stimme ein. Yori sah

auf und gewahrte Ferai, die unbemerkt herangekommen war und mit ihrer dürren Hand anklagend abwechselnd auf sie und ihre Mutter deutete. »Das Kind hat recht, Gonda – was muß noch geschehen, bis du begreifst, daß es kein Zufall mehr ist?« Sie schlurfte näher, sah Naila haßerfüllt an und spie aus. »Hexe!« zischte sie.
Gonda erbleichte. »Was fällt dir ein, Ferai?« sagte er scharf. »Sei gefälligst still! Bist du verrückt geworden, oder hat dir der Haß den Verstand umnebelt? Ohne Yori und die Echse würden wir jetzt verdursten!«
»Ohne sie wären wir gar nicht hier!« behauptete Ferai.
»Ich sagte, du sollst still sein!« sagte Gonda laut.
»Und ich sage, es ist Hexenwerk!« erwiderte Ferai erregt. »Vielleicht stimmt die Geschichte ja, die sie erzählt, aber das wäre nur ein Beweis mehr! Jag' sie davon, Gonda, oder wir alle werden sterben!« Sie hatte so laut gesprochen, daß ihre Worte überall in der Höhle zu hören waren, und Yori sah, wie sich aller Gesichter zu ihnen umwandten. Die Gespräche verstummten nach und nach, und eine erwartungsvolle, angespannte Stille begann sich über dem See und den darum versammelten Menschen auszubreiten.
»Du bist närrisch, altes Weib«, sagte Naila. Sie sprach ganz leise und flüsterte fast, aber in ihrer Stimme war eine Härte, die Yori erschauern ließ. Sie verstand kaum, woher ihre Mutter die Kraft nahm, noch so ruhig zu bleiben. Sie selbst verspürte für einen Moment den fast unwiderstehlichen Wunsch, Ferai kurzerhand in den See zu werfen und sie auf diese Weise zum Schweigen zu bringen. Vielleicht hätte sie es sogar getan, wären ihre Mutter und Gonda nicht dabeigewesen.
»Ein närrisches altes Weib?« wiederholte Ferai erbost. »Bin ich das? Oder hast du nur Angst, daß ich dich durchschauen könnte, Naila? Ich habe dir nie getraut, und ich hatte recht damit. Unser Schicksal ist die Strafe der Götter für das, was du getan hast.«
Naila lachte böse. »Du bist wirklich nichts weiter als ein närrisches Weib, Ferai«, sagte sie. »Was soll ich getan haben? Du hast gehört, was Yori gesagt hat, und ich glaube ihr. Warum sollte sie eine so

haarsträubende Geschichte erzählen, außer wenn sie wahr ist?« Ferai schnaubte. »Sprechende Tiere, wie?« sagte sie. »Wer hätte jemals davon gehört, daß ein Tier zu einem Menschen spricht oder umgekehrt?«

»Ich«, sagte Gonda plötzlich. »Und auch du, Ferai.« Ferai erbleichte. Offensichtlich hatte sie nicht damit gerechnet, daß Gonda so offen Nailas und Yoris Partei ergreifen würde. Bisher hatte er sich stets damit zufriedengegeben, schlichtend in den Streit einzugreifen und Naila und Ferai gleichermaßen zur Ruhe zu ermahnen. Jetzt widersprach er der Heilmutter direkt; und vor allen anderen. Yori war nicht sicher, ob es wirklich richtig war, was Gonda tat. In Ferais Augen mußte sein Verhalten wie eine Demütigung wirken. »Ich habe davon gehört«, wiederholte er. »Wir alle hier, Ferai. Du selbst hast es uns erzählt, und ...«

»Geschichten«, winkte Ferai ab. »Das waren Geschichten, mehr nicht, Gonda. Nimmst du sie ernst? Ich hätte mehr Vernunft von dir erwartet als von einem Kind.«

»Es sind nicht nur Geschichten, und wenn du nicht vom Haß verblendet wärest, Ferai, würdest du es begreifen. Heißt es nicht, daß viele Menschen früher die Gabe hatten, mit dem Volk der Drachen zu reden, und daß ihre und unsere Rasse einst als gleichberechtigte Völker auf der Welt gelebt haben?«

»Und daran glaubst du?« Ferai versuchte vergeblich, ihren Worten einen möglichst überheblichen Klang zu verleihen. Sie begann, den Boden unter den Füßen zu verlieren. Gonda griff sie aus einer Richtung an, aus der sie es nicht erwartet hatte.

»Vielleicht«, murmelte Gonda mit einem unsicheren Seitenblick auf Yori. »Es heißt auch, daß auch heute noch Menschen geboren werden, die über die Gabe verfügen, mit den Tieren zu reden.«

»Das Volk der Drachen ist ausgelöscht«, sagte Ferai überzeugt. »Es ist vergangen, so wie die Menschen, die damals mit ihm lebten. Wir sind nur ihre Nachkommen. Die Echsen, die heute noch leben, haben nichts mit dem stolzen Volk der Drachen zu tun, sowenig wie wir mit dem der Drachenreiter, Gonda.«

Vielleicht würde der Streit jetzt endgültig zum Ausbruch kommen; Yori fühlte, daß die Kraft ihrer Mutter, sich zu beherrschen, nahezu erschöpft war, und daß auch Ferai diesmal nicht nachgeben würde, nicht jetzt, nachdem sich Gonda so offen gegen sie gestellt hatte. Ferai und Naila hatten sich niemals gut verstanden, und die Heilmutter hatte die vergangenen beiden Tage genutzt, geschickt Stimmung gegen sie und Yori zu machen.
Und es schien ihr zumindest zum Teil gelungen zu sein. Menschen, die Not litten, waren immer rasch bei der Hand, einen Sündenbock zu suchen. Man litt leichter, wenn es jemand gab, den man dafür verantwortlich machen konnte.
Aber Ferai kam nicht dazu, zu einem weiteren Angriff anzusetzen, denn in diesem Augenblick erscholl vom Eingang her ein scharfer Ruf. »Berg kommt zurück!« rief eine Stimme. »Und Tura! Er ist verletzt!«
Gonda fuhr erschrocken zusammen. »Verletzt?« murmelte er verstört. »Verdammt, da ist etwas passiert! Kommt!«
Der Streit war vergessen, wenigstens für den Moment. Geführt von Gonda und Beren eilte die Sippe zum Eingang zurück und drängte sich vor der schmalen, lichterfüllten Öffnung im Felsen. Auch Yori blinzelte in das helle, nach der Schwärze der Höhle ungewohnte Sonnenlicht und versuchte, einen Blick nach draußen zu erhaschen, wich aber wie die anderen hastig zurück, als Berg mit weit ausgreifenden Schritten herankam. Er ging gebückt und stark nach vorne geneigt, denn er trug Tura wie eine leblose Last auf den Schultern. Bergs jüngerer Bruder schien ohne Bewußtsein zu sein, und Yori sah, daß sein Gesicht rot war vom Blut, das aus einer breiten Platzwunde an seiner Stirn rann.
Berg taumelte mehr in die Höhle, als daß er ging. Sein nackter Oberkörper glänzte vor Schweiß, und sein Atem ging keuchend und stoßweise. Seine Füße waren blutig und zerschunden; er mußte rücksichtslos über die scharfkantigen Felsen gerannt sein, um so schnell wie möglich zur Höhle zurückzukommen. Und zumindest auf dem letzten Stück des Weges hatte er Tura getragen.

Hilfreiche Hände streckten sich Berg entgegen, nahmen ihm den reglosen Körper Turas ab und stützten ihn, als er vor Erleichterung taumelte und fast gefallen wäre. Tura wurde ein Stück in die Höhle hineingetragen und behutsam auf ein Lager aus Fellen gebettet.
»Bringt Wasser!« befahl Gonda. »Wascht ihn ab und laßt ihn trinken, soviel er will!«
Berg sah mit gelinder Verwunderung auf, als Andri und Ferai neben dem Lager seines Bruders niederknieten und Andri einen prall gefüllten Wasserschlauch an dessen Lippen setzte, während die Heilmutter daran ging, sein Gesicht mit einem angefeuchteten Lappen abzuwischen und sich um die Wunde zu kümmern.
Gonda reichte Berg wortlos einen zweiten Schlauch. Er griff mit zitternden Fingern danach, trank lange und ausgiebig und schüttete sich schließlich den Rest des Wassers über Kopf und Schultern, als Gonda aufmunternd nickte.
»Wasser«, stöhnte er. »Ihr habt ... Wasser!«
»Mehr als genug«, antwortete Gonda. »Aber davon später, Berg. Was ist geschehen?«
Berg seufzte, warf den geleerten Schlauch zu Boden und sah besorgt zu seinem Bruder hin. »Die Sklavenjäger«, murmelte er. »Du hattest recht, Gonda. Sie sind auf unserer Spur. Ich habe sie gesehen, weniger als eine Wegstunde von hier.«
»Die Sklavenjäger!« entfuhr es Gonda. »Haben sie dich entdeckt?«
Berg verneinte. »Ich fürchte, das war auch gar nicht nötig«, sagte er. »Sie sind auf unserer Spur, und sie werden uns unweigerlich finden.«
»Unserer Spur?« fragte Gonda zweifelnd.
Berg nickte düster. »Sie haben Hunde, Gonda. Sie werden uns aufspüren. Sie kommen nur langsam voran, aber ehe die Sonne untergeht, sind sie hier.«
»Wie viele sind es?« fragte Gonda.
Berg überlegte einen Moment. »Vielleicht zwanzig«, sagte er dann. »Kaum mehr.«
»Dann kämpfen wir!« sagte Beren. »Das sind nicht allzu viele, und außerdem sind wir mit der Überraschung zusätzlich im Vorteil ...«

»Sei still, Beren«, befahl Gonda unwillig. »Du weißt nicht, was du redest.«
»Aber wir ...«
»Dein Vater hat recht, Beren«, sagte Berg ernst. »Sie sind weniger als wir, aber es sind zwanzig Krieger mit Pferden und Waffen und Rüstungen. Hast du schon vergessen, daß wir alle gerade mit einem einzigen fertig geworden sind? Sie würden uns töten.«
»Was ist los mit dir?« schnappte Beren wütend. »Hast du Angst?«
Berg nickte ungerührt. »Ja. Du nicht?«
»Genug jetzt!« befahl Gonda. Er warf seinem Sohn einen letzten, warnenden Blick zu, drehte sich um und fuhr mit erhobener Stimme fort: »Packt alles zusammen und beladet die Mulis. Nehmt soviel Wasser mit, wie ihr tragen könnt, und laßt lieber etwas anderes dafür zurück. Rasch. Wir haben keine Minute zu verlieren.«
Die meisten Mitglieder der Sippe entfernten sich, um dem Befehl zu folgen, nur Yori und Beren blieben bei Berg und Gonda stehen, und Gonda schien nichts dagegen zu haben.
Berg trat leise hinter Ferai und sah über ihre Schulter ins Gesicht seines Bruders. Jetzt, als die Heilmutter das Blut von seinen Zügen gewischt und die Wunde notdürftig versorgt hatte, sah man, daß er weniger schwer verletzt war, als es im ersten Moment den Anschein gehabt hatte.
»Was ist geschehen?« fragte Gonda leise, als Berg sich wieder aufrichtete. »Waren das die Sklavenjäger?«
Berg schüttelte den Kopf. »Nein. Ich fand ihn nicht weit von hier, und ehe er das Bewußtsein verlor, konnte er mir noch sagen, was ihm zugestoßen war.«
»Und?« fragte Gonda ungeduldig, als Berg nicht weitersprach.
Berg druckste herum. Sein Blick ging an Gonda vorbei und bohrte sich in das Schwarz der Höhle. »Die ... Sklavenjäger sind noch nicht alles, Gonda«, sagte er, ohne den Sippenältesten anzusehen. »Es kommt noch schlimmer.«
»Was willst du damit sagen?« fragte Gonda alarmiert.
Berg seufzte. »Tura ist nach Süden gegangen, wie Kahn gesagt hat,

aber er ist nach wenigen Meilen umgekehrt, weil man diesen Weg nicht nehmen kann.« Wieder sprach er nicht weiter, und wieder lief ein rasches, nervöses Zucken über sein Gesicht. »Er hat Spuren gefunden, Gonda. Die Spuren eines Bergdrachen. Deshalb ist er wie von Sinnen zurückgelaufen und gestürzt.«

Gonda schwieg eine endlose Weile, und Yori spürte, wie sich die kalte Hand der Furcht um ihre Seele legte. *Ein Bergdrache!* dachte sie entsetzt. Sie hatte nie ein solches Tier zu Gesicht bekommen; niemand aus der Sippe hatte das. Es gab nur wenige Menschen, die eine Begegnung mit einem Bergdrachen überlebt hatten und davon berichten konnten.

»Bist du sicher?« fragte Gonda schließlich. Seine Stimme klang flach und kalt und gezwungen ruhig.

Berg deutete mit einer Kopfbewegung auf seinen Bruder. »Tura ist sicher«, sagte er. »Und er täuscht sich selten im Spurenlesen.«

»Dann ... dann ist das ein Grund mehr, sofort aufzubrechen«, sagte Gonda stockend. »In welcher Richtung hast du die Sklavenjäger gesehen?«

»Östlich. Ich bin nach Westen gegangen, aber eine Meile entfernt ist eine Stelle, von der aus man den Hang bis zum Tal hinab überblicken kann.«

»Hast du Kahn gesehen?« fragte Gonda.

Berg schüttelte den Kopf. »Nein. Aber wir werden ihn treffen, wenn wir aufbrechen. Er ist nach Norden gegangen, und dies ist sowieso die einzige Richtung, die uns bleibt.«

Yori atmete erschrocken ein. »Aber im Norden ...«

»Ich *weiß*, was im Norden liegt«, unterbrach Gonda sie. »Aber wir haben keine Wahl. Wir können nicht hierbleiben, und wir können auch nicht zurück. Geh endlich zu deiner Mutter und hilf ihr!«

Yori blickte den Stammesältesten für die Dauer eines Herzschlages an und wollte widersprechen, nickte aber dann doch gehorsam. Als sie sich umwandte, begegnete sie Ferais Blick. Für einen Moment glaubte sie beinahe, eine Spur von Triumph in ihren Augen zu erkennen.

Als sie dieses Mal weiterzogen, war es wirklich eine Flucht. Sie hatten die Zelte und den größten Teil ihrer Habseligkeiten in der Höhle zurückgelassen, gut versteckt, damit die Verfolger, die die Höhle zweifellos finden und untersuchen würden, sie nicht entdeckten und sie vielleicht später zurückkommen und sie holen konnten, aber eigentlich doch mit der Gewißheit, nichts davon jemals wiederzusehen. Yori hatte gespürt, wie schwer es ihrer Mutter gefallen war, den größten Teil ihres ohnehin geringen Besitzes aufzugeben, denn es waren Dinge, an denen ihr Herz hing; wer wenig hat, der weiß dieses Wenige eben um so mehr zu schätzen. Aber es ging jetzt, auch wenn es bisher niemand laut ausgesprochen hatte, nur noch um das nackte Überleben, und jeder wußte, wie verzweifelt gering ihre Chance war, den Verfolgern zu entkommen. Auf den Mulis ritten jetzt die Kinder und Tura, der wohl aufgewacht war, aber fieberte; der Sturz war wohl doch schlimmer gewesen, als sie geglaubt hatten. Die Flüchtenden hatten keine Zeit zu verlieren, und dort, wo es das Gelände zuließ, bewegten sie sich im Laufschritt voran.

Schon bald gesellte sich der Durst wieder als treuer Begleiter zu ihnen. Sie alle hatten getrunken, soviel sie überhaupt konnten, aber die Sonne, die unbarmherzig vom Himmel brannte, dörrte ihre Körper aus, und sie mußten sparsam mit ihren Wasservorräten umgehen, denn keiner wußte, wann und ob sie überhaupt eine weitere Wasserstelle finden würden.

Am späten Nachmittag trafen sie auf Kahn. Der Jagdmeister war so weit gegangen, wie er konnte, ohne auf Wasser oder irgend etwas anderes als Felsen und unfruchtbare Hänge zu treffen, aber er hatte einen Paß entdeckt, der höher in die Berge hinauf und mit etwas Glück vielleicht über den Kamm führte.

Gonda erlaubte ihnen nicht die geringste Pause. Er und die anderen Jäger wechselten sich darin ab, ein Stück hinter der Sippe zu gehen und nach den Verfolgern Ausschau zu halten, aber seine anfeuernde Stimme schien allgegenwärtig, und wann immer einer ins Stolpern kam und fiel oder einfach vor Erschöpfung aufgeben wollte, war er zur Stelle und half ihm auf oder redete ihm geduldig zu. So wie die beiden Tage zuvor liefen sie bis lange nach Dunkelwerden und rasteten erst, als ein Weitergehen nur noch unter Gefahr für Leib und Leben möglich war. Zumindest was das Nachtlager anging, schien die Natur an diesem Abend ein Einsehen mit ihnen zu haben: Sie fanden einen tiefen, an allen Seiten von senkrechten, mehr als zehn Meter hohen Wänden eingeschlossenen Kessel, der groß genug zum Lagern war und gleichermaßen Schutz vor Entdeckung wie vor dem Wild bot. Es gab nur einen einzigen Zugang, eine schmale, V-förmige Felsspalte, die im Notfalle leicht zu verteidigen sein würde.
Während Gonda die Wachen einteilte, bereiteten die anderen ihre Lager vor. Niemand dachte an Essen an diesem Abend; sie konnten kein Feuer entzünden, ohne den Menschenjägern ihren Standort zu verraten, und wie an den Tagen zuvor waren die meisten ohnehin so müde, daß sie nahezu auf der Stelle einschliefen.
Yori, ihre Schwester und ihre Mutter lagerten ein Stück abseits der anderen Frauen, dicht bei den Mulis und im Schutz eines überhängenden Teiles der Felswand, die sich wie ein natürliches Dach über ihnen erstreckte.
Nach und nach wurde es still. Das leise Getrappel von Füßen und Hufen verklang, und auch die geflüsterten Gespräche, die den Kessel anfangs noch mit einem Chor wispernder Echos erfüllten, verstummten allmählich, als die Anstrengungen des Tages ihren Preis forderten und die Männer und Frauen einer nach dem anderen in Schlaf versanken. Auch Yori streckte sich lang auf dem weichen Lager aus, das ihre Mutter für sie bereitet hatte, aber sie fand keinen Schlaf, und so setzte sie sich nach einer Weile wieder auf, rutschte vorsichtig ein Stück zurück und lehnte sich gegen den Felsen. Es war warm. Der Wind konnte sie hier im Schutze des Kessels nicht errei-

chen, und die Felsen hatten die Hitze des Tages gespeichert und kühlten nur langsam wieder ab. Yoris Kehle war trocken und schmerzte vor Durst, obwohl sie erst kurz vor dem Schlafengehen getrunken hatte. Aber der Marsch durch die Sonnenglut ließ ihre Körper fast fünfmal soviel Flüssigkeit verbrauchen wie normal. Sie beugte sich vor, streckte die Hand nach dem Wasserschlauch aus, führte die Bewegung jedoch nicht zu Ende. Sie mußten sparsam sein, obwohl ihre Schläuche fast noch ganz gefüllt waren, und sie konnten kaum ein zweites Mal damit rechnen, ein solches Glück zu haben wie heute. So zog sie die Hand nach kurzem Zögern zurück und lehnte sich wieder gegen den Felsen.

»Trink ruhig, wenn du durstig bist.«

Yori sah auf und blickte ins Gesicht ihrer Mutter. Sie hatte sich auf die Seite gedreht und die Hände wie ein Kissen unter den Kopf geschoben. »Trink ruhig«, sagte sie noch einmal. »Es kommt auf einen Schluck mehr oder weniger jetzt nicht mehr an.«

Die Art, in der sie sprach, stimmte Yori traurig, ohne daß sie genau sagen konnte, warum. Zögernd beugte sie sich vor, nahm den Wasserschlauch nun doch auf und löschte ihren Durst. Anschließend hielt sie ihn ihrer Mutter hin, aber sie schüttelte nur den Kopf, seufzte leise und stemmte sich auf den rechten Ellbogen hoch.

»Was hast du damit gemeint: Es kommt nicht darauf an?« fragte Yori leise.

»Wir werden es nicht schaffen«, antwortete ihre Mutter nach einer Weile. Sie setzte sich ganz auf, lehnte sich wie Yori an den Felsen und zog die Knie an den Körper. Ihre Hand wies nach Norden. »Die Berge sind zu hoch, Yori. Und unsere Verfolger haben Pferde. Selbst wenn wir den Vorsprung, den wir jetzt noch haben, halten, holen sie uns in wenigen Stunden ein, sobald wir offenes Gelände erreichen.«

»Vielleicht geben sie auf, wenn es ihnen zu lange dauert«, sagte Yori.

»Aufgeben?« Ihre Mutter schüttelte traurig den Kopf. »Diese Männer geben nicht auf, Yori. Niemals.«

Yori schauderte. Aus der Stimme ihrer Mutter sprach keine Angst, aber es war ein Unterton von Verbitterung darin, der sie frösteln ließ.

»Du redest, als ... als würdest du sie genau kennen«, sagte sie stokkend.
Wieder dauerte es einen Moment, ehe ihre Mutter antwortete, und als sie es tat, überzeugte sie sich erst mit einem Blick davon, daß Lana fest schlief und nichts von ihrer Unterhaltung hörte. »Ich kenne sie, Yori«, sagte sie. »Es sind ja dieselben Männer, die deinen Vater getötet haben.«
»Wirklich dieselben Männer?« entfuhr es Yori. Ihre Mutter sah sie warnend an und machte eine Geste, leiser zu sein, und Yori fuhr, leiser, aber noch immer sehr aufgeregt, fort: »Wirklich dieselben? Du meinst, der Reiter, der in unser Lager kam, war dabei, als ... als ...«
»Jawohl«, sagte Naila mit einem raschen, traurigen Lächeln. Sie schwieg einen Moment, griff unter ihr Gewand und zog einen kleinen Anhänger hervor. Ihre Augen schimmerten, während ihre Finger mit einer Bewegung, die beinahe liebkosend wirkte, über die verzierte Oberfläche des kleinen Schmuckstückes tasteten. »Ich glaube kaum, daß es alle dieselben Männer sind«, fuhr sie fort. »Dieser Zufall wäre doch etwas zu groß. Aber es waren Männer wie sie, Yori, Sklavenhändler aus Muurhat, die die Karawane überfielen, in der wir reisten. Und der Mann, der Gonda geschlagen hat, war bei ihnen. Ich ... war mir erst nicht sicher, aber ich habe ihn erkannt. Das hier«, sie hob die Hand mit dem Amulett, »war der endgültige Beweis.«
Sie schwieg einen Moment. Ein Schatten huschte über ihr Gesicht. Die Erinnerung schien ihr große Qual zu bereiten, als hätte sie in all den Jahren nichts von ihrem Schrecken verloren. »Sie haben fast alle getötet, und die, die überlebten, wurden als Sklaven verschleppt. Damals bin ich ihnen entkommen, weil Gonda und sein Bruder mich fanden, aber heute wird niemand da sein, der uns helfen kann, Yori.«
»Wir werden es schaffen«, widersprach Yori, aber sie tat es nicht aus Überzeugung, sondern nur, um überhaupt etwas zu sagen und das Gefühl der Mutlosigkeit und Verzweiflung, das in ihr hochzusteigen begann, nicht übermächtig werden zu lassen.
Ihre Mutter antwortete nicht, und für eine Weile saßen sie einfach stumm nebeneinander an den Felsen gelehnt und hingen, jede für

sich, ihren Gedanken nach. Für ihre Mutter, das begriff Yori plötzlich, mußte all dies doppelt schlimm sein. Für sie waren es nicht nur irgendwelche Sklavenjäger, vor denen sie davonlief, sondern die Männer, denen sie schon einmal mit knapper Not entronnen war. Der Gedanke ließ Yori frösteln. Sie glaubte nicht, daß sie die Gefühle ihrer Mutter in vollem Umfang nachempfinden konnte. Aber es mußte irgendwie so sein, als wären die Gespenster der Vergangenheit wieder auferstanden. Eine schreckliche Vorstellung. Ob Ferai oder Gonda überhaupt begriffen, wie ihre Mutter litt?

»Du hast mir niemals davon erzählt«, sagte Yori plötzlich. »Du hast mir nie erzählt, wie mein Vater war.« Es war kein Vorwurf in ihrer Stimme. Sie hatte ihren Vater nie gekannt, und eigentlich war das Wort »Vater« für sie ein ganz normales Wort, ohne irgendeine tiefere Bedeutung. Es klang bislang nichts in ihr an, wenn sie an ihren Vater dachte – weshalb auch? Es war das erste Mal, daß ihr solche Gedanken kamen; und plötzlich hatte sie das Gefühl, bisher um irgend etwas Wichtiges, Schönes betrogen worden zu sein.

»Er war ein wunderbarer Mann, Yori«, antwortete ihre Mutter. Sie sah sie nicht an, sondern blickte unverwandt zum Himmel empor, und Yori sah, wie sich das Licht der Sterne auf einer einzelnen, glitzernden Träne brach, die über Nailas Wange rann, und als sie weitersprach, war ihre Stimme ganz leise und so, als rede sie mit sich selbst, nicht mit ihr. »Ich war nicht sehr viel älter als du, als ich ihn kennenlernte, und ich liebte ihn vom ersten Augenblick an. Er war der einzige Mensch auf der Welt, den ich jemals wirklich geliebt habe. Außer dir und Lana, natürlich.«

»Und ... Lanas Vater?« fragte Yori leise.

»Das war etwas anderes«, antwortete Naila. »Ich habe ihn gern gehabt, und er war sehr gut zu mir, aber ...« Sie brach ab, atmete hörbar ein und nahm einen kleinen Stein vom Boden auf. »Vielleicht bist du noch zu jung, aber eines Tages wirst du verstehen, was Liebe bedeutet, Yori. Sie kann etwas Wunderbares sein, aber sie kann dir auch das Herz brechen.«

Nailas Worte lösten ein sonderbares Gefühl in Yori aus. Sie spürte,

wie sehr ihre Mutter unter den Erinnerungen litt, die die Worte wachgerufen hatten, und sie wollte irgend etwas sagen oder tun, um sie zu trösten, aber sie konnte es nicht.
»Er stammte aus dem Norden«, fuhr Naila nach einer langen Pause fort. »Aus einer der großen Städte am Rande des ewigen Eises. Wir waren auf dem Weg in seine Heimat, als die Karawane überfallen wurde. Wäre es nicht geschehen, dann wärest du in einer richtigen Stadt aufgewachsen, Yori. Du hättest eine Schule besucht und schöne Kleider getragen. Wir hatten große Pläne mit dir. Du solltest alles haben, was deinem Vater und mir nicht vergönnt gewesen war.«
Yori dachte einen Moment über diesen Gedanken nach, aber sie glaubte nicht, daß ihr ein solches Leben gefallen hätte. Sie liebte die Freiheit, die endlosen Steppen und Wälder, die die Heimat der Sippe waren, und obwohl das Leben eines Nomaden oftmals hart und entbehrungsreich war, konnte sie sich doch kein anderes vorstellen.
»Wer war er?« fragte sie. »Ein Prinz oder König?«
Ihre Mutter lächelte sanft. »Nein, Yori, nichts von alledem. Er war nur ein Mann. Ich habe ihn niemals danach gefragt, aber ich glaube, er war in seiner Heimatstadt sehr gut angesehen, und vielleicht war er auch reich. Als er zu uns kam, brachte er ein Dutzend Pferde und eine Schatulle voller Edelsteine mit und gab sie meinem Vater.«
Yori verstand nicht gleich. »Du meinst, er hat dich *gekauft?*« fragte sie.
Wieder lächelte ihre Mutter dieses seltsame, verzeihende Lächeln.
»Man könnte es so nennen«, gestand sie. »Dort, wo ich herkomme, ist es üblich, daß ein Mann dem Vater der Frau, die er begehrt, ein Geschenk macht, und je angesehener er ist, desto wertvoller sind die Geschenke, die er bringt. Aber es wäre gar nicht nötig gewesen. Ich wäre ihm auch gefolgt, wenn er als Bettler vor unserer Tür erschienen wäre. Bis ans Ende der Welt, wenn er es verlangt hätte. Und selbst darüber hinaus. Als er starb, da wollte auch ich nicht mehr leben. Hätte es dich nicht gegeben, hätte ich mich in meinen Dolch gestürzt, um ihm zu folgen.«
»Warum bist du nicht zurückgegangen, nachdem Gonda und Kahn dich gefunden haben?« fragte Yori.

»Wohin? Es gab keinen Ort, an den ich gehen konnte, Yori«, antwortete ihre Mutter. »Meine Eltern waren wieder sehr arm, nachdem sie die Schätze deines Vaters für die Tilgung ihrer Schulden aufgebraucht hatten, und sie waren froh, daß ich nicht mehr bei ihnen war und sie ein Maul weniger zu stopfen hatten. Und die Familie deines Vaters kannte mich nicht. Ich wäre als Fremde vor ihr erschienen, und wahrscheinlich hätte sie mich davongejagt. Bestenfalls hätte sie mir wie einem Bettler ihre Großmut erwiesen. Außerdem gab es noch dich. Du warst noch fast ein Säugling, und eine Frau und ein kleines Kind können nicht allein tausend Meilen weit reisen.« Plötzlich lächelte sie. »Es war gut so, wie es gekommen ist, Yori. Das Schicksal geht oft sonderbare Wege, aber es steht uns Menschen nicht zu, darüber zu urteilen, ob es gut oder schlecht ist.«
»Jetzt redest du wie Ferai«, sagte Yori.
»Ich weiß. Sie und ich, wir sind uns ähnlicher, als du glaubst. Sie weiß es, und deshalb haßt sie mich auch.«
Ähnlicher, dachte Yori verstört. Sie versuchte vergeblich zu begreifen, was ihre Mutter meinte. Ferai und Naila waren die unterschiedlichsten Menschen, die sie überhaupt kannte. Und plötzlich sollten sie sich ähnlich sein? Ferai war nichts als eine verbitterte alte Frau, die vom Leben enttäuscht war und einer Vergangenheit nachtrauerte, die sie vielleicht hätte haben können, aber niemals gehabt hatte. Eine Außenseiterin. »Das verstehe ich nicht«, gestand sie.
»Das brauchst du auch nicht«, antwortete Naila. »Jedenfalls jetzt noch nicht. Ich…«
Das Jaulen eines Hundes drang durch die Nacht. Naila verstummte, und Yori konnte trotz der Dunkelheit erkennen, wie ihre Mutter erbleichte. »Die Sklavenjäger!« flüsterte sie.
Yori saß einen Moment wie versteinert da. Ein eisiger Schreck lähmte sie; für die Dauer eines Herzschlages war sie unfähig, irgend etwas anderes zu tun, als abwechselnd ihre Mutter und die schwarze Mauer der Nacht jenseits des Lagers anzustarren. Dann ertönte der Laut ein zweites Mal, und das Geräusch riß Yori so abrupt aus ihrer Erstarrung, wie es sie zuvor gelähmt hatte.

Mit einer einzigen, beinahe lautlosen Bewegung raffte sie ihre Waffen zusammen, sprang hoch und rannte mit ausgreifenden Schritten durch das Lager. Noch im Laufen warf sie den Köcher über die Schulter und band den Gürtel mit der Dolchscheide um.
Sie war nicht die einzige, die den Hund gehört hatte; die meisten Mitglieder der Sippe waren vor Erschöpfung in einen tiefen Schlaf gefallen, aus dem sie wahrscheinlich nicht einmal ein viel größerer Lärm geweckt hätte, aber nahezu gleichzeitig mit ihr langten Kahn, Irco und auch Beren an dem schmalen Spalt im Felsen an, der den einzigen Zugang zu ihrem Lager bot. Wenige Augenblicke später hörte sie hastige Schritte, und eine gebückte Gestalt rannte mit wehenden weißen Haaren von Osten her auf den Kessel zu. Gonda. Yori erinnerte sich, daß er selbst die erste Wache übernommen hatte. Er mußte das Lager verlassen haben, um nach den Verfolgern Ausschau zu halten.
Gonda überwand die letzten Meter mit drei, vier ausgreifenden Schritten, wich am Eingang ein Stück zur Seite und ließ sich auf ein Knie sinken. Sein Atem ging schwer, und auf seinem Gesicht und seinem Oberkörper glänzte Schweiß. Das weiße Haar klebte in nassen Strähnen auf seiner Stirn.
»Was ist passiert?« fragte Kahn. Er sprach leise, aber seine Stimme hatte jenen aufgeregten Flüsterton, der fast genausoweit zu hören war wie ein normal gesprochenes Wort. »Kommen sie?«
Gonda nickte, schüttelte gleich darauf den Kopf und fuhr sich mit dem Handrücken über das Gesicht, um den Schweiß fortzuwischen. Er war so schnell gelaufen, daß er Mühe hatte, überhaupt Luft zum Reden zu bekommen. »Nur … zwei«, sagte er schweratmend. »Ich bin zurückgegangen, um sie auszukundschaften. Berg hatte recht – sie lagern weniger als zwei Stunden hinter uns. Ihre Feuer sind weithin sichtbar. Aber sie sind auf die gleiche Idee gekommen wie ich. Sie haben zwei Mann vorausgeschickt, um nach uns zu suchen. Sie haben Hunde.«
»Haben sie dich gesehen?« fragte Kahn besorgt.
Gonda schüttelte den Kopf. »Ich glaube nicht«, antwortete er. »Aber

die Hunde haben unsere Witterung aufgenommen. Sie werden uns finden.«

Fast, wie um seine Worte zu bestätigen, erscholl in diesem Moment zum dritten Mal dieses helle, wolfsähnliche Heulen, gefolgt von einem aufgeregten Gebell und einem hellen Laut, als klapperte Metall auf Stein.

»Wir müssen die Kundschafter überwältigen«, sagte Gonda. »Ich glaube nicht, daß sie wissen, wie dicht sie uns schon auf den Fersen sind. Wäre es so, dann hätte der Trupp kaum ein Lager aufgeschlagen, sondern wäre längst über uns hergefallen. Aber wenn die beiden Kundschafter uns entdecken und zurückreiten...«

Er sprach nicht weiter, aber Yori und die anderen wußten auch so, was er meinte. Wenn die beiden Reiter das Lager sahen und entkamen, dann war es aus.

Yori kniete nieder und begann wortlos ihren Bogen zu spannen. Neben ihr tat es ihr Beren gleich, während Kahn mit einer fast versonnenen Geste seinen Dolch aus dem Gürtel zog und prüfend mit dem Daumen über die Schneide fuhr. Der rasiermesserscharf geschliffene Feuerstein blitzte und funkelte im Sternenlicht wie Stahl. Aber Yori machte sich in diesem Punkt nichts vor. Ihre Waffen waren gut für ihre Zwecke – die Jagd oder den Kampf gegen wilde Tiere –, gegen die Waffen der Sklavenjäger waren sie jämmerlich. Die Männer hatten Dolche und Schwerter aus Stahl, an denen ihre Steinklingen zerbrechen mußten wie Glas. Einen offenen Kampf durften sie nicht riskieren.

Gonda blickte kurz in Yoris Richtung und runzelte die Stirn, als er sie und Beren erkannte. Der Gedanke, die beiden Kinder dabeizuhaben, wenn es zum Kampf kam, schien ihm nicht zu gefallen. Aber er sagte nichts, sondern wandte sich mit einer Geste an Irco: »Wecke Handari und Berg«, sagte er. »Aber gib acht, daß die anderen nichts merken. Es hat keinen Zweck, wenn wir sie in Angst und Schrecken versetzen, ehe es nötig ist. Und ihr anderen geht wieder zurück.«

Sie gehorchten. Yori verspürte seltsamerweise überhaupt keine Angst – alles, was sie fühlte, war eine starke Erregung, verbunden mit einer fast übernatürlichen Ruhe; ein Gefühl, das dem glich, das sie hatte, wenn sie ein besonders gefährliches oder mißtrauisches Tier beschlich. Ihre Hand spannte sich fest um den Bogen. Das polierte Eibenholz fühlte sich fest und glatt unter ihren Fingern an, und der Gedanke, bewaffnet zu sein und sich zur Wehr setzen zu können, hatte etwas Beruhigendes.

Sie preßte sich gegen den Felsen, so daß sie – wenigstens auf den ersten Blick – nicht gesehen werden konnte, und legte mit ruhiger Hand einen Pfeil auf die Sehne.

»Beren, Yori«, flüsterte Gonda irgendwo neben ihr. »Achtet auf die Hunde. Ihr müßt sie mit dem ersten Schuß treffen. Um die Reiter kümmern wir uns.«

Yori nickte, obgleich Gonda die Bewegung sicher nicht sehen konnte. Beren und sie waren die einzigen, die daran gedacht hatten, ihre Bogen mitzubringen, und Beren stand ohnehin in dem Ruf, der beste Bogenschütze der Sippe zu sein, und Yoris Hand war fast ebenso sicher.

Sie war erleichtert, nicht auf einen Menschen schießen zu müssen; gleichzeitig sträubte sich etwas in ihr beim Gedanken, ein unschuldiges Tier töten zu sollen. Aber sie wußte, daß sie es tun mußte, wenn sie und alle anderen überleben wollten.

Eine Zeitlang war die Nacht noch von hastigen Schritten und hin und her huschenden Schatten erfüllt, dann war Stille.

Yori wartete. Die Hunde bellten nicht mehr, und sie war nicht sicher, ob die Geräusche, die sie zu hören glaubte, nun von den Reitern verursacht wurden oder ihrer eigenen überreizten Phantasie entsprangen. Die Sekunden reihten sich zu Minuten. Die Zeit schien stillzustehen, und es kam Yori vor, als vergingen Stunden, bis endlich Hufschläge durch die Nacht drangen und der Schatten eines Reiters am Ende der schmalen Schlucht erschien, die in ihr Versteck hineinführte.

Lautlos spannte sie ihren Bogen. Die Spitze des Pfeiles richtete sich auf den struppigen, kleinen Schatten, der neben dem des Reiters auftauchte. Aber sie schoß noch nicht.

Der Reiter hielt an. Hinter ihm erschien ein weiterer Reiter mit Hund. Einer der Hunde stieß ein tiefes, drohendes Knurren aus.
Yoris Herz hämmerte. Ihre Finger spannten sich um den Schaft des Pfeils und zogen ihn zurück, bis sein gefiedertes Ende ihr rechtes Ohr berührte. Der Hund knurrte lauter, und Yori glaubte trotz der großen Entfernung und der Dunkelheit zu erkennen, wie sich sein Fell sträubte. Eines der Pferde begann unruhig zu schnauben. Wenn schon nicht ihre Herren – die Tiere spürten die Falle, in die sie liefen. Einer der Reiter stieß ein einzelnes, dumpf klingendes Wort in einem fremden Dialekt aus. Sein Begleiter antwortete in derselben Sprache. Metall glitt scharrend über Leder und Holz, als die beiden Männer ihre Schwerter zogen und gleichzeitig die großen, runden Schilde von ihren Sätteln lösten.
Dann ritten sie weiter. Auch die Hunde bewegten sich wieder, und der Pfeil in Yoris Hand folgte dem schwarzen Schatten neben dem rechten Pferd. Auf der anderen Seite der Schlucht zielte Beren auf den zweiten Hund. Yori sah Beren nicht, aber sie spürte ihn; jede einzelne seiner Bewegungen. Sie waren so oft zusammen auf der Jagd gewesen, daß sie genau wußte, was er tat.
Sie wartete. Ihr Arm begann vor Anstrengung zu schmerzen, aber sie ließ die Sehne nicht los, sondern wartete mit angehaltenem Atem, während die beiden Reiter und die Hunde näher kamen. Die Tiere knurrten. Stein und Sand knirschten unter ihren harten Pfoten, und Yori sah das Blitzen ihrer schrecklichen Fänge im Sternenlicht. Ein eisiger Schauer lief über Yoris Haut, als sie die Hunde genauer sah. Sie hatte Tiere wie diese schon einmal gesehen, und sie hatte genug über sie gehört – es waren keine normalen Hunde, sondern Ungeheuer, gewaltige, schwarze Bestien, die speziell für die Jagd auf Menschen abgerichtet worden waren; Mordmaschinen auf vier Beinen, die einen erwachsenen Menschen in Sekundenschnelle in Stücke reißen konnten und sich im Kampf in einen wahren Blutrausch steigerten, in dem sie oft genug ihre eigenen Herren anfielen. Yori spürte eine Woge von Widerwillen und Verachtung für die beiden Reiter. So sehr sie der Anblick der beiden Bluthunde erschreckte, empfand sie

doch keinen Haß. Die Tiere konnten letztlich nichts dafür; sie waren zu dem *gemacht* worden, was sie waren. Aber sie empfand Ekel vor den Menschen, die sich solcher Bestien bedienten.
»Jetzt!« schrie Gonda.
Es ging alles unglaublich schnell; und doch schien die Zeit stillzustehen in diesen wenigen Sekunden. Zwei dunkle Schatten erschienen über dem Rand der Felsen rechts und links der Schlucht und sprangen mit weit ausgebreiteten Armen auf die beiden Reiter herab. Eines der Pferde bäumte sich auf, brach zusammen und riß seinen Reiter und Berg, der sich von oben auf sie geworfen hatte, mit sich; der andere Reiter versuchte, sein Schwert hochzureißen und fiel aus dem Sattel, als Irco wie ein gewaltiger, schwarzer Raubvogel auf ihn herabstürzte. Gleichzeitig ertönte das helle, boshafte Sirren einer Bogensehne. Ein Blitz zuckte durch die Schlucht, raste, schneller als das Auge ihm zu folgen vermochte, auf einen der Hunde zu und traf ihn mit tödlicher Präzision.
Das Tier bäumte sich auf. Ein heller, unglaublich qualvoller Ton entrang sich seiner Brust. Yori sah alles mit phantastischer Klarheit, obwohl sich das ganze Geschehen in der Dauer eines Lidzuckens abspielte: die geweiteten, schreckerfüllten Augen des Hundes, den mörderischen Schlag, der durch seinen Leib ging, als ihn der Pfeil traf, den Ausdruck von Furcht in seinem Blick, als sein primitiver Verstand begriff, daß er sterben würde, das Zucken seiner Pfoten, die plötzlich nicht mehr die Kraft hatten, das Gewicht seines Körpers zu tragen – das alles und noch viel mehr; und alles, was sie fühlte, war Schrecken und Abscheu, basierend auf dem Gedanken, daß dieses Tier keinen Anteil an dem Geschehen hatte, in das es hineingezogen worden war, und daß sie nicht das Recht hatten, es zu töten.
Sie verjagte den Gedanken und schoß. Aber noch bevor ihre Finger die Sehne losgelassen hatten, spürte sie, daß sie den Pfeil verrissen hatte. Das Geschoß jagte auf den zweiten Hund zu, schrammte über seinen Rücken und zerbrach klappernd an der gegenüberliegenden Felswand. Der Hund jaulte erschrocken, fuhr auf der Stelle herum und verschwand mit gewaltigen Sätzen in der Dunkelheit.

Yori griff hastig nach ihrem Köcher. Beren fluchte, sprang hinter seiner Deckung hervor und jagte einen Pfeil hinter dem fliehenden Tier her; aber es war nicht mehr als ein Ausdruck seines Zornes. Der Pfeil verfehlte den Hund und prallte irgendwo in der Dunkelheit gegen die Felsen.
Der Kampf war vorbei, als Yori ihren Bogen senkte und sich zu Gonda und den anderen umwandte. Gonda, Irco und Handari hielten einen der Reiter, während Berg den zweiten gepackt hielt und seine Arme mit den gewaltigen Pranken gegen den Leib drückte. Das gestürzte Pferd war wieder aufgestanden und scharrte nervös am Boden.
»Hört auf, wehrt euch nicht«, erklärte Gonda, »dann geschieht euch auch nichts.«
Einer der beiden Reiter stellte seine Gegenwehr ein. Der zweite, der, den Berg gepackt hatte, konnte sich ohnehin kaum rühren, und auf einen stummen Wink Gondas hin lockerte Berg seinen Griff ein wenig, so daß der Mann wenigstens wieder einigermaßen atmen konnte.
»Ich sehe, ihr seid vernünftig«, stellte Gonda fest. »Wir tun euch nichts, solange ihr nicht schreit oder zu fliehen versucht. Versprecht ihr das?«
Die beiden Männer nickten, wenn auch zögernd, und Gonda atmete sichtbar auf. Yori wußte, wie zuwider es ihm war zu kämpfen; sie hatte ihn oft genug reden hören, wie sinnlos es sei, wenn Menschen einander Gewalt antäten. »Gut«, sagte er. »Bringt sie ins Lager. Beren und Yori nehmen die Pferde.«
»Einer der Hunde ist entkommen«, sagte Beren ruhig.
Gonda fuhr wie von der Tarantel gestochen herum, starrte seinen Sohn an und ballte zornig die Fäuste. »Stimmt das?«
»Es stimmt«, sagte Yori hastig. »Beren kann nichts dafür. Ich habe danebengeschossen. Es ... es tut mir leid.«
»Danebengeschossen?« wiederholte Gonda ungläubig. »Auf diese kurze Entfernung?«
»Es ... es tut mir leid«, stotterte Yori. »Ich ...«

Gonda brachte sie mit einer zornigen Geste zum Schweigen. »Davon wird es auch nicht besser!« sagte er wütend. »Weißt du überhaupt, was du angerichtet hast? Er wird zum Lager zurücklaufen! Yori, ich hätte nicht übel Lust ...«
»Ich werde ihn verfolgen«, mischte sich Beren ein. »Er kann noch nicht weit gekommen sein. Yori hat ihn verletzt.«
»Du wirst nichts dergleichen tun«, antwortete Gonda. »Was geschehen ist, ist schlimm genug. Ich habe keine Lust, auch noch nach dir suchen zu müssen!« Seine Augen flammten, und er schrie fast. »Verdammt, was ist in dich gefahren, Yori? Glaubst du, das hier wäre ein Spiel? Diese Männer werden uns töten, wenn sie uns erwischen, begreifst du das?«
Yori senkte betreten den Blick. Sie wollte etwas sagen, aber ihre Kehle war wie zugeschnürt, und vermutlich war es auch besser, wenn sie schwieg und Gonda nicht noch mehr reizte.
»Wir reden später noch einmal darüber«, grollte der Sippenälteste. »Wenn es ein Später für uns gibt. Jetzt nehmt die Pferde und kommt!« Er fuhr herum und ging hinter Berg und den anderen her.
Yori atmete erleichtert auf. Sie hatte Gonda noch nie so wütend erlebt wie in diesem Moment. Mit gesenktem Blick wandte sie sich um, ging auf eines der Pferde zu und ergriff seinen Zügel. Das Tier scheute, aber nur für einen Moment, dann senkte es vertrauensvoll den Kopf und ließ es zu, daß sie seine Nüstern streichelte.
»Was ist eigentlich in dich gefahren, Yori?« fragte Beren. Er hatte die Zügel des zweiten Pferdes ergriffen und war neben sie getreten, hatte aber gewartet, bis sein Vater und die anderen außer Hörweite waren. »Warum hast du nicht richtig geschossen?«
»Das habe ich«, widersprach Yori schwach.
»Das hast du nicht«, sagte Beren zornig. »Ich habe dich beobachtet. Du hast gezögert, und dann hast du absichtlich schlecht gezielt. Erzähl mir nicht, daß du auf diese kurze Entfernung wirklich versehentlich danebengeschossen hast. Du wolltest ihn verfehlen!«
Yori blickte an Beren vorbei auf den Hund, den er selbst erschossen hatte. Der Schaft des Pfeiles ragte aus seiner Brust, und in seinem

schwarzen Fell sammelte sich dunkles, glitzerndes Blut. Die noch im Tod weit aufgerissenen Augen schienen sie anklagend anzustarren.
»Das wollte ich nicht«, hauchte sie leise und ohne Beren anzusehen. »Jedenfalls … jedenfalls nicht absichtlich.«
»Nicht absichtlich?« wiederholte Beren. »Was soll das heißen?«
»Ich …« Yori seufzte, sah ihn an und senkte erneut den Blick. »Er hat mir leid getan«, flüsterte sie. »Ich weiß, daß es dumm war, aber … ich konnte es einfach nicht.«
»Dumm?« Beren lachte hart. »Das war mehr als nur dumm, Yori. Wenn ich du wäre, dann würde ich das niemandem erzählen. Vor allem meinem Vater nicht.«
»Du … wirst ihm nichts sagen?«
»Ich werde ihm sagen, was ich gesehen habe«, antwortete Beren. »Daß du zu schnell geschossen und den Hund verfehlt hast. Was du ihm erzählst, ist deine Sache.« Damit wandte er sich um und ging an Yori vorbei, so schnell, daß sie keine Gelegenheit hatte, noch etwas zu sagen.

Die gesamte Sippe war auf den Beinen, als Yori und Beren ins Lager zurückkamen. Sie führten die beiden Pferde zum anderen Ende des steinernen Runds und banden sie in der Nähe der Mulis an, dann gingen sie zurück. Die beiden Gefangenen saßen, an Händen und Füßen gebunden, in der Mitte eines weiten Kreises feindselig starrender Gesichter. Berg hatte sich drohend hinter ihnen aufgebaut und eines der erbeuteten Schwerter in die Hand genommen, aber Yori hatte das Gefühl, daß er die beiden Fremden eher beschützte als bewachte. Die Feindseligkeit, die den Gefangenen entgegenschlug, war beinahe greifbar; Yori war sich nicht sicher, ob die Sippe die beiden Männer nicht schlichtweg gelyncht hätte, wären Gonda und Berg nicht gewesen. Diese beiden Gefangenen gehörten zu den Männern, derentwegen sie dieses Martyrium auf sich genommen hatten; derentwegen sie beinahe gestorben waren. Auch sie selbst spürte ein Gefühl tiefen Grolles, als sie auf die beiden Männer zutrat, und ein rascher Blick zur Seite zeigte ihr, daß sich Berens Gesicht verhärtet hatte. In seinen Augen glomm ein Feuer, das Yori erschreckte; er sah plötzlich viel älter aus, als er war.

»Also«, begann Gonda, »ich habe es euch schon einmal gesagt, und ich sage es noch einmal: Wir tun euch nichts, wenn ihr vernünftig seid. Ihr werdet mir ein paar Fragen beantworten, und wenn ihr die Wahrheit sagt, habt ihr nichts von mir oder irgendeinem von uns zu befürchten.«

Einer der beiden starrte ihn trotzig an und schürzte die Lippen, der andere senkte den Blick und versuchte, in eine halbwegs bequeme Stellung zu rutschen, was Berg dazu veranlaßte, ihm einen rohen Stoß in den Rücken zu versetzen.

»Berg!« tadelte Gonda scharf. »Nicht!« Er schüttelte den Kopf, trat

dichter an die beiden Männer heran und musterte sie einen Augenblick lang.
»Ihr gehört zu den Sklavenjägern«, sagte er schließlich. »Wie viele seid ihr, und was habt ihr vor?«
Natürlich bekam er keine Antwort. Die beiden schwiegen verstockt, und Gonda fuhr fort: »Ihr könnt ruhig reden. Das meiste wissen wir ohnehin schon. Wir wollen uns nur ein genaueres Bild machen.«
»Was weißt du, alter Narr?« höhnte einer der beiden, der größere, der, den Berg aus dem Sattel gerissen und bezwungen hatte. Er blutete aus einer Platzwunde an der Stirn, und quer über seine linke Wange lief eine weiße, gezackte Narbe, als hätte vor Jahren einmal jemand versucht, sein Gesicht aufzuschneiden.
Berg gab ein drohendes Knurren von sich und hob die Hand, aber wieder hielt ihn Gonda mit einem raschen Kopfschütteln zurück. »Keine Gewalt, Berg«, sagte er. »Wir sind nicht besser als sie, wenn wir sie schlagen, um die Wahrheit aus ihnen herauszuholen.« Zu dem Gefangenen gewandt, fuhr er fort: »Wir wissen, daß euer Lager kaum zwei Stunden hinter uns ist, und wir wissen, daß ihr uns an Zahl ungefähr gleich seid. Wir wissen auch, daß ihr Sklavenjäger aus Muurhat seid.«
»Und?« fragte der Gefangene. »Was nutzt dir das, du alter Narr? Bevor die Sonne das nächste Mal untergeht, bist du tot. Ich werde dir selbst die Kehle durchschneiden. Ich freue mich schon darauf.«
Gonda beachtete seine Worte gar nicht. Der Mann hatte versucht, möglichst überheblich zu klingen, aber die Furcht ließ seine Stimme zittern, und sein Blick war nicht annähernd so kalt, wie er es wohl gewollt hatte.
»Warum jagt ihr uns?« fragte Gonda. »Wir haben euch nichts getan, und wir haben nichts, was der Mühe wert wäre, uns tagelang zu verfolgen.«
»Ihr habt euch«, erwiderte der Mann trotzig. »Ein Greis wie du hat keinen Wert, aber die meisten anderen werden einen guten Preis auf dem Sklavenmarkt bringen.«
»Und was bekommst du dafür?« fragte Gonda.

Der Gefangene blinzelte, neigte den Kopf auf die Seite und blickte verwirrt zu ihm empor.
»Willst du mich kaufen?« fragte er.
Gonda verneinte: »Bestimmt nicht. Ich frage mich nur, was einen Mann dazu bringen mag, sein Leben zu riskieren. Nur eine Handvoll Gold?«
»Es ist kein Risiko, ein paar vertrottelte Nomaden zu fangen«, sagte der Mann hämisch.
»Findest du?« entgegnete Gonda. »Immerhin haben wir dich und deinen Kameraden. Wir könnten euch töten.«
»Vielleicht. Aber dann würde Rongos euch alle umbringen. So ist unser Gesetz, alter Mann: zehn Leben gegen eines von uns. Weißt du das nicht?«
Ein kurzes, wütendes Zucken lief über Gondas Züge. Aber er beherrschte sich und sprach mit erzwungener Ruhe weiter. »Doch, das weiß ich«, sagte er. »Und das ist auch der einzige Grund, weshalb ihr noch lebt. Trotzdem wäre es besser, wenn du antworten würdest. Ich kann nicht für meine Leute garantieren. So mancher von ihnen wäre lieber tot als versklavt. Was habt ihr vor? Wie weit werdet ihr uns in die Berge folgen?«
»Soweit es nötig ist«, antwortete der Gefangene. »Ihr werdet nicht mehr weit kommen, nicht in eurem Zustand und zu Fuß. Früher oder später kriegen wir euch doch – warum gebt ihr nicht auf?«
»Wieviel Wasser habt ihr?« fragte Gonda.
»Genug.« Der Mann lachte hämisch. »Auf jeden Fall mehr als ihr.«
»Warum verschwendest du deine Zeit mit diesem Narren?« fragte Ferai schrill. »Außer weiteren Beleidigungen wirst du nichts aus ihm herausbekommen, Gonda. Laß uns verschwinden.«
Gonda nickte, richtete sich auf, fuhr sich mit dem Handrücken über die Augen und seufzte. »Du hast recht«, meinte er, ohne die Heilmutter anzusehen. »Wir verschwenden kostbare Zeit.«
Er deutete auf die beiden Gefangenen. »Bindet sie noch mehr und legt sie so hin, daß ihre Leute sie finden. Und dann packt eure Sachen. Wir müssen fort. Wir haben im Höchstfalle vier Stunden.«

»Vier Stunden nur?« fragte Ferai. »Wieso? Es ist nicht einmal Mitternacht.«
»Einer der Hunde ist entkommen. Er wird zurücklaufen, und dieser Rongos müßte schon ein kompletter Narr sein, um nicht zu wissen, was das bedeutet«, antwortete Gonda.
Yori erschrak, aber zu ihrer Erleichterung gab der Sippenälteste keine weiteren Erklärungen ab, und auch Ferai beließ es bei einem zornigen Kopfschütteln und stellte keine weiteren Fragen.
In aller Hast begannen sie, das Lager abzubauen. Auf Gondas Befehl hin blieb auch noch der Rest ihrer ohnehin zusammengeschmolzenen Habe zurück; nur die Decken, ihre Waffen und Lebensmittel und die Wasservorräte durften sie zusammensuchen und mitnehmen.
Wenig später brachen sie auf. Sie verließen den Talkessel auf demselben Weg, auf dem sie gekommen waren, schlugen einen engen Bogen nach Westen und wandten sich dann wieder in nördliche Richtung, parallel zu den Berggipfeln und auf den Paß zu, den Kahn entdeckt hatte. Die beiden Gefangenen blieben, sorgsam gefesselt und geknebelt, im Felskessel zurück. Gonda hatte einen der Pferdesättel so am Eingang der schmalen Schlucht deponiert, daß er nicht zu übersehen war und ihre Leute sie auch wirklich fanden und sie nicht etwa am nächsten Tag verdursteten oder in der Sonnenhitze starben.
Stunde um Stunde marschierten sie durch die Nacht. Mond und Sterne spendeten ein wenig Licht, so daß es nicht vollkommen dunkel war, aber ihr Vormarsch war trotzdem von einer quälenden Langsamkeit; Yori hatte das Gefühl, kaum von der Stelle zu kommen, und es hätte sie nicht einmal gewundert, plötzlich wieder am Eingang des Felskessels zu stehen, aus dem sie losgezogen waren. Das Gelände stieg unaufhaltsam an, und jeder Schritt kostete mehr Kraft als der vorhergehende. Felsen und breite, jäh aufklaffende Spalten versperrten ihnen immer wieder den Weg, und die Dunkelheit ließ Hindernisse, die am Tage kaum der Rede wert gewesen wären, zu lebensgefährlichen Fallen werden. Trotz der Pferde und der

Mulis, auf denen sie jetzt, nachdem sie praktisch keine Lasten mehr zu tragen hatten, wechselweise reiten konnten, und so ihr Tempo nicht mehr den Langsamsten anzupassen brauchten, legten sie in vier Stunden kaum mehr als dieselbe Anzahl von Meilen zurück. Yori war nicht die einzige, die bald vor Schwäche und Erschöpfung zu taumeln begann, aber Gonda gestattete ihnen nicht die geringste Pause. Die Sklavenjäger mußten längst gemerkt haben, was geschehen war, und wenn ihr Anführer nur halb so intelligent war, wie Gonda zu glauben schien, dann waren sie bereits wieder auf ihrer Spur. Yori ertappte sich immer öfter dabei, wie sie sich im Laufen umsah und den Hang hinter sich mißtrauisch musterte.

Als die Morgendämmerung kam, waren sie alle am Ende ihrer Kräfte. Der Hang wurde steiler, und einmal konnten sie nur mit knapper Not einer Geröllawine ausweichen, die sich unter den Schritten der Pferde und Maulesel löste und donnernd zu Tal krachte. Der Lärm mußte meilenweit zu hören sein, aber das spielte jetzt schon kaum mehr eine Rolle. Wenn die Sonne aufgegangen und es ganz hell geworden war, würden die Sklavenjäger sie ohnehin sehen; obwohl der Berg immer steiler wurde und mehr und mehr Felsen und Geröllfelder ihnen das Vorankommen erschwerten, bot er doch kaum Deckung: Einem Mann mit einigermaßen scharfen Augen konnten die zwei Dutzend Menschen gar nicht entgehen. Yoris einziger Trost war, daß den Verfolgern ihre Pferde nicht viel nutzen würden. Solange das Gelände so schwierig blieb, würden auch sie nicht viel schneller vorankommen.

Als die Sonne aufging, gestattete ihnen Gonda eine kurze Rast. Yori ließ sich erschöpft dort niedersinken, wo sie gerade stand, trank ein paar Schlucke Wasser und legte den Kopf gegen einen Felsen. Sie fühlte sich so müde wie nie zuvor in ihrem Leben, und es brauchte fast ihre ganze Kraft, überhaupt noch die Augen offenzuhalten.

Sie blieb einen Moment reglos so hocken, aber die Müdigkeit wurde von Sekunde zu Sekunde schlimmer, und schließlich stand sie wieder auf, um nicht doch noch einzuschlafen. Sie durfte es nicht, denn sie wußte, daß das Weitergehen danach nur um so schwerer sein

würde. Viele der anderen waren eingeschlafen, so, wie sie sich im ersten Moment hingelegt oder gesetzt hatten, direkt auf dem felsigen Boden. Es sah aus, dachte Yori schaudernd, als wären sie bereits tot. Auch ihre Mutter und ihre Schwester schliefen, eng aneinandergekauert und in einer unbequemen, halb sitzenden, halb liegenden Position. Yori betrachtete sie aus entzündeten Augen, und für einen Moment spürte sie fast so etwas wie Neid, während sie ihre jüngere Schwester ansah. Sie hatte sich eng an ihre Mutter geschmiegt, und auf ihren Zügen lag ein Ausdruck von Vertrauen, das durch absolut nichts zu erschüttern zu sein schien. Sie selbst kannte dieses Gefühl kaum. Natürlich liebte sie ihre Mutter, und ihre Mutter liebte sie, und trotzdem war das Verhältnis, das sie zueinander hatten, niemals so tief und voller Wärme gewesen wie das, das zwischen ihrer Mutter und Lana herrschte. Ihre Mutter konnte nichts dafür – Yori war schon als ganz kleines Kind sehr selbständig gewesen, und es war sicher kein Zufall, daß sie trotz ihrer Jugend bereits als vollwertiger Jäger in den Kreis der Erwachsenen aufgenommen worden war. Aber vielleicht, dachte sie, während sie die beiden aneinandergeklammert schlafenden Gestalten betrachtete, hatte sie für diese Selbständigkeit einen Preis bezahlen müssen, den sie jetzt erst so langsam abschätzen konnte. Ihre Schwester war das genaue Gegenteil von ihr, und nicht nur äußerlich. Lana war wortkarg und – selbst für ihre zehn Jahre – noch sehr hilflos und unselbständig; Naila bemutterte sie, wo sie nur konnte, und im Gegensatz zu Yori ließ Lana es geschehen und verlangte sogar danach. Vielleicht war das der Grund, weshalb sich Yori nicht besonders mit ihrer Schwester verstand.
Yori verjagte den Gedanken, nahm ihren Bogen auf und ging langsam ein Stück des Weges zurück zum anderen Ende des Lagerplatzes. Sie war nicht die einzige, die nicht schlief oder ausruhte – Gonda, Kahn, Berg und Tura hatten sich zu einer kleinen Gruppe zusammengefunden und redeten leise miteinander. Yori konnte ihre Worte nicht verstehen, aber es war nicht schwer zu erraten, worüber sie sprachen. Yori zögerte einen Moment, ging dann weiter und blieb zwei Schritte vor dem Sippenältesten stehen.

»... dagegen!« sagte Berg gerade. Yori sah, daß seine Wangen vor Erregung gerötet waren. Seine mächtigen Hände waren zu Fäusten geballt, und unter seiner Haut spannten sich die Muskeln wie dicke, knotige Stricke. »Du hetzt sie zu Tode, Gonda. Die Frauen und Kinder werden sterben, wenn du sie weiterjagst.«
»Aber es ist Wahnsinn, zu kämpfen«, widersprach Gonda.
»Es ist ein ebensolcher Wahnsinn, weiterzufliehen«, entgegnete Berg zornig. »Keiner von uns hat noch die Kraft, einen weiteren Tag durchzuhalten.«
»Und du glaubst, sie hätten die Kraft, zu kämpfen?« Gonda schüttelte zornig den Kopf. »Es sind zwanzig Krieger, Berg. Und nicht alle von uns sind so stark wie du.«
»Wir könnten ihnen eine Falle stellen«, wandte Tura ein. »Wenn es uns gelingt, sie in einen Hinterhalt zu locken wie die beiden heute nacht ...«
»Das war etwas anderes«, unterbrach ihn Gonda. »Wir hatten den Vorteil der Überraschung auf unserer Seite, und wir waren in der Überzahl. Diesmal wissen sie, wo wir sind, und wahrscheinlich rechnen sie mit einem Hinterhalt. Es wird ein Blutbad geben, wenn wir zu kämpfen versuchen. Wir sind keine Krieger.«
»Sie töten uns sowieso«, versetzte Berg zornig, »entweder gleich oder später. Und die, die sie nicht töten, sind auch nicht besser dran. Ich habe keine Lust, als Sklave in einem Bergwerk zu arbeiten oder den Rest meines Lebens auf einer Galeere zu verbringen. Lieber sterbe ich im Kampf und nehme noch ein paar von diesen Hunden mit.«
Gonda blickte ihn traurig an. »Du sprichst sehr leichtfertig vom Sterben, Berg«, erklärte er ernst.
Berg schnaubte. »Nur, wenn man mich dazu zwingt.«
»Warum stimmen wir nicht ab?« fragte Tura. »Frage die Sippe, Gonda. Frage jeden einzelnen, und entscheide dann.«
»Soll ich Frauen und Kinder fragen, ob sie gegen Krieger kämpfen wollen?« schnappte Gonda. »Was ihr vorschlagt, ist Wahnsinn! Willst du deinem Weib ein Schwert in die Hand drücken und sie mit einem Mann fechten lassen, Tura?«

Tura schwieg betroffen, aber sein Bruder wischte Gondas Worte mit einer zornigen Handbewegung beiseite. »Natürlich nicht«, sagte er wütend. »Niemand spricht davon, daß die Frauen und Kinder kämpfen sollen.«
»Laß sie weitergehen«, sagte Tura. »Wir Männer bleiben zurück und versuchen, sie aufzuhalten.«
»Wir sind nur sieben!« sagte Gonda aufgebracht, »und ...«
»Acht.« Yori trat rasch einen Schritt vor und hob ihren Bogen. »Wir sind acht, Gonda. Ich ziele ebenso gut wie ihr. Und mit Beren und Alys sind wir zehn.«
Gonda machte eine zornige Geste. »Schweig, Yori. Ich glaube, du weißt nicht, worüber du sprichst. Geh zu deiner Mutter zurück und ruh dich aus.«
»Aber sie hat recht«, sagte Berg. »Sie ...«
»Sie ist ein Kind!«
Berg schüttelte stur den Kopf. »Sie ist ein besserer Bogenschütze als du und ich, und dein Sohn und der Ircos sind es ebenfalls. Wenn wir es geschickt anstellen und sie in eine Falle locken, können wir sie in die Flucht schlagen, Gonda! Wir haben gar keine andere Wahl.«
Gonda wollte widersprechen, senkte aber dann nur den Blick und seufzte hörbar. »Das ist doch Wahnsinn«, murmelte er.
»Natürlich ist es das«, antwortete Tura. »Aber es ist unsere einzige Chance. Berg und ich haben über alles gesprochen. Eine halbe Stunde zurück ist eine Stelle, die für einen Hinterhalt wie geschaffen ist. Und ich glaube nicht, daß diese Sklaventreiber tapfere Krieger sind. Wenn sie merken, daß wir es ernst meinen, dann werden sie fliehen.«
»Und wenn nicht?« fragte Gonda leise.
Tura schwieg, aber Yori wußte die Antwort auch so. Sie alle wußten sie: Wenn die Sklavenjäger nicht flohen oder wenn es ihnen nicht gelang, sie zu besiegen oder sie wenigstens zurückzuschlagen, dann würden sie sterben.
Plötzlich war ihr kalt.

Als Yori zurückkehrte, schlief ihre Mutter zusammengerollt unter ihrer Decke den tiefen Schlaf der Erschöpfung, und obwohl es gerade jetzt tausend Dinge gegegeben hätte, über die Yori mit ihr sprechen wollte, weckte sie sie doch nicht auf, sondern blieb nur einen Moment lang neben ihrem Lager stehen und beobachtete sie. Nailas Gesicht war bleich und eingefallen, aber das waren die Gesichter aller in den letzten Tagen; die Strapazen, die sie hatten erdulden müssen, waren an keinem von ihnen spurlos vorübergegangen. Und doch war der Schmerz in Nailas Gesicht tiefer und irgendwie anders als der, den Yori in den Zügen der meisten anderen las. Die Augen hinter Nailas geschlossenen Lidern bewegten sich hektisch hin und her, und ihr Atem ging viel schneller, als es bei einem Schlafenden normal gewesen wäre; und unregelmäßig dazu. Für einen Moment verspürte Yori nichts als Mitleid mit ihr; doch dann fühlte sie einen langsam stärker werdenden Zorn: Mehr als zehn Jahre hatten sie bei der Sippe gelebt, und jetzt, gerade jetzt, im Augenblick der allergrößten Gefahr, trat ihr Anderssein deutlicher und schmerzhafter zutage als je zuvor. Naila schien sich sogar äußerlich verändert zu haben. Die Erschöpfung hatte ihre schmalen und irgendwie verwundbareren Züge deutlicher erkennbar werden lassen, ebenso ihre hellere Haut, die feingliedrigere Art ihrer Finger und Hände. Nein, dachte Yori bitter, sie gehörten nicht zur Sippe. Sie hatten niemals dazugehört, weder ihre Mutter noch sie.

Als Yori sich umdrehte, blickte sie in Berens Gesicht. Der jüngste Sohn Gondas war unbemerkt hinter sie getreten, und Yori fragte sich, wie lange er schon hier stand und sie beobachtete.

»Was willst du?« fragte sie, viel schärfer als nötig und so laut, daß sie selbst zusammenfuhr und hastig zu ihrer Mutter hinabsah. Naila bewegte sich unruhig; ihre Hände spielten nervös am Saum der zerschlissenen Decke, in die sie sich gewickelt hatte, aber sie wachte nicht auf.

»Sie sprechen von Kämpfen«, murmelte Beren. Sein Blick war traurig. »Mein Vater ist noch dagegen, aber Berg und Tura haben fast alle Jäger auf ihrer Seite. Ich fürchte, sie werden versuchen, die Sklavenjäger mit Gewalt zurückzutreiben. Es ... wird viele Tote geben.«

»Und jetzt glaubst du, ich wäre schuld daran, wie?« schnappte Yori. »Weil ich den Hund habe entkommen lassen?« Ihre Worte taten ihr fast im selben Augenblick schon wieder leid. Sie waren dumm und ungerecht – Beren war vielleicht einer der wenigen im Lager, die noch völlig auf ihrer und der Seite ihrer Mutter standen. Aber irgend etwas, ein Funke dieses albernen, kindischen Stolzes, der ihr schon mehr als einmal großen Ärger eingetragen hatte, hielt sie davon ab, sich bei ihm zu entschuldigen.

Statt dessen drehte sie sich mit einem Ruck um, ging an Beren vorbei und lief mit schnellen Schritten den Hang hinab, zurück in die Richtung, aus der sie gekommen waren. Beren zögerte einen winzigen Moment, dann folgte er ihr, aber als Yori seine Schritte hörte, beschleunigte sie ihre eigenen noch, so daß er laufen mußte, um sie einzuholen.

Sie hatte den Lagerplatz bereits hinter sich gelassen, als Beren sie erreichte. Mit einer groben Bewegung packte er sie am Arm und versuchte, sie herumzureißen, aber er schien vergessen zu haben, wie stark sie war. Yori riß sich mit einer zornigen Bewegung los, funkelte ihn wütend an und blieb nun doch stehen.

»Was willst du?« fragte sie, noch immer wütend, aber nicht mehr ganz so giftig wie zuvor.

»Nichts«, antwortete Beren verstört. »Nur ...«

»Wenn du *nichts* willst«, unterbrach Yori ihn spitz, »dann verstehe ich nicht, warum du mir nachrennst. Ich bin schon alt genug, um ein paar Schritte allein gehen zu können.«

»Ich ... ich wollte nur mit dir reden, das ist alles«, murmelte Beren. Mit einem Male machte er einen sehr hilflosen Eindruck, und Yori begriff, daß ihre so vollkommen unbegründete Feindseligkeit ihn völlig aus dem Konzept gebracht hatte. Wahrscheinlich war er wirklich nur zu ihr gekommen, um mit ihr zu reden; einfach nur so, weil man eben in Augenblicken wie diesen manchmal einen Menschen brauchte, mit dem man reden konnte. Sie sollte sich darüber freuen, statt ihn anzufeinden.

»Entschuldige«, sagte sie halblaut und ohne ihn anzusehen. »Aber ich bin ...«

Beren winkte ab. »Das ist schon in Ordnung«, unterbrach er sie. »Wir sind alle ein bißchen gereizt im Augenblick.« Er seufzte. »Ist ja auch kein Wunder.«

Yori nickte, starrte einen Moment zu Boden und schoß einen kleinen Stein mit dem Fuß davon. »Glaubst du wirklich, daß es zum Kampf kommen wird?« fragte sie.

»Ja«, antwortete Beren, ohne lange nachzudenken. »Wir können ihnen nicht mehr lange davonlaufen. Mein Vater weiß das und die meisten anderen auch. Und keiner von uns wird sich freiwillig in Ketten legen und als Sklave verschleppen lassen.«

Yori blickte ihn einen Moment lang ernst an, dann wandte sie sich um und ging weiter. Beren folgte ihr. Sie hatten sich schon ein gutes Stück vom Lager entfernt und befanden sich auf dem Grunde einer schmalen, auf der einen Seite vom Berg und auf der anderen von zyklopisch aufeinandergetürmten Fels- und Geröllmassen gebildeten Schlucht. Vorhin, als sie hier heraufgezogen waren, hatten sie nicht viel von der Umgebung wahrgenommen, denn es war Nacht gewesen, aber jetzt erkannte Yori, daß dies wohl die Stelle sein mußte, die Berg gemeint hatte. Eine Handvoll entschlossener Bogenschützen, die sich in den Felsen verbargen, konnten hier in der Tat eine ganze Armee aufhalten.

Aber es würde doch nicht klappen: Sie waren keine Krieger, und sie konnten es nicht einmal sein, wenn man sie dazu zwang.

»Wir sollten nicht so weit gehen«, mahnte Beren leise, als hätte er ihre Gedanken gelesen.

Yori nickte, blieb stehen und sah über die Schulter zurück. Die

Schlucht machte an dieser Stelle eine Biegung, so daß das Lager nicht zu sehen war, und Yori bemerkte erst jetzt, daß sie sich schon ein gutes Stück entfernt hatten; viel weiter, als sie bisher geglaubt hatte. Der Boden stieg von hier aus zum Lager steil an, und sie würden sich jeden Schritt, den sie bis jetzt talwärts getan hatten, fünfmal so mühsam wieder hinaufkämpfen müssen. Trotzdem blieb sie noch stehen, als Beren sich gänzlich umwandte und mit einer Kopfbewegung lagerwärts deutete.

»Beren.«

Er sah sie an, und der Ernst in ihrer Stimme ließ auch ihn plötzlich sehr nachdenklich werden.

»Ja?«

»Bevor ... wir zurückgehen«, stammelte Yori leise, »möchte ich eine Antwort von dir. Eine ehrliche Antwort.«

»Und worauf?« fragte Beren ebenso leise.

»Glaubst du auch, daß es meine Schuld ist?« fragte Yori. »Meine und die meiner Mutter?«

»Das ist doch Unsinn«, antwortete Beren, eine Spur zu schnell und zu laut, wie sie fand. »Du ...«

»Ich meine es ernst«, beharrte Yori. »Fast alle glauben es, auch wenn sie es nicht offen sagen, und ich glaube, seit wir das Wasser gefunden haben, noch mehr. Glaubst ... du es auch?«

Beren schwieg einen Augenblick, und in dem Blick, mit dem er sie maß, lag ein Ausdruck, den Yori nicht zu deuten imstande war.

»Nein«, versicherte er schließlich. »Ich weiß, daß es nicht so ist. Und das ist die Wahrheit.« Er lächelte. »Können wir jetzt zurückgehen?«

»Ja«, antwortete Yori. »Und ich...«

»Still!« Beren brachte sie mit einer hastigen Handbewegung zum Schweigen, duckte sich erschrocken und spähte aus zusammengekniffenen Augen die Schlucht hinab.

»Was ist los?« fragte Yori erschrocken.

»Hörst du nichts?« erwiderte Beren. »Das ... das sind Pferde!«

Yori lauschte konzentriert. Im ersten Moment hörte sie nichts außer dem rasenden Takt ihrer Herzschläge, aber dann vernahm auch sie

ein leises, metallisches Klappern, das Echo eisenbeschlagener Pferdehufe in den steil aufsteigenden Felswänden, dazwischen Murmeln und Stimmen, Rufe ...
»Die Sklavenjäger!« keuchte Beren. Er fuhr herum, packte ihr Handgelenk und zerrte sie in eine Felsspalte am Rande des Pfades.
Mit angehaltenem Atem warteten sie. Die Hufschläge kamen rasch näher, und schon nach wenigen Augenblicken tauchten die ersten Reiter in dem finsteren Schatten am unteren Ende der Schlucht auf. Ein heiseres Bellen erklang, dann knallte eine Peitsche, ein Pferd wieherte.
»Das sind sie!« keuchte Beren. »Sie sind da, Yori!« Er fuhr halb hoch und sank mit einer hilflosen, fahrigen Bewegung wieder zurück. »Sie ... sie müssen wie die Teufel geritten sein. Wir müssen die anderen warnen!«
Er wollte erneut aufspringen, um seine Worte unverzüglich in die Tat umzusetzen, aber diesmal riß Yori *ihn* in die Deckung zurück.
»Bist du verrückt?« keuchte sie. »Die sehen dich, ehe du drei Schritte gemacht hast.« Sie deutete in die Schlucht hinaus, um ihre Worte zu unterstreichen. Es war hier noch immer nicht richtig hell, und am Grund der schmalen Schlucht herrschte beinahe noch Nacht. Aber es waren gut fünfzig Schritte bis zu der Biegung, hinter der Beren dann außer Sicht wäre – unmöglich, so weit zu kommen.
Beren riß seine Hand los. »Und was willst du tun?« zischte er. »Hier sitzen bleiben und warten, bis sie unsere Leute alle umgebracht haben? Wir müssen sie warnen!«
Yori überlegte fieberhaft. Die Felsspalte, in die Beren sie hineingezerrt hatte, endete nach ein paar Schritten vor einer fast senkrechten, gut sieben oder acht Meter aufsteigenden Wand, aber darüber gab es einen schmalen, felsigen Sims, breit genug, um drauf stehen oder hocken zu können ...
»Warte hier«, entschied sie. »Ich versuche, sie abzulenken. Sobald du mein Zeichen hörst, rennst du los. Vielleicht kommst du durch, solange sie sich auf mich konzentrieren.« Sie wartete nicht, bis Beren Zeit und Gelegenheit gefunden hatte, ihr zu widersprechen oder sie

gar zurückzuhalten, sondern stand auf, huschte zum Ende der Spalte und begann unverzüglich, die Felswand hinaufzuklettern.
»Yori – bei allen Göttern! Was hast du vor?« keuchte Beren. Yori antwortete gar nicht, sondern konzentrierte sich darauf, mit Fingern und Zehen nach winzigen Vorsprüngen und Rissen in der Wand zu tasten und sich weiter an der Wand emporzuziehen.
»Verdammt noch mal, komm zurück!« keuchte Beren. »Du bist verrückt! Die bringen dich um!«
Sie hörte, wie er unter ihr rumorte, und plötzlich tastete seine Hand nach ihrem Fuß. Yori knurrte ungeduldig und trat ihm herzhaft auf die Finger. Beren fluchte wieder, unternahm jedoch keinen weiteren Versuch, sie zurückzuhalten.
Langsam stieg Yori höher. Es ging besser, als sie geglaubt hatte. Trotzdem war sie vollkommen außer Atem, als sie den schmalen Sims erreichte. Mit einer letzten Anstrengung zog sie sich hinauf, ließ sich auf die Knie sinken und hielt aus brennenden Augen nach den Sklavenjägern Ausschau.
Sie erschrak. Die Reiter befanden sich kaum mehr als zwanzig Schritte unterhalb ihrer Position – ihr blieb allerhöchstens noch eine Minute, wenn sie Beren helfen wollte!
Mit zitternden Fingern nahm sie den Bogen von der Schulter, legte einen Pfeil auf die Sehne und schoß, ohne lange zu zielen.
Der Pfeil zerbarst eine Manneslänge vor dem vordersten Reiter auf dem steinernen Boden, aber die Wirkung war fast größer, als wenn sie getroffen hätte. Zwei, drei der Männer schrien erschrocken, ein Pferd bäumte sich auf und warf einen Reiter ab, und einer der Hunde begann, wie wild zu kläffen. Yori schickte ein Stoßgebet zum Himmel, daß Beren den richtigen Moment abwarten und loslaufen würde, solange die Reiter abgelenkt waren.
»Verdammt noch mal, was geht da vorne vor?« dröhnte eine Stimme durch die Dunkelheit. »Ihr sollt Ruhe halten, Kerle!« Das Geräusch rasender Hufschläge wurde laut, dann entstand eine quirlende Bewegung zwischen den schwarzen Schatten, die die Schlucht ausfüllten. Ein Pferd galoppierte heran und wurde von seinem Reiter mit

einer brutalen Bewegung zum Stehen gebracht. »Was ist hier los?« dröhnte die Stimme erneut.
Yori erschrak, als sie die Stimme erkannte. Es war die des Mannes, der in ihr Lager gekommen war, des Mannes, mit dem alles angefangen hatte.
Sie vertrieb den Schrecken, der von ihr Besitz zu ergreifen drohte, richtete sich ganz auf dem schmalen Felssims auf und legte einen zweiten Pfeil auf die Sehne.
»Keinen Schritt weiter da unten!« rief sie, so laut sie konnte. »Der nächste, der einen Schritt macht, stirbt!«
Ein zorniges Brüllen antwortete ihr. Ihre Augen begannen, sich allmählich an die Dunkelheit zu gewöhnen, und sie erkannte mehr Einzelheiten: Die Reiter waren zum Stehen gekommen, und ihre geordnete Formation hatte sich in ein heilloses Durcheinander verwandelt. Aber sie machte sich keine Illusionen. Alles, was sie erreichen konnte, war, die Menschenjäger einige Augenblicke lang aufzuhalten. Vielleicht lange genug, daß Beren entkommen und die anderen warnen konnte.
»Wer wagt es, sich Rongos in den Weg zu stellen?« brüllte der breitschultrige Riese. »Du mußt ...« Er verstummte. Ein ungläubiges Keuchen kam über seine Lippen.
»Ein Kind!« entfuhr es ihm. »Du ... du bist doch diese Göre aus dem Lager, oder? Komm sofort da runter, ehe ...«
»Ich denke nicht daran, Rongos«, unterbrach ihn Yori. »Aber ich warne dich – ich schieße jeden aus dem Sattel, der versucht weiterzureiten.«
Für einen winzigen Moment war es vollkommen still. Rongos blickte starr und mit unbewegtem Gesicht zu ihr hinauf, und Yori erwiderte seinen Blick genauso ruhig. Wenigstens versuchte sie es. Die Spitze des Pfeiles, der noch immer auf der gespannten Sehne ihres Bogens lag, war genau auf Rongos' breite Brust gerichtet. Auf diese kurze Distanz hätte nicht einmal ein weit schlechterer Schütze ein so großes Ziel verfehlt. Auch Rongos mußte das wissen.
»Nein«, sagte er schließlich.

Yori blinzelte. »Was meinst du damit?« fragte sie.
Der Sklavenjäger lachte rauh. »Ich meine, daß ich dir nicht glaube, Kleine. Du wirst nicht schießen.«
»Bist du sicher?«
Rongos nickte. »Ich bin sicher. Du wirst nicht auf einen Menschen schießen, das weiß ich.«
»Versuch es!« drohte Yori. »Reite weiter und probiere es aus, Rongos.«
»Das werde ich ganz bestimmt nicht tun, du Rotznase«, antwortete Rongos ruhig. »Ich weiß etwas Besseres. *Schießt sie herunter!*«
Die letzten Worte hatte er geschrien, und plötzlich war die Nacht voller schwirrender Bogensehnen und tödlicher, schlanker Schatten, die zu Yori hinaufrasten. Sie schrie vor Schreck, ließ den Pfeil von der Sehne fliegen und warf sich zur Seite. Rechts, links, über und unter ihr prallten Pfeile gegen den Felsen und zerbrachen, und eines der Geschosse schrammte schmerzhaft und heiß ihre Schulter.
Die Wucht des Aufpralls ließ sie fast herunterstürzen. Im letzten Moment klammerte sie sich fest, fand irgendwo Halt und zog sich wieder auf das Felsband hinauf. Wieder surrten die Bogensehnen, aber im Gegensatz zu den Sklavenjägern bot Yori gegen den dunklen Hintergrund der Felswand ein schlechtes Ziel, und diesmal kam kein Pfeil auch nur in gefährliche Nähe.
Yori stemmte sich keuchend auf Hände und Füße, tastete nach ihrem Bogen und lief, geduckt und so schnell, wie das auf dem unsicheren Untergrund überhaupt möglich war, los. Unter ihr begann Rongos zu brüllen. Schatten erfüllten die Schlucht mit quirlender Bewegung und fluteten wie eine finstere Woge auf den Fuß der Felshalde zu.
Yori lief so schnell sie konnte. Unter ihr steigerte sich Rongos' Gebrüll zu einem hysterischen Kreischen, und sie hörte, wie mindestens einer, wahrscheinlich aber gleich mehrere seiner Krieger die Felsen zu ersteigen begannen.
Die Wand zu ihrer Linken machte plötzlich einen Knick, und Yori fand sich am Fuße einer breiten, steil in die Höhe führenden Geröll-

halde wieder. Ohne lange nachzudenken, begann sie hinaufzusteigen, verlor aber schon nach wenigen Schritten auf dem losen Untergrund den Halt und fiel, wobei sie sich Hände und Knie aufriß. Verzweifelt stemmte sie sich hoch und lief weiter, etwas vorsichtiger diesmal und mit ausgebreiteten Armen, um wie eine Seiltänzerin das Gleichgewicht zu halten. Trotzdem fiel sie immer wieder hin, und mehr als einmal rutschte sie ein gutes Stück des Weges, den sie mühsam hinaufgetorkelt war, wieder zurück.
Als sie das Ende der Geröllhalde fast erreicht hatte, hörte sie die Schritte. Vielleicht warnte sie auch ein Instinkt, ein Geruch; irgend etwas – Yori spürte einfach, daß hinter ihr jemand war. Blindlings, und ohne wirklich zu denken, ließ sie sich zur Seite kippen, drehte sich noch im Fallen herum und riß den Bogen mit beiden Händen über den Kopf.
Die Bewegung rettete ihr das Leben. Ein Krieger hatte sie eingeholt, während sie sich den Geröllhang hinaufgequält hatte – und er zögerte keine Sekunde, Rongos' Befehl auszuführen! Sein Schwert zuckte in einer blitzschnellen Bewegung herab, zerbrach Yoris Bogen und schlug wenige Zentimeter neben ihrer linken Wange Funken aus dem Stein. Sie schrie vor Angst, trat nach seinen Beinen und brachte ihn aus dem Gleichgewicht. Der Mann fiel, aber er griff noch im Stürzen nach ihrem Fuß und umklammerte mit brutaler Kraft ihr Gelenk.
Yori warf sich mit einer verzweifelten Bewegung herum. Die Furcht gab ihr noch einmal neue Kraft. Sie krallte die Finger in den Boden, stemmte sich hoch, trat blindlings hinter sich und spürte, daß sie traf. Ein zorniger Schrei erscholl. Die Hand löste sich von ihrem Fuß, dann hörte sie einen dumpfen Aufprall und das Geräusch kollernder Steine. Sie versuchte aufzustehen, verlor auf dem losen Geröll abermals den Halt und schlug sich Hände und Knie blutig, als sie hinfiel.
Aber auch ihr Verfolger kam nicht besser voran. Er mußte mindestens doppelt soviel wiegen wie sie, und Steine und Geröll lösten sich unter seinem Gewicht immer schneller. Er versuchte aufzustehen,

glitt wieder aus und rutschte mit haltlos rudernden Armen drei, vier Meter zu Tal, ehe es ihm endlich gelang, seinen Sturz zu bremsen. Yori hatte sich wieder aufgerafft und taumelte verzweifelt weiter. Immer wieder fiel sie hin, aber auch ihrem Verfolger erging es nicht besser, und der Abstand zwischen ihnen blieb jetzt ungefähr gleich. Das letzte Stück des Weges kroch sie auf Händen und Knien.
Dann hatte sie das Geröllfeld hinter sich, und unter ihren Füßen war endlich wieder fester Boden. Sie richtete sich auf, sah sich hastig um und rannte los, so schnell sie konnte. Ihr Herz jagte. Jeder einzelne Atemzug schnitt wie ein Messer in ihre Kehle, und sie spürte, wie ihre Kraft mit jedem Schritt nachließ. Vor ihr lag eine Kraterlandschaft, durchzogen von breiten, gezackten Rissen, die den Felsen wie erstarrte Blitze spalteten; und als Yori zurückblickte, sah sie, wie der Krieger sich keuchend aufrichtete und sein Schwert hob. Die Waffe blitzte unter den schräg einfallenden Strahlen der Sonne.
Der Anblick gab Yori noch einmal neue Kraft. Sie lief schneller, setzte mit einem verwegenen Sprung über einen Felsen und taumelte weiter. Hinter ihr erklang ein wütender Schrei. Metall schlug gegen Felsen, und das Trappeln harter Stiefelsohlen übertönte ihre eigenen, keuchenden Atemzüge. Sie spürte, wie ihre Beine schwer wurden, als wäre irgendwo in ihr eine Schleuse geöffnet worden, durch die ihre Lebenskraft entwich. Die letzten Tage hatten mehr von ihr verlangt, als sie gespürt hatte. Bisher hatte ihr die Furcht noch zusätzliche Kraft verliehen, aber selbst diese geheimen Reserven waren jetzt erschöpft. Sie taumelte. Für einen Moment verschleierte sich ihr Blick; ihr wurde schwindelig.
Irgendwo vor ihr war ein Schatten, ein schmaler, ausgezackter Durchgang zwischen den Felsen, der in ein Tal münden mochte. Yori taumelte auf den Einschnitt zu und schlüpfte hinein – und schrie vor Schreck und Enttäuschung auf.
Es war eine Falle. Der Berg war an dieser Stelle geborsten, als wäre er von einem gewaltigen Axthieb getroffen worden, und der Spalt führte anscheinend endlos weit ins Innere des Felsens – aber er lief vor ihr schmal zusammen und wurde schon nach wenigen Schritten

so eng, daß sich nicht einmal ein Kind hätte hindurchzwängen können!
Yori fuhr herum, machte einen Schritt und hob mit einer unbewußten Bewegung schützend die Arme vor das Gesicht, als der Krieger hinter ihr auftauchte. Sie hatte keine Zeit mehr davonzulaufen.
Der Mann kam keuchend heran, blieb wenige Schritte vor ihr stehen und hob sein Schwert. Ein schadenfrohes Lächeln verzerrte seine Lippen, als er sah, daß ihm sein Opfer jetzt nicht mehr entkommen konnte.
»Habe ich dich endlich, du kleines Biest«, triumphierte er. »Diesmal entkommst du mir nicht mehr.« Er lachte häßlich, schob das Schwert in den Gürtel zurück und kam mit wiegenden Schritten näher.
Yori wich zurück, bis sie mit dem Rücken gegen den harten Felsen stieß. Ihre Hand schmiegte sich um den Griff des schmalen Steindolches, der in ihrem Gürtel steckte. Sie wußte, wie sinnlos es im Grunde war, sich zu wehren – der Mann war viel stärker als sie, und er war wütend und würde sich wahrscheinlich einen Spaß daraus machen, sie umzubringen. Aber sie war entschlossen, ihr Leben so teuer wie möglich zu verkaufen.
»Wehr dich ruhig«, grinste der Sklavenjäger böse. »Aber damit erreichst du...«
Einer der Schatten hinter ihm bewegte sich. Ein Stein kollerte. Der Krieger hielt plötzlich im Gehen inne, drehte mißtrauisch den Kopf – und schrie gellend auf. Er versuchte noch, sein Schwert zu ziehen, aber die Bewegung war viel zu langsam; seine Hand erreichte den Griff der Waffe nicht einmal.
Ein smaragdgrüner Blitz löste sich aus den Schatten der Felsen, schoß mit einem ungeheuer kraftvollen Satz auf ihn zu und riß ihn um. Aus dem Schreckensschrei des Mannes wurde ein entsetztes Brüllen. Irgend etwas prallte dumpf gegen den Felsen; laut und hart und so, als schlüge Fleisch auf Stein oder Metall. Die gewaltigen Kiefer der Echse schlossen sich mit einem fürchterlichen Krachen, einem Laut, als schlüge eine riesige Bärenfalle zusammen. Der Krieger bäumte sich auf und begann, mit den Fäusten auf den geschuppten

Leib der Echse einzuhämmern. Aber in seinen Bewegungen lag keine Kraft mehr.

Yori taumelte. Erleichterung, Schrecken und Schwäche wallten in einer betäubenden Woge in ihr hoch. Das Tal begann, sich vor ihren Augen zu drehen. In ihrem Mund war plötzlich ein bitterer Geschmack wie nach Galle und Erbrochenem, und sie spürte, wie ihre Knie weich wurden und endgültig unter dem Gewicht ihres Körpers nachgaben. Müde hob sie die Hand, um sich abzustützen, aber ihre Finger glitten haltlos an der glatten Felswand ab. Sie sah nur noch wie durch einen wogenden, immer dichter werdenden Nebel.

Die Smaragdechse wich um einen Schritt von ihrem Opfer zurück. Der Mann war gestürzt und blutete stark. Seine Schreie waren zu einem mühsamen Stöhnen geworden, und seine Bewegungen waren fahrig und unkontrolliert. Er versuchte, sein Schwert zu ziehen, aber seine Hand schien nicht mehr die nötige Kraft dazu zu haben.

Die Echse starrte ihn an, wich ein weiteres Stück zurück und drehte sich in einer schlängelnden Bewegung zu Yori um. Ihr gewaltiger, schuppengepanzerter Schwanz zuckte; nur einmal und in einer fast spielerisch wirkenden Bewegung. Der Sklavenjäger schrie noch einmal auf.

Aber das hörte Yori schon nicht mehr. Sie hatte endgültig das Bewußtsein verloren.

Das erste, was sie spürte, als sie erwachte, war Wärme; eine trockene, erstickende Wärme, die ihren Körper wie eine zähe Masse umhüllte und das Atmen schwer machte. Sie lag bäuchlings auf dem Felsen. Ihr Gesicht tat weh, wo sich kleine Steinchen und Staub in ihre Haut gedrückt hatten. Ihre Gedanken formten sich nur träge, und für einen kurzen Moment hatte sie Schwierigkeiten, sich überhaupt darauf zu besinnen, wo sie war und wie sie hierhergekommen war – und warum. Sie drehte den Kopf, hob müde die Lider und blinzelte, als das helle Sonnenlicht in ihre Augen stach. Sie lag noch an derselben Stelle, an der sie gestürzt war, aber die Sonne war weitergewandert und erreichte mit ihren Strahlen jetzt auch die Felsspalte, in die Yori sich geflüchtet hatte. Es war heiß, und Yori verspürte einen nahezu unerträglichen Durst. Gleichzeitig wunderte sie sich, daß sie noch lebte. Dem Stand der Sonne nach zu urteilen, mußte sie länger bewußtlos hier oben gelegen haben; sicher Zeit genug für Rongos, noch einen seiner Männer zu ihr heraufzuschicken.
Aber er hatte es wohl doch nicht getan. Etwas Hartes scharrte ganz in Yoris Nähe über den Felsen, und als sie erschrocken den Kopf wandte, blickte sie direkt in ein Paar funkelnder, bernsteingelber Augen, die sie aus einem starren Reptiliengesicht ansahen. Es war die Smaragdechse, also dasselbe Tier, dem sie den Pfeil aus der Schulter geschnitten hatte, das ihr den kleinen, roten Salamander geschickt – und ihr jetzt erneut das Leben gerettet hatte, als Rongos' Mann hinter ihr her gewesen war.
Yoris Erinnerungen kamen erst in diesem Moment vollständig zurück. Sie fuhr hoch, drehte sich mit einem Ruck herum und unterdrückte im letzten Augenblick einen Schreckensschrei, als sie den reglosen Körper des Kriegers wenige Schritte vor sich liegen sah.

Der Mann war tot. Der Fels, auf dem er lag, war dunkel von seinem Blut, und seine Hand umklammerte noch den Griff des Schwertes, das er versucht hatte zu ziehen. Yori bemühte sich vergeblich, ihren Blick von dem seiner weit geöffneten, starren Augen zu lösen. Etwas Seltsames, Unbekanntes breitete sich in ihr aus, eine Art von Furcht, wie sie sie zuvor noch nie empfunden hatte. Der Mann hatte sie verfolgt und bis hierher gejagt, um sie zu töten, und eigentlich hätte sie Triumph oder wenigstens Erleichterung empfinden müssen, aber alles, was der Anblick in ihr auslöste, waren Angst und ... ja, beinahe Abscheu.
Mühsam löste sie sich von dem schrecklichen Anblick, setzte sich ganz auf und sah wieder die Echse an.
Das riesige Tier hockte einen knappen Meter neben ihr, reglos wie eine gewaltige, aus Stein gemeißelte Statue. Nur in seinen Augen war Leben.
»Du ... du hast mich gerettet«, sagte Yori. Ihre Stimme klang spröde. »Du hast mir zum zweiten Mal das Leben gerettet. Ich ... ich danke dir.«
Sie kam sich beinahe albern vor, aber sie war fast enttäuscht, als das Tier nicht antwortete, sondern sie nur weiter stumm aus seinen großen, klugen Augen musterte.
Es war wie beim ersten Mal, draußen am Rand der Wüste. Ihre Blicke trafen sich, und wieder hatte Yori das Gefühl, eine lautlose Stimme zu vernehmen, Worte, die sie nicht verstehen konnte und die doch irgend etwas in ihr berührten, etwas, das so tief in ihr verborgen lag, daß sie bisher nicht einmal einen Zipfel des Geheimnisses gelüftet hatte. Es waren keine Worte, nicht einmal eine Gestik, sondern etwas, für das Yori keinen Ausdruck fand, eine Art der Verständigung, die vollkommen anders war als alles, was sie kannte. Endlose Minuten lang saßen sie nur da, blickten sich an, und irgend etwas in Yoris Seele verband sich mit der Seele der Echse.
Schließlich erwachte das Tier mit einem leisen, seufzenden Laut aus seiner Erstarrung, hob den Kopf und begann langsam davonzukriechen. Das Sonnenlicht spiegelte sich auf seiner schuppengepanzer-

ten Haut und ließ smaragdfarbene Blitze um seinen Körper huschen, so daß es aussah, als trüge es einen flimmernden Mantel aus Licht. Kurz bevor es den Felsspalt verließ, wandte es noch einmal den Kopf und blickte Yori an.

Und dieses Mal verstand Yori, was es sagte. Es war dieselbe wortlose Stimme, die sie schon einmal gehört hatte, in der Nacht, als sie fiebernd in ihrem Zelt lag und glaubte, sterben zu müssen, und diese Stimme sagte nur einen einzigen Satz:

Meine Schuld ist getilgt, Menschenkind.

Dann ging die Echse.

Yori blickte ihr nach, bis sie in den Schatten der Felsen verschwunden war. Alles in ihr schrie danach, aufzuspringen und dem Tier zu folgen, hinter ihm herzulaufen und ihm all die Fragen zu stellen, die ihr auf der Zunge brannten, aber sie war unfähig, sich zu bewegen. Ihre Glieder versagten ihr den Dienst, und selbst das Atmen fiel ihr schwer. Erst als das Tier verschwunden war, fiel die Lähmung von ihr ab.

Yori hatte plötzlich das Gefühl, erst jetzt tatsächlich zu erwachen. War das alles wirklich geschehen? Ein Blick auf ihre zerschundenen Hände und Füße, der Durst und die Schmerzen in ihren Gliedern und der Körper des toten Kriegers am Eingang der Felsspalte sagten ihr eindeutig, daß alles wahr war und sich so abgespielt hatte, wie sie sich erinnerte, und doch versuchte sie für Augenblicke, sich an den Gedanken zu klammern, daß alles nur ein Traum war. Es war unmöglich.

Und doch war es geschehen...

Yori atmete tief und hörbar ein, stand auf und ging mit zitternden Knien auf den leblosen Krieger zu. Plötzlich hatte sie das Bedürfnis zu rennen, einfach loszulaufen, ganz gleich wohin, nur um von diesem schrecklichen Ort und dem Toten fortzukommen, aber sie kämpfte das Gefühl tapfer nieder, blieb neben dem Toten stehen und bückte sich nach seinem Schwert.

Ihre Hand zitterte, als sie die Waffe aus seinen erstarrten Fingern löste und an sich nahm. Das Schwert war fast so lang wie ihr Arm und sehr

schwer, und sie kam sich vor wie ein Leichenfledderer, als sie die Waffe unter ihren Gürtel schob und weiterging.
Die Sonne stand hoch am Himmel, fast im Zenit, und Yori begriff mit plötzlichem, neuem Schrecken, daß sie noch länger bewußtlos gewesen sein mußte. Und die ganze Zeit über hatte die Echse stumm neben ihr gesessen und über sie gewacht...
Sie versuchte, den Gedanken zu verscheuchen, und ging schneller weiter. Die Luft über den Bergen flimmerte vor Hitze, und die Schlucht, in der Rongos und seine Männer aufgetaucht waren, lag jetzt im hellen Sonnenlicht da, als sie die Geröllhalde erreichte und stehenblieb.
Von Rongos und seinen Männern war keine Spur mehr zu sehen. Die Schlucht war leer, als wären die zwei Dutzend Männer nicht mehr als ein böser Spuk gewesen, und nur der zerbrochene Pfeil auf dem Felsen bewies, daß sie nicht geträumt, sondern alles wirklich erlebt hatte.
Wo waren sie? Rongos mußte gemerkt haben, daß der Mann, den er zu ihr heraufgeschickt hatte, nicht zurückgekommen war.
Die Erkenntnis traf sie wie ein Schlag ins Gesicht.
Es gab nur eine einzige Erklärung dafür, daß die Sklavenjäger von ihr abgelassen hatten...
Yori schrie auf, blickte einen Herzschlag lang aus schreckgeweiteten Augen zum Ende der Schlucht und rannte los. Ihre Füße glitten auf dem losen Geröll der Halde aus; sie fiel, überschlug sich ein paarmal und sprang wieder auf, fiel wieder hin und schlitterte in einer Lawine aus Steinen und Staub hinab. Ein harter Schlag traf ihre Schulter, und ein scharfkantiger Stein schrammte über ihr Gesicht, aber das spürte sie in diesem Augenblick kaum. Sie rutschte weiter, prallte schmerzhaft auf dem felsigen Boden der Schlucht auf und zog den Kopf zwischen die Schultern, als ein Regen von Steinen und Felstrümmern rings um sie niederprasselte. Ohne auf die Gefahr zu achten, in der sie sich befand, sprang sie auf die Füße und rannte los. Sie schrie vor Angst und Schmerz, und in den kurzen Pausen, in denen sie Atem schöpfte, lauschte sie verzweifelt auf eine Antwort. Aber es

kam keine. Das Tal war still. Still wie ein gewaltiges, steinernes Grab.
Yori rannte wie nie zuvor in ihrem Leben. Die Schlucht schien kein Ende zu nehmen, und noch bevor sie die Hälfte hinter sich gebracht hatte, raste ihr Herz, als wolle es zerspringen. Sie bekam kaum noch Luft, und ihre Beine schienen mit jedem Schritt schwerer zu werden. Aber sie rannte weiter, lief wie von Sinnen, bis sie das Ende der Schlucht erreicht hatte.
Sie hatte sich auf einiges-gefaßt gemacht, doch was sie vor sich sah, war viel schlimmer. Tausendmal schlimmer.
Es war ein ungleicher Kampf gewesen, bei dem der Sieger von vornherein festgestanden hatte, aber die Sippe mußte sich bis zum letzten Moment gewehrt haben. Der Boden war übersät mit zerbrochenen Waffen, und da und dort gewahrte sie große, dunkle Flecken auf dem Stein.
Zwei der Mulis waren tot, getroffen von Pfeilen, die ihr eigentliches Ziel verfehlt hatten, und am anderen Ende des Kampfplatzes lag ein verendetes Pferd, dicht daneben eine verkrümmte, reglose Gestalt in schwarzem Leder – einer der Sklavenjäger, der im Kampf gefallen und von seinen eigenen Leuten wie ein toter Hund einfach liegengelassen worden war.
Zwei, drei Minuten lang blieb Yori reglos stehen und versuchte, das Gefühl eisiger Kälte, das plötzlich in ihr emporkroch, zu verdrängen. Ihre Knie zitterten so stark, daß sie sich einen Moment gegen den Felsen lehnen und Kraft schöpfen mußte.
Die Spuren des Kampfes mehrten sich, als sie weiterging: zerbrochene Pfeile, Fetzen von Stoff und Leder, ein aufgeschlitzter Wassersack, ein Büschel Haare, an dem Blut klebte – Yori sah alles mit fast übernatürlicher Klarheit, obwohl sie verzweifelt versuchte, die Augen vor der Wahrheit zu verschließen. Ein durchdringender, süßlicher Geruch hing wie ein Pesthauch in der Luft, und das Geräusch des Windes schien die Grabesstille, die sich über dem Berg ausgebreitet hatte, noch zu betonen.
Dann fand sie die Toten.
Es waren vier – Tura, Andri, Uram und Ferai. Tura war an einer

Wunde gestorben, die er sich im Kampf zugezogen hatte, während die drei Frauen von den Sklavenjägern offensichtlich hinter den Felsen geschleift und dort erschlagen worden waren...
Irgend etwas schien in Yori zu zerbrechen, während sie dastand und auf die bleichen Gesichter der drei Frauen herabsah, mit denen sie am Morgen noch geredet hatte. Sie waren alt und auf dem Sklavenmarkt nicht mehr zu verkaufen, und so hatte Rongos sie kurzerhand getötet. Einfach so, dachte Yori bitter, als wären sie Dinge, lebloser Besitz, mit dem er nach Belieben verfahren konnte... Sie weigerte sich einfach zu glauben, daß Menschen so brutal und mitleidlos sein konnten, obwohl sie es mit einem anderen Teil ihres Denkens längst begriffen hatte. Die Kälte in ihrem Inneren nahm zu, aber es waren jetzt nicht mehr nur Schrecken und Angst, die sie frieren ließen, sondern noch etwas anderes, Neues, etwas, vor dem sie fast selbst erschrak, und das doch immer stärker wurde. Ohne daß sie es überhaupt merkte, legte sich ihre Hand um den Griff des erbeuteten Schwertes und drückte zu, so fest, daß es weh tat.
Als sie sich umdrehte, wuchs ein Schatten zwischen den Felsen empor und vertrat ihr den Weg. Yori stieß einen kleinen, erschrockenen Schrei aus, prallte instinktiv zurück und zog das Schwert halb aus dem Gürtel, ehe sie die Gestalt erkannte.
Es war Beren. Aber wie hatte er sich verändert! Die Ärmel seines hellbraunen Jagdgewandes waren zerrissen, und sein linker Arm hing steif und nutzlos herab. Sein Gesicht war über und über mit Schmutz und Blut verschmiert, und in seinem Blick war ein unheimliches Flackern wie bei einem Wahnsinnigen. Seine rechte Hand umklammerte einen Dolch. Sein Atem ging keuchend und stoßweise, als wäre er bis zur totalen Erschöpfung gerannt.
»Beren!« rief Yori mit einer Mischung aus Erleichterung und Schrekken. »Du lebst! Den Göttern sei Dank!«
Beren taumelte. Seine Hand fuhr mit einer haltlosen, rudernden Bewegung durch die Luft; der Obsidiandolch entglitt seinen Fingern und zerbrach auf dem Boden. Yori trat erschrocken auf Beren zu, blieb aber wieder stehen, als er zurückprallte und nach ihr schlug.

Der Blick seiner Augen schien geradewegs durch sie hindurch zu gehen, und es war ein Ausdruck von Furcht und Grauen darin, der Yori abermals frösteln ließ. Er schien sie überhaupt nicht zu erkennen.
»Beren!« wiederholte sie verwirrt. »Ich bin es – Yori! Erkennst du mich nicht?«
Beren stöhnte. »Geh weg«, keuchte er. »Geh ... geh weg!«
»Aber ich bin es doch, Yori!« sagte Yori verzweifelt. »Beren, was ist denn nur geschehen? Erkennst du mich denn nicht mehr?«
Wieder versuchte Beren nach ihr zu schlagen, als sie auf ihn zutrat, aber diesmal wich Yori nicht zurück, sondern fing sein Handgelenk mit einer geschickten Bewegung auf, hielt es fest und versetzte ihm mit der anderen Hand einen leichten Schlag ins Gesicht. Beren schrie auf, krümmte sich wie unter Schmerzen, fiel auf die Knie und begann haltlos zu schluchzen.
Aber sein Blick war klar, als er den Kopf hob und Yori ansah. »Yori!« wimmerte er. »Du lebst! Du ... ich dachte, sie hätten dich auch getötet, und ... und dann ... sie sind gekommen, und ...« Er stammelte, verbarg das Gesicht in den Händen und begann erneut zu schluchzen.
Yori ließ sich langsam vor ihm auf die Knie sinken. Beren weinte; hemmungslos und laut und krampfhaft, und ohne daß es Yori zuerst überhaupt merkte, füllten sich auch ihre Augen mit Tränen. Plötzlich warf sie sich vor, klammerte sich an Beren und preßte sich an ihn, so fest sie konnte. Zorn und Verzweiflung verschwanden, und das einzige, was sie jetzt noch fühlte, war Schmerz, ein grenzenloser, tiefer Schmerz von nie gekannter Intensität. Minutenlang saßen sie so da, allein gelassen, einer an den anderen geklammert, und weinten, dann löste sich Beren behutsam aus Yoris Umarmung, schob sie ein kleines Stück von sich fort und fuhr sich mit der Hand über das Gesicht.
»Ich ... ich dachte, du wärst tot«, hauchte er. Er weinte noch immer, aber er tat es jetzt lautlos. Die Tränen malten bizarre Spuren in den Schmutz auf seinem Gesicht.
»Einer von Rongos' Männern hat mich gejagt«, antwortete Yori. Das

Sprechen bereitete ihr Mühe. In ihrem Hals saß ein bitterer, schmerzender Kloß, und die Tränen, denen sie einmal freien Lauf gelassen hatte, hörten jetzt nicht mehr auf zu fließen. Sie hatte immer gedacht, daß Weinen erleichterte, aber das tat es nicht. Nicht jetzt. Trotzdem konnte sie nicht aufhören. »Ich ... bin ihm entkommen, aber ich war bewußtlos, bis ... bis gerade«, fuhr sie stockend fort. »Was ... was ist geschehen?«
Ein Schatten huschte über Berens Gesicht. »Wir haben gekämpft«, antwortete er dumpf. »Wir haben uns gewehrt, aber sie waren ... zu viele. Tura haben sie erschlagen, und Berg und Irco sind schwer verwundet worden. Mich haben sie liegengelassen, weil sie glaubten, ich wäre tot. Aber ich war nur bewußtlos.«
Er sprach nicht weiter. Sein Gesicht zuckte, als die Bilder, die er gesehen hatte, noch einmal vor seinen Augen abliefen.
»Und ... die anderen?« fragte Yori.
»Die meisten sind verletzt«, antwortete Beren. »Aber nicht schwer.« Er lachte bitter, und wieder liefen Tränen aus seinen Augen. »Diese Teufel haben darauf geachtet, keinen zu schwer zu verwunden«, sagte er. »Schließlich wollen sie sie verkaufen, und ein verletzter Sklave hat weniger Wert.« Sein Blick heftete sich auf die leblosen Körper von Tura und der drei alten Frauen, und als er weitersprach, war der Schmerz aus seiner Stimme verschwunden und hatte einem neuen, harten Klang Platz gemacht. »Ich werde sie töten, Yori. Ich werde ihnen folgen und sie umbringen, jeden einzeln, wenn es sein muß.«
Yori schwieg. Berens Worte ließen sie schaudern. Noch vor wenigen Augenblicken hatte sie ebenso gedacht, und wäre vorhin nicht er, sondern einer der Sklavenjäger hinter ihr aufgetaucht, dann hätte sie wahrscheinlich das Schwert gezogen und versucht, ihn zu töten. Aber jetzt, als sie Berens Worte hörte und in sein verdrecktes, vom Weinen gerötetes Gesicht blickte, wußte sie plötzlich, wie falsch dieser Gedanke gewesen war.
»Weißt du, wohin sie gegangen sind?« fragte sie.
Beren nickte. »Zurück«, antwortete er. »Ich habe gehört, wie Rongos

zu einem seiner Männer sagte, daß sie zurück zur Höhle wollten, um ihre Wasservorräte aufzufrischen. Und dann weiter nach Osten, zurück nach Muurhat. Zum Sklavenmarkt.« Er starrte sie an, blickte einen Moment auf das Schwert in ihrem Gürtel und ballte die Faust. »Aber so weit werden sie nicht kommen«, sagte er leise. »Es ist ein weiter Weg bis Muurhat, und ich werde ihnen folgen.«
»Und dann?« fragte Yori leise. Sie wußte, wie sinnlos es war, in diesem Moment mit Beren zu reden, aber sie tat es trotzdem. Sie waren Kinder, obwohl sie in der Sippe wie Erwachsene behandelt worden waren und beinahe auch so gelebt hatten, und sie konnten nicht gegen zwanzig Krieger kämpfen. Nicht einmal gegen zwei. »Was willst du dann tun?« fragte sie.
»Sie befreien!« antwortete Beren zornig. »Meinen Vater und deine Mutter und die anderen befreien, Yori. Ich lasse nicht zu, daß sie wie Tiere auf dem Markt feilgeboten und verkauft werden! Ich werde kämpfen!«
»Du weißt, daß du das nicht kannst«, sagte Yori sanft. »Du würdest alles nur schlimmer machen.«
»Und was soll ich tun?« schnappte Beren. Seine Stimme bebte; er schrie fast. »Vielleicht weggehen und so tun, als wäre nichts geschehen? Ich werde kämpfen, Yori, und wenn du mir nicht dabei helfen willst, dann gehe ich eben allein. Es ist ein sehr weiter Weg bis in den Osten. Sie sind fremd hier und kennen die Wälder und Steppen in diesem Teil des Landes noch weniger als ich. Ich werde es tun, und wenn es das letzte ist, was ich tue! Diese Mörder haben meine Mutter umgebracht, und ich will, daß sie dafür bezahlen!«
»Indem du sie tötest?« Yori schüttelte sanft den Kopf. Sie sah, daß Beren ihre Worte gar nicht hörte, aber sie sprach trotzdem weiter: »Sei vernünftig, Beren. Wir leben beide nur noch, weil wir Glück gehabt haben. Du...«
Beren unterbrach sie mit einer wütenden Bewegung und stand auf. Sein Gesicht flammte vor Zorn. »Du mußt mir nicht helfen«, erklärte er eisig. »Ich kann auch allein gehen. Ich brauche keine Hilfe. Von niemandem. Bleib doch, wenn du Angst hast!«

Yori seufzte. »Ich will dir ja helfen, Beren«, beteuerte sie. »Aber nicht so. Was du vorhast, ist falsch. Falsch und unmöglich. Wir sind nur zwei, und selbst wenn wir mehr wären, könnten wir deinen Vater und die anderen nicht mit Gewalt befreien.«
»Weißt du eine bessere Lösung?« fragte Beren zornig.
Yori stand ebenfalls auf, sah ihn einen Herzschlag lang ernst an und blickte dann an ihm vorbei zu den Felsen hinauf. Sie war nicht ganz sicher, aber für einen winzigen Moment glaubte sie, einen smaragdgrünen Blitz zwischen den grauen Steinen zu erkennen.
»Vielleicht«, flüsterte sie. »Vielleicht weiß ich eine Lösung.«
Beren sah sie mißtrauisch an. »Was meinst du damit?« fragte er.
Statt zu antworten, zog Yori das Schwert aus dem Gürtel und reichte es ihm. »Nimm«, sagte sie, als Beren zögerte, nach der Waffe zu greifen. »Du kannst es besser brauchen als ich.«
Beren nahm das Schwert zögernd an sich, drehte es ein paarmal in den Händen und sah sie wieder an. »Was hast du vor?« fragte er.
»Ich ... ich weiß es selbst nicht genau«, murmelte Yori. »Vielleicht ... vielleicht haben wir eine Chance, aber wenn, dann ...« Sie brach ab, atmete hörbar ein und sah Beren dann fest in die Augen. »Geh zurück zur Höhle, Beren«, sagte sie mit veränderter Stimme. »Folge ihnen, aber versprich mir, nichts Unüberlegtes zu tun. Gib mir zwei Tage Zeit.«
»Wozu?« fragte Beren.
»Bitte, versprich es mir«, bat Yori, ohne auf seine Frage zu antworten. »Versuche nicht, mir zu folgen, sondern geh zurück. Bleibe auf ihrer Spur und behalte sie im Auge, aber unternimm nichts. Nicht vor morgen abend.« Es fiel ihr schwer, weiterzusprechen, und als sie es tat, erschrak sie fast selbst vor ihren Worten. »Wenn ich ... wenn ich bis dann nicht zurück bin, dann tu, was du willst«, schloß sie stockend.
Beren starrte sie an, aber Yori wartete nicht, bis er eine weitere Frage stellen konnte, sondern wandte sich rasch um und lief mit ausgreifenden Schritten auf die Stelle zu, an der sich das Licht der Sonne auf smaragdgrünem Horn gebrochen hatte.

Die Sonne war höher gestiegen und sandte ihre sengenden Strahlen jetzt nahezu senkrecht vom Himmel. Es war heiß, unerträglich heiß. Der Felsen unter Yoris Füßen glühte, und die Luft war so trocken, daß ihre Kehle bei jedem Atemzug schmerzte. Yori wußte längst nicht mehr, wo sie war, und sie hätte den Rückweg nicht einmal dann gefunden, wenn sie noch die Kraft dazu gehabt hätte. Sie war höher in die Berge gestiegen, vielleicht höher als jemals ein Mensch vor ihr, und das Tal war hinter ihr zurückgefallen und zu einem Teil der bizarren Landschaft aus Hitze und Steinen geworden, durch die sie sich schleppte. Ein paarmal war ihr übel vor Schwäche und Durst geworden, und sie hatte sich auf einen Felsen gesetzt und wenige Augenblicke ausgeruht, aber nur, bis sie wieder in der Lage war aufzustehen und weiterzugehen. Ihr Verstand hatte sie die Hoffnung – wenn es überhaupt eine gewesen war – längst aufgeben lassen, aber irgend etwas in ihr trieb sie weiter und brachte sie dazu, immer wieder neue, verborgene Kräfte zu mobilisieren, wenn sie glaubte, nicht weiterzukönnen. Was sie weitertrieb, war nicht viel mehr als der Instinkt eines Tieres, eines verwundeten Tieres, der ein Wesen sich auch dann noch weiterschleppen ließ, wenn schon längst keine Hoffnung mehr bestand. Vor Yori lag eine Spalte, eine kaum meterbreite, gezackte Vertiefung im Boden, die sie unter normalen Umständen mit einem Schritt überwunden hätte, aber jetzt, geschwächt und müde, wie sie war, schien sie ihr zu einem unüberwindbaren Hindernis zu werden. Sie blieb stehen, fuhr sich mit der Zunge über die rissigen, aufgesprungenen Lippen und versuchte, Kraft für den Sprung zu sammeln. Es fiel ihr schwer, unendlich schwer. Ihre Beine schienen Zentner zu wiegen, und Himmel und Berge begannen, sich vor ihren Augen zu drehen und einen wilden, unkontrollierten Tanz aufzuführen. Yori

wankte, atmete hörbar und mühsam ein und legte alle Kraft, die ihr verblieben war, in diesen einzigen Schritt.
Sie schaffte es, aber als sie den Spalt überwunden hatte, gaben ihre Knie endgültig nach, und sie fiel nach vorne. Sie versuchte, den Sturz mit den Händen aufzufangen, aber ihr Körper wog mit einem Male Tonnen. Ein stechender Schmerz zuckte durch ihre Handgelenke; sie stürzte, prallte mit der Stirn gegen einen Stein und blieb einen Moment benommen liegen, ehe es ihr gelang, die schwarzen Schleier vor ihren Augen zu vertreiben.
Als sie den Blick hob, saß die Echse vor ihr. Sie erschien Yori viel größer als zuvor, und das grellweiße Licht der Sonne umgab ihren Körper jetzt wirklich mit einem Mantel aus smaragdfarbenen Blitzen. Yori versuchte sich hochzustemmen, aber sie hatte keine Kraft mehr und sank erschöpft zurück. Die Echse kam mit einer schlängelnden Bewegung näher. Ihr geschupptes Maul war nur wenige Zentimeter vor Yoris Gesicht, und in den bernsteinfarbenen Augen stand eine Mischung aus Sorge und Tadel geschrieben.
Was willst du, Menschenkind? fragte sie in Yoris Gedanken. *Warum folgst du mir und bringst dein eigenes Leben dabei in Gefahr?*
Yori wollte antworten, aber ihre Stimme versagte ihr den Dienst, und vor ihren Augen begannen wieder schwarze und graue Schleier zu tanzen. Sie spürte, wie der Sog der Bewußtlosigkeit stärker wurde, einer Bewußtlosigkeit, die in den endlosen Schlaf übergehen würde, wenn sie ihr nachgab.
Die Echse kam noch näher. Ihre Zunge tastete wie eine streichelnde Hand über Yoris Wangen, berührte ihre geschlossenen Augenlider und fuhr über ihre Stirn und die Schläfen.
Die Berührung war auf sonderbare Weise wohltuend. Die Schmerzen und der unerträgliche Durst vergingen, und Yori verspürte eine seltsam wohltuende Wärme in ihren Gliedern. Das Gefühl hielt nur einen kurzen Moment an, aber als der Durst und die Schwäche wiederkamen, waren sie längst nicht mehr so schlimm wie zuvor, und Yori hatte wenigstens die Kraft, sich aufzusetzen und zu sprechen.

»Ich ... danke dir«, sagte sie. »Ohne deine Hilfe wäre ich gestorben.«
Nicht zum ersten Mal, antwortete die Echse. *Doch täusche dich nicht. Ich habe nur die verborgenen Kräfte deines eigenen Körpers geweckt, aber sie werden nicht lange vorhalten. Warum folgst du mir? Du wirst sterben, wenn du nicht zurückgehst. Dies hier ist meine Welt. Du kannst in ihr nicht leben, sowenig wie ich in deiner. Was willst du?*
»Deine Hilfe«, murmelte Yori. Warum fiel es ihr plötzlich so schwer, zu sprechen? Sie hatte sich auf dem Weg hierher jedes Wort zurechtgelegt, das sie sagen wollte, jeden einzelnen Satz, jede Silbe hundertmal überlegt. Aber plötzlich war alles wie weggewischt. Sie fühlte sich leer und ausgebrannt und war nur noch verzweifelt. »Ich ... ich bin gekommen, um dich um Hilfe zu bitten«, flehte sie. »Noch einmal.«
Ich sagte dir, daß meine Schuld getilgt ist, antwortete die Echse. *Ich schuldete dir ein Leben, Menschenkind, und du hast es bekommen. Mehr als einmal.*
»Ich weiß«, flüsterte Yori. Ihre Augen brannten, aber es waren nicht allein die Hitze und das grelle Licht. »Ich weiß, daß ich nichts fordern kann«, fuhr sie fort. »Du hast mehr getan, als du hättest tun müssen, und ich ... ich...« Sie brach ab, ballte in hilfloser Verzweiflung die Fäuste und sah die Echse aus tränenerfüllten Augen an. »Bitte, hilf mir«, flehte sie. »Hilf mir noch ein einziges Mal, und ich werde tun, was immer du verlangst. Die ... die Sklavenjäger haben meine Familie gefangen, und ... und...«
Und du willst, daß ich dir helfe, sie zu befreien. Ist es das, weswegen du gekommen bist?
Yori nickte. Sie wollte etwas sagen, aber sie konnte es nicht. Ihre Kehle war wie zugeschnürt.
Selbst wenn ich es wollte, Menschenkind, was könnte ich tun? sagte die Echse sanft. *Ich bin nur ein Tier. Soll ich gegen Menschen eures Volkes kämpfen?*
»Du bist nicht nur ein Tier!« widersprach Yori verzweifelt. »Wenigstens kein gewöhnliches. Du bist anders als die anderen Tiere. Du ...

du bist … du bist ein Drache. Du bist eine vom alten Volk der Drachen.«

So hast du es also erkannt, erwiderte die Echse. In ihrer Stimme war keine Spur von Überraschung, sondern nur ein Klang, als hätte sie endlich etwas gehört, worauf sie schon lange gewartet hatte. *Ich sehe, daß ich mich nicht in dir getäuscht habe.* Sie schwieg einen Moment, bewegte sich scharrend zur Seite und blieb so sitzen, daß Yori im Schatten ihres gewaltigen Körpers lag. *Du hast recht, Menschenkind,* fuhr sie fort. *Ich bin kein gewöhnliches Tier, sowenig, wie du ein gewöhnlicher Mensch bist. Es war kein Zufall, daß wir uns getroffen haben. Ich habe dich gesucht.*

»Mich?« murmelte Yori verwirrt.

Dich oder jemanden wie dich, das bleibt sich gleich.

»Dann sind die alten Legenden wahr?« fragte Yori. »Es sind nicht nur Märchen, die man den Kindern erzählt?«

Es sind Legenden, doch jede Legende besitzt einen wahren Kern. Es gab eine Zeit, kleines Menschenkind, in der die Menschen und die Drachen als Freunde auf dieser Welt lebten, ein jeder als Herrscher über seinen Teil. Es ist wahr, doch es ist lange her. So lange, daß die Erinnerung aus den Herzen der Menschen gewichen ist und sie den Glauben daran verloren haben. Sie halten es für ein Märchen und erzählen es ihren Kindern, um sie zu erfreuen. Aber manchmal, vielleicht nur einmal in tausend Jahren, wird noch ein Mensch geboren, der die Gabe hat, die Sprache der Tiere zu verstehen. Einer vom alten Volk.

»Du meinst, ich … ich wäre … ich sollte…«, stotterte Yori.

Das Blut der Drachenreiter fließt in deinen Adern, Menschenkind, sagte die Echse ruhig. *Du und ich, wir sind gleich. Nicht nur ich bin anders als die anderen, auch du bist es. Du bist wie ich – Wesen eines Volkes, das vor Ewigkeiten unterging. Es ist die Wahrheit. Erforsche deine Seele, und du wirst es erkennen.*

»Aber … warum?« flüsterte Yori verstört.

Warum? Es gibt keinen Grund. Die Natur kennt kein Warum, und die Wege des Schicksals sind oft rätselhaft. Vielleicht gibt es einen

Grund, daß ich all die Jahrtausende gewartet habe und daß manchmal ein Mensch wie du geboren wird, doch wenn, so ist er mir bisher verborgen geblieben. Glaube übrigens nicht, daß du besser bist als deine Brüder und Schwestern, nur weil du anders bist. Du kannst nichts für deine Gabe. Sie wurde dir geschenkt, und es gibt darum keine Rechte, die du daraus ableiten könntest, vergiß das niemals.

»Dann bist du wirklich ein Drache?« murmelte Yori. »Eine aus dem alten Volk der Drachen?« Es war keine Frage. Im Grund hatte sie es die ganze Zeit über gewußt, nur war dieses Wissen irgendwo tief in ihr verborgen gewesen und ihrem bewußten Denken verschlossen. Sie hatte es gespürt, im selben Augenblick, als sie zum ersten Mal in die Augen dieses gewaltigen, prachtvollen Tieres geblickt hatte. Und sie hatte auch die Verwandtschaft gefühlt, das unsichtbare, mit Worten nicht zu beschreibende Etwas, das sie miteinander verband. – Das ihre *Schicksale* miteinander verband. Untrennbar verband.

»Du bist ihre Königin«, murmelte sie. »Du ... du hast den Salamander geschickt, damit er mir hilft, und ...«

Und er gab sein eigenes Leben, um das deine zu retten, unterbrach die Echse sie. *Du hast recht – es steht in meiner Macht, über meine Brüder und Schwestern zu gebieten, aber es steht nicht in meiner Macht, ihre Leben zu opfern, wie es mir beliebt. Ich kann dir nicht helfen.*

Yori stöhnte vor Enttäuschung und Hilflosigkeit, aber gleichzeitig wußte sie auch, daß die Echse recht hatte. Sie konnte nicht von ihr verlangen, ihre Brüder und Schwestern zu opfern, um *Menschen* zu retten.

Die Echse berührte sie sanft mit dem Maul an der Schulter, als fühle sie ihren Schmerz und wolle ihn so lindern. *Du mußt das verstehen, Menschenkind,* sagte sie traurig. *Wäre es umgekehrt, würdest du auch nicht anders handeln. Und selbst wenn ich es wollte, könnte ich es nicht. Wir sind nicht mehr viele. Wir könnten nicht gegen die Männer kämpfen, die deine Familie verschleppt haben, selbst wenn wir es wollten.*

»Aber du mußt mir helfen!« rief Yori verzweifelt. Sie wußte genau, daß es sinnlos war, daß sie etwas Unmögliches verlangte, und trotzdem sprach sie weiter: »Sie werden sie töten, Echse, töten oder ... oder als Sklaven verkaufen, und...« Sie brach ab, sank kraftlos nach vorne und begann wieder zu weinen, lautlos und mit einem Gefühl qualvoller, immer stärker werdender Hilflosigkeit.
Plötzlich hörte sie auf zu weinen, richtete sich auf, wischte mit der Hand die Tränen vom Gesicht und sah die Echse fest an.
»Es gibt eine Möglichkeit«, sagte sie. »Wenn du wirklich die Königin der Drachen bist und über sie gebietest, dann gibt es einen Weg.«
Der Blick der goldgelben Reptilienaugen wurde hart. *Willst du das wirklich?* fragte die Echse. *Ich habe befürchtet, daß du dieses Ansinnen stellen würdest, aber gehofft, daß du es lassen würdest.* Yori wollte antworten, aber die Echse ließ sie nicht zu Wort kommen. *Du weißt es nicht, aber das Volk der Drachenreiter ging unter, weil es seine Grenzen nicht mehr kannte und nach dem Unmöglichen trachtete, Menschenkind, und vielleicht wird einst auch dein jetziges Volk den gleichen Weg gehen, wenn es nicht lernt, Gewalt und Haß aus seinem Herzen zu vertreiben. Willst du wirklich, daß es wieder so wird wie damals? Willst du die Gewalt, die den Untergang unserer Völker heraufbeschwor, wieder in die Welt hinaustragen?*
»Nein«, flüsterte Yori. »Aber ich kann auch nicht zulassen, daß meine Familie verschleppt wird. Ich ... ich werde tun, was immer du willst, hinterher. Töte mich, wenn du glaubst, daß ich ... daß ich meine Gabe falsch nutze, aber hilf mir.«
Du dummer, kleiner Mensch, sagte die Echse sanft. *Wie viele haben schon geglaubt, die Kräfte des Bösen nur einmal entfesseln zu können, um sich ihrer zu bedienen, und sie alle sind daran zugrunde gegangen. Du kannst das Böse nicht einfach benutzen, um Böses zu bekämpfen, denn es liegt in seiner Natur, die zu zerstören, mit denen es zusammenkommt.*
»Dann sei du mein Wächter!« bat Yori. »Bleib in meiner Nähe und ... und töte mich meinetwegen, wenn du spürst, daß ich beginne, die Kontrolle zu verlieren.«

Du sprichst sehr leichtfertig vom Töten, Mensch, sagte die Echse. *Und selbst, wenn ich es wollte, könnte ich es nicht. Nicht, wenn das Böse einmal die Herrschaft über dich errungen hat.*
»Das wird es nicht!« entgegnete Yori überzeugt. »Ich weiß es. Ich bin stark genug, um...«
Nur die allerwenigsten sind stark genug, um sich selbst zu besiegen, unterbrach die Echse sie.
»Ich bin es«, sagte Yori. »Ich muß es einfach sein. Bitte! Bitte, hilf mir!«
Die Echse sah sie lange an, und wie schon einmal hatte Yori das Gefühl, von dem Blick ihrer Augen bis auf den tiefsten Grund ihrer Seele durchdrungen zu werden.
Ich glaube fast, du könntest es, sagte die Echse schließlich. *Aber du bist es, die die letzte Entscheidung fällen muß. Wenn du glaubst, stark genug zu sein, dann werde ich dir helfen. Aber wenn du ihm gegenüberstehst, bist du allein. Keine Macht der Welt kann dir helfen, denn du wirst gegen dich selbst kämpfen müssen. Glaubst du, daß du stark genug bist? Glaubst du das wirklich?*
»Ich glaube es«, antwortete Yori fest.
Dann folge mir.

Die Fackeln bewegten sich wie ein Zug großer, roter Leuchtkäfer durch die Nacht, und mit dem Wind, der sich gedreht hatte und nun direkt in Yoris Richtung blies, wehten die gedämpften Geräusche einer großen Anzahl von Menschen und Tieren heran. Es war dunkel geworden, schon vor Stunden, und mit der Nacht war ein Hauch von Kühle gekommen. Trotzdem war der Fels noch immer so heiß, daß es Yori unmöglich war, länger als ein paar Augenblicke reglos auf derselben Stelle zu liegen, und sie sich immer wieder hin und her bewegte.
Die Sklavenjäger und ihre Gefangenen waren nicht mehr sehr weit von ihrem Ziel, der Höhle, entfernt – kaum eine Stunde, wenn sie ihr Tempo beibehielten –, und Yori beobachtete sie schon eine ganze Weile, hielt jedoch einen respektvollen Abstand zu ihnen – und vor allem den Hunden. Solange der Wind gegen sie stand, bestand zwar kaum die Gefahr, daß die Tiere ihre Witterung aufnahmen, aber Yoris Respekt vor den riesigen, schwarzen Bluthunden war doch gewaltig, und sie war lieber ein bißchen zu vorsichtig. Überdies bestand kaum die Gefahr, die Spur der Sklavenjäger zu verlieren. Sie hatte den besten Führer, den sie sich nur wünschen konnte.
»Wie lange dauert es noch?« fragte sie leise.
Einer der schwarzen Schatten hinter ihr bewegte sich raschelnd; Mondlicht spiegelte sich auf glänzenden Schuppen und in großen, bernsteinfarbenen Augen. Die Echse hatte sie auf verborgenen Pfaden hierhergeführt, wie sie es versprochen hatte, und es waren Wege gewesen, die schneller und einfacher zu gehen waren als die, die die Reiter und ihr Troß nehmen mußten. Sie hatte Yori auch zu verborgenen Wasserstellen geführt, so daß sie ihren Durst löschen konnte und das Gehen nicht mehr ganz so mühsam war. Die Berge waren nicht tot, ganz und gar nicht. Während des vergangenen Tages hatte

Yori begriffen, daß sie eine eigene, völlig in sich geschlossene Welt bildeten, in der es Nahrung und Wasser in Hülle und Fülle gab. Man mußte nur wissen, wo man danach zu suchen hatte.

Nicht mehr lange, wisperte die Stimme der Drachenkönigin in ihren Gedanken. *Er hat meinen Ruf vernommen. Der Bergdrache kommt.*

Ein schwacher Schimmer von Furcht machte sich in Yori breit, als sie die Worte hörte. Für einen Moment suchte sie die samtene Dunkelheit hinter sich mit Blicken ab, jederzeit darauf gefaßt, einen gigantischen, schwarzen Schatten auftauchen zu sehen. Aber da war nichts. Sie war allein mit der Echse.

Geduld, Yori. Er wird kommen. Du darfst keine Angst haben.

Yori nickte. Keine Angst... Das war leicht gesagt. Am Mittag, als sie oben in den Bergen mit der Echse gesprochen hatte, da hatte sie auch wirklich geglaubt, ihre Furcht bezwingen zu können. Jetzt war sie gar nicht mehr so sicher.

Sie wandte sich wieder um, rutschte auf der glatten Oberfläche des Felsens in eine bequemere Position und blinzelte zu der Kette flakkernder roter Lichter hinüber, die sich in einer durchbrochenen, vielfach gewundenen Schlangenlinie den Hang hinunter und auf sie zubewegte. Der Wind trug das Geräusch von Hufschlägen und das heisere Bellen eines Hundes zu ihr.

Du bist wirklich entschlossen, es zu tun? fragte die Echse. Yori sah auf und musterte sie wortlos. Es war nach langer Zeit das erste Mal, daß die Echse von sich aus das Wort ergriff – sie hatten während des gesamten Weges hierher geredet, und Yori hatte viel über das Volk der Drachen und die Zeit der Drachenreiter erfahren, viel mehr, als sie jetzt schon verarbeiten oder auch nur richtig verstehen konnte, aber die Echse hatte niemals von sich aus gesprochen, sondern stets nur geantwortet, wenn Yori ihr eine Frage gestellt hatte. Und sie hatte längst nicht alle Fragen beantwortet. *Noch ist Zeit, es dir zu überlegen. Wenn du ihm gegenüberstehst, ist es zu spät, Menschenkind.*

Ein bitterer Geschmack breitete sich auf Yoris Zunge aus. Angst. Sie hatte Angst, panische Angst, und allein der Gedanke an das, was sie tun wollte, ließ alles in ihr rebellieren. Aber sie durfte keine Angst ha-

ben. Wenn sie Furcht zeigte – oder auch nur spürte –, würde er sie töten.
Sie nickte. »Ich muß es tun«, murmelte sie.
Ich weiß, erwiderte die Echse. Ihre Stimme klang traurig. *Du bist sehr mutig, Menschenkind, und das ist gut so. Er wird deine Seele erforschen, und nur, wenn du wirklich stark bist, wird er dir gehorchen.*
Yori antwortete nicht, und auch die Echse sprach nicht weiter. Was zu sagen war, war längst gesagt worden, und alles, was ihr jetzt noch zu tun blieb, war zu warten.
»Weißt du, wo ... Beren ist?« fragte sie nach einer Weile.
Die Echse antwortete nicht, und Yori spürte, wie sie mit Sinnen, die den Menschen auf immer verschlossen und rätselhaft bleiben mußten, in die Nacht hinaus lauschte. Seit sie zusammen waren, ging eine seltsame Veränderung mit Yori vor: Sie fühlte sich mit jedem Augenblick stärker mit dem gewaltigen Tier verbunden, und sie spürte seine Nähe jetzt nicht nur, wenn sie es sah oder mit ihm redete.
Er ist nicht weit von hier, sagte die Echse nach einer Weile. *Er hat sich verborgen und wartet, ein kleines Stück des Weges vor uns. Sein Herz ist voller Zorn. Das ist nicht gut.*
Yori überlegte einen Moment. Sie war nicht überrascht, daß Beren die Sklavenjäger eingeholt hatte – allein und voller Haß, wie er war, würde er keine Rücksicht mehr auf sich selbst nehmen. Und sie war nicht sicher, ob er das Versprechen, das er ihr gegeben hatte, auch wirklich halten würde.
»Kannst du mich zu ihm bringen?« bat sie.
Ja. Folge mir.
Die Echse huschte davon und verschmolz mit der Nacht, aber Yori mußte sie nicht sehen, um zu wissen, wo sie war. Lautlos erhob sie sich und folgte ihr trotz der Dunkelheit so sicher, als wäre es heller Tag. Sie wandten sich ein kurzes Stück nach Osten, dann in die entgegengesetzte Richtung, direkt auf die Reiter und ihre Gefangenen zu. Nach einer Weile blieb die Echse stehen und wartete, bis Yori neben sie getreten war.
Beren ist hier, bemerkte sie. *Direkt hinter jenen Felsen. Seine Ge-*

danken sind voller Haß und Gewalt. Schick ihn fort. Plötzlich glaubte Yori, einen neuen, nervösen Klang in den Worten der Echse zu hören. Irgendwo in ihrer Nähe, hinter und über ihr, knackte etwas; ein Laut, als stöhne der Fels unter einem ungeheuren Gewicht. Yoris Herz begann zu rasen. Sie widerstand im letzten Augenblick der Versuchung, sich umzudrehen und in die Dunkelheit zu starren.
Schick ihn fort, drängte die Echse noch einmal, und jetzt war Yori sicher, Furcht in ihrer Stimme zu hören. *Rasch, ehe es zu spät ist! Der Bergdrache kommt!*
Yori nickte, ging mit schnellen Schritten um die Echse herum und trat gebückt zwischen den Felsen hindurch, die sie ihr bezeichnet hatte. Beren war da, wie die Echse gesagt hatte. Er hockte geduckt im Schutze eines gewaltigen Steinbrockens, der messerscharfe Kanten aufwies, starrte gebannt nach Westen und umklammerte das Schwert, das Yori ihm gegeben hatte, mit beiden Händen. Als er ihre Schritte hörte, fuhr er erschrocken herum und verkrampfte sich.
»Beren!« sagte Yori hastig. »Du mußt fort. Schnell!«
»Yori?« Berens Blick flackerte, und es war dasselbe unheimliche Feuer in seinen Augen, das sie früher am Tag schon einmal gesehen und sie so erschreckt hatte. Er mußte halb wahnsinnig vor Durst und Erschöpfung sein, wenn er den ganzen Tag über gelaufen war, um hierherzukommen. »Wo kommst du her? Wo warst du?«
»Jetzt ist keine Zeit, dir alles zu erklären«, sagte Yori hastig. Sie trat zu ihm, drückte seine Hand mit dem Schwert herunter und deutete mit einer Kopfbewegung nach Osten, in die Richtung, in der die Höhle lag. »Geh!« sagte sie. »Ich flehe dich an, Beren, geh. Schnell! Lauf weg, so schnell du kannst!«
Beren streifte ihre Hand mit einer wütenden Bewegung ab, trat einen Schritt zurück und funkelte sie zornig an. »Was soll das?« fragte er. »Wo kommst du her, und was...«
»Bitte, Beren, frag jetzt nicht!« unterbrach Yori ihn. »Du mußt weg. Du ... du hast mir versprochen, vorerst nichts zu tun, und ich flehe dich an, halte dein Versprechen, oder wir werden alle sterben.«
Einen Herzschlag lang musterte Beren sie aus brennenden Augen.

Trotz der Dunkelheit sah Yori, wie erschöpft und müde er war. Selbst wenn er ihre Worte vernahm, war er wahrscheinlich kaum noch in der Lage, klar zu denken.
»Was redest du da?« fragte er. »Du gehst, bleibst stundenlang weg und kommst wieder, ohne ein Wort der Erklärung, und jetzt verlangst du, daß ich die Sippe im Stich lasse und gehe?« Er lachte krächzend. »Du mußt von Sinnen sein, Yori. Ich werde hier warten, bis sie heran sind, und dann werde ich diesen Teufel Rongos aus dem Sattel schießen, und wenn es das letzte ist, was ich tue!«
Yori rang verzweifelt die Hände. »Bitte, Beren«, flehte sie. »Frag jetzt nicht, sondern...«
Zu spät, Menschenkind, flüsterte die Echse in Yoris Gedanken. *Der Bergdrache ist da.*
Yori fuhr mit einem halb unterdrückten Schreckenslaut herum. Auf dem Felsen über ihr war ein massiver, im sanften Sternenlicht dunkelgrün schimmernder Schatten erschienen. Yori spürte die Erregung der Echse.
»Was ... was ist das?« krächzte Beren. »Das ist doch...«
Yori fuhr entsetzt herum. *»Flieh!«* schrie sie. *»Bei den Göttern, Beren, lauf weg!«*
Aber es war zu spät. Ein dunkles Mahlen und Knirschen drang durch die Nacht, als Steinbrocken und Felsen unter tonnenschwere Panzerplatten gerieten und zermalmt wurden. Der Schatten der Smaragdechse verschwand und machte einem anderen, gigantischen, schwarzen Etwas Platz.
Beren schrie, aber seine Stimme ging in einem ungeheuren Grollen unter, als sich der Bergdrache hinter dem Felsen erhob und mit einer schwerfälligen Bewegung zu seiner vollen Größe aufrichtete.
Es war, als wäre die Nacht lebendig geworden. Er war groß, ungeheuer *groß*, ein Gigant aus lebender Schwärze und Klauen und gewaltigen, hornigen Stacheln und Panzerplatten. Beren schrie vor Entsetzen und Furcht, prallte rücklings gegen einen Felsen und schlug die Hände vor das Gesicht, und auch Yori taumelte wie unter einem Hieb zurück, als das Wesen näher kam; eine gewaltige Woge

aus Schwarz und gestaltgewordener Wildheit, die sich wie eine Lawine auf sie und Beren zubewegte und sie zu verschlingen drohte. Sie stolperte, verlor das Gleichgewicht und stürzte rücklings zu Boden. Angst, graue, panische Angst stieg in ihr hoch und wischte jedes vernünftige Denken beiseite. Der Drache knurrte. Sein gewaltiger Schädel pendelte wie der Kopf einer angreifenden Schlange hin und her, und der Blick seiner Augen richtete sich abwechselnd auf Beren und sie, als wäre er sich noch nicht ganz schlüssig, welches Opfer er zuerst verschlingen sollte. Er spürte ihre Angst, ihre und die Berens, und er reagierte darauf, wie es Drachen seit Urzeiten taten: mit Zorn und Wildheit.

Beren schrie immer lauter vor Entsetzen, und der Drache spürte seine Furcht und antwortete mit einem drohenden Zischen. Sein gewaltiger Rachen öffnete sich und gab den Blick auf handlange, furchtbare Reißzähne frei.

Ein schlanker, dunkelgrüner Schatten tauchte zwischen den gewaltigen Vordertatzen des Drachens auf, huschte an Yori vorbei und sprang Beren an: die Smaragdechse. Ihr Schwanz schlug aus, wie Yori es schon einmal gesehen hatte, am Morgen, als die Echse gegen den Krieger kämpfte, aber diesmal war die Bewegung nicht so voller Zorn und Kraft, sondern beinahe sanft; nicht viel mehr als ein Streicheln. Beren seufzte, sank nach vorne und blieb reglos liegen.

Du darfst keine Angst haben, Menschenkind, wisperte eine Stimme in Yoris Gedanken. *Nur wenn du dich selbst besiegst, wird er dir dienen. Denke an die, die du retten willst!*

Yori richtete sich zitternd auf. Ihre Gedanken und Gefühle waren in Aufruhr, aber sie kämpfte dagegen an, drängte die Furcht zurück und zwang sich zur Ruhe, sie kämpfte mit einer Kraft, die nicht nur aus ihr selbst heraus kam, sondern sich von außen mit der ihren vereinigte. Sie spürte, wie ihr fremde Energien zuflossen, wie sich der Wille der Smaragdechse mit dem ihren vereinigte, und sie fühlte die Ruhe und Weisheit dieses uralten, guten Wesens wie eine beschützende Hand. Es war der schwerste Kampf ihres Lebens, denn wie es die Echse vorausgesagt hatte, war sie es selbst, mit der sie rang, waren es Angst und Entsetzen, die aus ihrer eigenen Seele emporstiegen und ihre Gedanken zu verwirren suchten. Es war schwer, unglaublich schwer, aber Yori gewann. Langsam kämpfte sie die Angst nieder, vertrieb sie Furcht und Entsetzen. Eine seltsame, fast übernatürliche Ruhe ergriff von ihrem Geist Besitz, und als sie, nach Sekunden, die ihr wie Stunden vorkamen, die Augen öffnete und zu dem gewaltigen schwarzen Drachen über sich aufsah, hatte er aufgehört zu knurren und starrte sie bloß an.

Vorsichtig richtete sich Yori auf. Ihr Blick hing wie gebannt an den faustgroßen, dunklen Augen des Bergdrachens. Sie fühlte seine Wildheit, den uralten, stets bereiten Zorn, der sich über Tausende von Jahren in seinem Inneren aufgestaut hatte, ein Zorn, der nicht aus seiner Seele kam, sondern nur eine Antwort auf die Gefühle war, die er empfing.

Die Smaragdechse hatte es ihr erklärt, aber Yori begriff erst in diesem Moment wirklich, wie die Worte gemeint waren: Der Drache war nicht böse. Die Wildheit und Mordlust, die man ihm nachsagte, waren nicht seine eigenen Gefühle, sondern nur ein Spiegelbild dessen, was ihm begegnete. Und Yori wußte jetzt auch, was die Echse gemeint hatte, als sie sagte, Yori müsse sich selbst besiegen, denn genau wie sie blickte der Drache nicht nur in Yoris Augen, sondern tiefer, er erforschte die verborgensten Winkel ihrer Seele und suchte, tastete nach der dunklen Seite ihres Ichs und lauschte auf das, was ihm ihre Erinnerungen und Gefühle, ihre Sehnsüchte und Wünsche erzählten.

Für endlose Minuten standen sie sich reglos gegenüber, Yori und der Drache, ein Kind und ein grauenerregendes Wesen, wie es sie auf der Welt kein zweites Mal gab, und eines spürte die Gefühle des anderen.

Schließlich hatte der Drache seine Musterung beendet. Sein riesiger, horngekrönter Schädel senkte sich weiter herab, bis seine Augen auf einer Höhe mit Yoris Augen waren. Was Yori sah, war ... Alter. Sie sah in Augen, an denen die Jahrhunderte vorübergezogen waren wie Sekunden, die Dinge geschaut hatten, die kein Mensch sich auch nur ausmalen konnte, und in denen ein Sehnen und der Schmerz über einen Verlust geschrieben stand, den Yori nicht einmal zu erahnen imstande war. Der Drache war *alt*. Er hatte eine Welt gesehen, in der Menschen und Drachen Freunde gewesen waren, und er hatte sie verloren und Tausende und Abertausende von Jahren nichts als Furcht und Zorn und Abscheu empfangen. Er war auf der Suche gewesen, auf der Suche nach einem Menschen wie ihr, einem Menschen, der ihm nicht nur Haß und Schrecken entgegenbrachte, sondern ihn als das begriff, was er war: ein denkendes, fühlendes Wesen.

Langsam hob Yori die Hand und berührte sein Maul. Seine Haut war rissig und kalt und hart wie Stahl, und Yori fühlte, wie das gigantische Wesen unter ihrer Berührung erschauerte, obwohl es sie kaum spüren konnte.

Der Drache stieß ein tiefes, vibrierendes Grollen aus und senkte den Kopf noch weiter, und Yori ging mit langsamen Schritten um seinen Schädel herum, setzte einen Fuß auf die schartigen Panzerplatten hinter seiner Schläfe und schwang sich mit einer entschlossenen Bewegung in seinen Nacken.

Die Reiter und ihre Gefangenen waren im Laufe der letzten halben Stunde beständig nähergekommen. Das flakkernde Licht ihrer Fackeln huschte wie tastende Leuchtfinger vor ihnen her und kündete ihr Nahen schon lange an, bevor sie um die Biegung des Weges kamen. Geräusche wehten durch die Nacht wie ein Chor unheimlicher, düsterer Stimmen: Hufschläge, die auf dem harten Felsen seltsam hell und gläsern klangen, das Knarren von Leder und das Schnauben der Pferde, Hundegebell und leise Worte, die einzeln nicht zu verstehen waren, dann und wann ein Stöhnen und ein Laut, der wie das Knallen einer Peitsche klang, und alles wurde untermalt und begleitet vom Wind, der ein an- und abschwellendes Klagelied dazu zu singen schien.
Yori wartete. Sie hatte Beren sicher zwischen den Felsen zurückgelassen, nachdem sie sich davon überzeugt hatte, daß er nicht ernsthaft verletzt war und nach einer Weile wieder erwachen würde, und war mit dem Drachen hierher zur Höhle gekommen. Sie wartete geduldig und ruhig und voller Entschlossenheit. Die Nacht schien dunkler geworden zu sein, seit sie hierhergekommen war. Der Drache war unsichtbar, trotz seiner Größe zu einem Teil der Felswand geworden, in deren Schatten sie standen und dem Näherkommen der Reiter zusahen, und die Dunkelheit schien selbst die Geräusche, die das gewaltige Wesen dann und wann verursachte, aufzusaugen, als hätten sie nun die gleichen Kräfte, die sie und die ihren bisher bekämpft hatten, auf ihrer Seite.
Das Flackern von Licht am Ende der Schlucht wurde heller, und dann erschien der erste Reiter: eine schwarze, drohende Silhouette gegen den rotorangenen Hintergrund des Feuerscheines. Hinter ihm erschien ein zweiter Reiter, dann ein dritter und vierter, und hinter diesem begann eine lange Kette gebückt gehender Gestalten. Yori

spürte einen Anflug von Zorn und Trauer, und der Drache reagierte mit einem dunklen, drohenden Grollen auf ihre Gefühle. Das Geräusch war nicht laut, und doch vibrierte es dumpf durch Yoris ganzen Körper und erinnerte sie daran, daß sie sich ihrem Zorn nicht hingeben durfte.

Behutsam legte sie die Hand auf den gewaltigen Schädel des Drachens und streichelte ihn. Er konnte die Berührung durch die Panzerplatte nicht spüren, aber er beruhigte sich trotzdem, als Yori den Zorn unterdrückte und sich wieder auf die näher kommenden Reiter konzentrierte. Die Entfernung zwischen ihnen und der Höhle betrug weniger als hundert Schritte, und doch schienen Ewigkeiten zu vergehen, bis sie weiter herankamen.

Einer der Hunde begann zu jaulen. Er konnte den Drachen nicht sehen, und der Wind stand so, daß er auch seine Witterung nicht aufnehmen konnte, aber er schien die Nähe des Giganten zu fühlen. Eine zornige Stimme erklang, dann knallte eine Peitsche, doch das Jaulen des Hundes hörte nicht auf, und nach wenigen Augenblicken fielen auch die anderen Tiere ein.

Der Drache bewegte sich unruhig, und wieder brachte Yori ihn zur Ruhe. Sie waren jetzt eng verbunden, und Yori spürte die Unruhe und Ungeduld des riesigen Wesens so deutlich, als wären es ihre. Vielleicht war es wirklich so; vielleicht, dachte sie, waren sie in diesem Moment nicht mehr zwei, sondern nur noch ein Wesen, das nur noch zufällig in zwei verschiedenen Körpern wohnte.

Sie wartete. Schließlich kam der Trupp heran, und die Reiter bildeten auf dem freien Platz vor der Höhle mit ihren Fackeln in der Hand einen rotflammenden unregelmäßigen Kreis, in dessen Mitte sich die etwa zwei Dutzend Menschen der Sippe zusammendrängten, müde, erschöpft und voller Angst und Hoffnungslosigkeit. Yori sah, daß viele von ihnen verletzt waren und Verbände trugen; und Berg und Irco lagen auf einfachen, roh aus Leder und Stoff zusammengebauten Bahren und mußten getragen werden. Das rote Licht der Fackeln reichte noch nicht ganz bis zu Yori heran, so daß sie selbst alles überblicken und sehen konnte, ohne ihrerseits von den Reitern ent-

deckt zu werden. Der Anblick krampfte irgend etwas in ihr zusammen, und für einen winzigen Moment spürte sie wieder einen Hauch des kalten Zornes vom Morgen; aber sie ließ es nicht zu, daß das Gefühl Macht über ihre Gedanken gewann, sondern drängte es zurück und wartete. Sie war ganz ruhig, beinahe gelassen, und so wie sie stand der Drache still; er atmete nicht einmal.
Der Kreis aus Fackeln löste sich auf, als die Reiter nacheinander aus den Sätteln stiegen. Yori konnte sehen, daß sie vor Erschöpfung wankten. Ein paar von ihnen wollten unverzüglich zur Höhle eilen, wohl um Wasser zu holen, aber ihr Anführer rief sie mit einem scharfen Befehl zurück und deutete auf die Gefangenen.
Ketten klirrten. Einer der Männer ließ seine Peitsche knallen. Ein matter Schmerzensschrei antwortete ihm, und eine der gebückten Gestalten brach zusammen und blieb wimmernd liegen.
Yori berührte die Schläfe des Drachen. »Geh«, bat sie leise.
Der Boden erzitterte unter dem Gewicht des Giganten, als dieser sich mit einem einzigen machtvollen Schritt aus dem Dunkel der Felsen löste und in den Feuerschein der Fackeln hinaustrat.
Für eine halbe Sekunde schien die Zeit stillzustehen. Ein halbes Dutzend von Rongos' Männern sah direkt in ihre Richtung, und Yori hatte niemals im Leben einen Ausdruck größeren Unglaubens und tieferen Entsetzens gesehen als in ihren Gesichtern. Plötzlich war es still, vollkommen still. Selbst das Wimmern des Windes hatte für einen Moment innegehalten. Und dann brach die Panik los. Die Hunde jaulten auf und stoben davon, Männer schrien, und Pferde bäumten sich auf, warfen ihre Reiter ab oder schlugen nach allen Seiten wild aus. Der schmale Platz vor dem Höhleneingang, auf dem gerade noch entsetzte Erstarrung geherrscht hatte, schien plötzlich in einer Explosion von Lärm und Bewegung zu vergehen. Rongos' Männer vergaßen ihre Gefangenen. Die, die noch auf dem Rücken der Pferde saßen, rissen die Tiere herum und sprengten in kopfloser Panik davon, andere versuchten ihre Pferde zu erreichen oder liefen blindlings los, und auch die Mitglieder der Sippe stoben auseinander, als wäre eine unsichtbare Faust unter sie gefahren.

Nur Rongos und zwei oder drei seiner Getreuen flohen nicht. Das Pferd des Sklavenhändlers bäumte sich wild auf, als es den Drachen sah, aber Rongos brachte es mit einem brutalen Ruck am Zügel zur Ruhe. Seine Hand zuckte zum Schwert und zog es heraus. »Bleibt hier!« brüllte er. »Ich befehle euch zu bleiben. Ich töte jeden, der zu fliehen versucht.«
Seine Stimme ging fast im Toben und Schreien von Menschen und Tieren unter, aber trotzdem reagierten die meisten seiner Männer auf die Worte. Nur ein paar liefen weiter oder ließen ihren losgaloppierenden Pferden freien Lauf. Welche Angst mußten sie vor diesem Mann haben, dachte Yori, daß ein einziger Befehl von ihm ausreichte, sie selbst gegen einen Bergdrachen antreten zu lassen?
»Kommt zurück!« rief Rongos. »Es ist nur ein Tier, und wir ...«
Er brach ab, als der Drache mit einer schwerfällig wirkenden Bewegung noch etwas weiter in das Licht trat, und seine Augen weiteten sich ungläubig, als er die Gestalt in dessen Nacken sah. »Was ...« keuchte er. »Aber das ... das ist doch ...« Seine Lippen zitterten. Seine Hand schien plötzlich nicht mehr die Kraft zu haben, das Schwert zu halten; die Waffe entglitt seinen Fingern und schlug klirrend auf dem Boden auf.
Yori sah schweigend auf ihn hin. Von ihrem Platz im Nacken des Giganten aus überragte sie Rongos um mehr als das Doppelte, und mit einem Male kam er ihr klein und erbärmlich vor. Vergeblich suchte sie in ihrem Inneren nach irgendeiner Spur des Zornes, den sie noch am Morgen empfunden hatte. Er war nicht mehr da. Alles, was sie jetzt noch empfand, waren Trauer und eine tiefe, grenzenlose Verachtung.
Rongos hatte sich endlich wieder in der Gewalt. Mit einem harten Ruck riß er den Kopf seines Pferdes herum und versuchte, das Tier auf den Drachen zugehen zu lassen. Aber das Pferd weigerte sich, obwohl die stählerne Trense grausam in seine Lefzen schnitt und sie bluten ließ. Yori konnte die Angst des Tieres fühlen.
Die Furcht in Rongos' Blick machte erst ungläubiger Überraschung, dann einem Ausdruck langsam stärker werdenden Zornes Platz.

»Wer bist du?« fragte er kalt. »Wer bist du, und was willst du von mir...« Wieder stockte er, blickte Yori einen Moment lang mit erneuter Verwunderung an und fuhr dann in verändertem, beinahe lauerndem Tonfall fort: »Ich kenne dich doch. Du bist doch dieses Gör, das ...«

»Ich bin Yori«, unterbrach Yori ihn ruhig. »Und du hast recht. Wir haben uns schon dreimal gesehen: damals, als ich die Echse von deinem Pfeil befreit hatte, in unserem Lager und heute morgen, oben in den Bergen. Dein Krieger hat versagt, Rongos. Er sollte mich töten, aber ich lebe, und ich bin hier, um meine Sippe zu befreien. Nimm deine Männer und geh, und niemandem wird ein Leid geschehen.«

Rongos schluckte. Nervös wandte er den Kopf und blickte sich um. Die meisten seiner Krieger waren zurückgekommen, und manche hatten sogar ihre Waffen aufgehoben, aber die Zeichen der Angst waren unübersehbar. Sie waren keine kleine Armee mehr, sondern nur noch ein Haufen verängstigter Menschen. Aber selbst wenn Rongos so fühlte wie seine Männer, ließ er sich doch nichts anmerken. Im Gegenteil. Jetzt, da der erste Schrecken vorüber war, gewann er seine Überheblichkeit rasch zurück. Seine Stimme klang beinahe so fest wie gewohnt, als er sich wieder an Yori wandte.

»Ich weiß nicht, wie du dir das gedacht hast«, sagte er, »aber du solltest nicht zu sehr auf dieses Tier vertrauen. Einmal hast du Glück gehabt, aber das muß nicht immer so sein.«

Für einen Moment wußte Yori nicht, welches Gefühl stärker in ihr war: ihre Verachtung oder die Bewunderung, die sie Rongos – widerwillig – für seinen Mut zollen mußte.

»Geh«, sagte sie noch einmal. »Geh, Rongos, solange noch Zeit ist. Ich weiß nicht, wie lange ich ihn noch zurückhalten kann.«

Wie um ihre Worte zu bestätigen, stieß der Drache ein tiefes, drohendes Grollen aus. Yori spürte die Wogen von Furcht und Haß, die von allen Seiten her auf ihn niedergingen, und sie fühlte, wie er von Augenblick zu Augenblick unruhiger und nervöser wurde.

Rongos' Pferd tänzelte nervös. »Du bist größenwahnsinnig, du rotznasige Göre, wie?« zischte Rongos. »Ich will dich lehren, mit...«

»Tu es nicht, Rongos«, unterbrach ihn Yori. Ihre Stimme zitterte vor Anstrengung. Auf ihrer Stirn stand kalter, klebriger Schweiß. Der Haß und die Furcht ringsum wurden stärker, jetzt, nachdem der erste Schrecken auch von Rongos' Männern gewichen war. Sie dachten an Gewalt und Kampf, und der Drache fing ihre Gefühle wie ein gewaltiger Brennspiegel auf und erwiderte sie tausendmal stärker und wilder. Sein Schwanz begann, nervös zu peitschen, und der gewaltige Schädel zitterte zwischen Yoris Schenkeln. Yori legte die Hände auf seine Schläfen und versuchte, stärker mit ihm zu verschmelzen, eins mit seinem Geist zu werden, um die Wogen negativer Gefühle, die von allen Seiten auf ihn einschlugen, abzufangen, aber sie spürte, daß sie nicht stark genug war.
»Geh«, flüsterte sie noch einmal. »Nimm deine Männer und geh, Rongos. Werft die Waffen fort und geht, oder er ... er wird euch alle töten!«
Rongos lachte häßlich, wandte sich im Sattel um und hob die Hand. »Greift an!« befahl er. »Tötet sie beide!«
Aber keiner seiner Männer gehorchte dem Befehl. Der eine oder andere machte zwar einen zaghaften Schritt oder hob das Schwert oder den Bogen, aber niemand machte ernsthaft den Versuch, das gigantische Wesen anzugreifen.
»Was ist mit euch?« schrie Rongos. »Habt ihr Angst? Sie ist nur ein Kind, verdammt! *Greift an!*«
Der Drache stieß ein markerschütterndes Brüllen aus, einen Laut, der die Berge zum Erzittern zu bringen schien und als tausendfaches Echo von den Felswänden zurückhallte. Erst einer, dann mehr und mehr von Rongos' Männern schleuderten ihre Waffen fort und wandten sich um, um zu fliehen.
»Kommt zurück!« kreischte Rongos. »Ich befehle es euch! Ich bin euer Herr! Kommt zurück!«
Aber niemand gehorchte ihm mehr. Der Drache brüllte erneut, und auch die letzten Krieger vergaßen ihre Furcht vor Rongos und flohen, erfüllt von panischer Angst und Entsetzen.
Rongos fuhr mit einem wütenden Schrei herum. Sein Gesicht war

verzerrt, und der Ausdruck in seinen Augen war der eines Wahnsinnigen. »Dann eben allein!« keuchte er. »Niemand stellt sich gegen Rongos, ohne dafür mit dem Leben zu bezahlen. Auch du nicht!« Mit einer blitzschnellen Bewegung riß er den Bogen von der Schulter, zerrte einen Pfeil aus dem Köcher an seinem Sattel und legte ihn auf die Sehne.

Der Drache bäumte sich auf. Yoris Willen wurde ausgelöscht wie eine Kerzenflamme vom Sturm, und plötzlich war alles, was sie spürte, Haß und Zorn, eine ungeheure, tobende Woge von Zorn, die den Drachen erfüllte und in eine reißende Bestie verwandelte; Rongos' eigene Gefühle, die den Geist des Drachen erfüllten und tausendfach verstärkt auf ihn zurückschlugen. Der gigantische Leib des Drachen zuckte wie in einem Krampf. Seine furchtbaren, dreifingrigen Krallen packten in einer unglaublich schnellen, peitschenden Bewegung zu. Rongos schrie und fiel. Der Bogen zerbrach in seinen Händen. Das Pferd, dessen Sattel plötzlich leer war, bäumte sich auf, fuhr mit einem panischen Wiehern herum und jagte davon. Wieder zuckte der Körper des Drachen wie unter Schmerzen, und diesmal verlor Yori den Halt und stürzte kopfüber von seinem Nacken. Hart schlug sie auf dem felsigen Boden auf, blieb für die Dauer eines Atemzuges benommen liegen und begann dann hastig, von dem Drachen wegzukriechen.

Der Drache tobte. Das Tal erzitterte unter seinen stampfenden Schritten, seinem Brüllen und den Schwanzschlägen, mit denen er Felsbrocken und Steine zertrümmerte, und Yori spürte den Zorn und die Wut des Drachens wie flüssiges Feuer in sich. Sie waren noch immer verbunden, und sie empfand die Gefühle des Drachens, seinen Zorn, diesen grenzenlosen, durch nichts zu besänftigenden Zorn, der in ihr bohrte und fraß und sie vor Angst schreien ließ. Sie spürte kaum, wie kräftige Hände nach ihr griffen und sie auf die Füße zerrten, fort von dem tobenden Giganten, der wie ein gewaltiger, zorniger Gott am Ende des Tales wütete und seinen Zorn in die Nacht hinausschrie.

Jemand berührte sie an den Schultern, und eine Stimme nannte ihren Namen, aber es war Yori unmöglich, den Blick vom Ende des Tales zu wenden. Langsam, ganz langsam nur hörte der Drache auf zu toben. Sein Kopf pendelte noch immer wild hin und her, und aus seiner Brust drangen dunkle, heiser klingende Laute, aber Yori spürte, wie die mörderische Wut allmählich aus ihm wich und jener dumpfen Verzweiflung Platz machte, die sein Leben bestimmte. Schließlich, irgendwann nach Ewigkeiten, wie es Yori erschien, richtete er sich mit einem dumpfen Grollen auf und blickte noch einmal in ihre Richtung. Er war viel zu weit entfernt, um noch mehr als ein gigantischer, schwarzer Schatten zu sein, aber Yori fühlte den Blick seiner Augen, und sie fühlte auch die Enttäuschung und die grenzenlose Verbitterung, die er aussagte.

Sie hatte versagt. Sie hatte ihm und der Echse ein Versprechen gegeben, das sie nicht gehalten hatte. Sie hatten Freundschaft und Liebe haben wollen, und alles, was sie ihnen gegeben hatte, war neuer Haß und neues, sinnloses Töten. Sie fühlte sich schuldig.

Langsam wandte sich der Drache um und ging, aber Yori blickte ihm noch lange nach, auch als er längst verschwunden war und selbst das Geräusch seiner stampfenden Schritte in der Nacht verklungen war. Erst dann drehte auch sie sich um.

Sie war nicht mehr allein. Gonda stand hinter ihr, daneben ihre Mutter, und ein Stück hinter ihnen – und noch immer mit Unglauben gezeichneten Gesichtern – die anderen Mitglieder der Sippe.

Plötzlich fiel Yori die Stille auf. Niemand sprach, und mit einem Male wurde sie sich der Tatsache bewußt, daß sie es war, auf die sich alle Blicke richteten. Sie wollte etwas sagen, aber ihre Stimme versagte ihr den Dienst, und sie brachte nur ein mühsames Keuchen hervor. Sie wankte, machte einen Schritt und wäre gestürzt, hätte ihre Mutter sie nicht im letzten Moment aufgefangen.

»Yori!« flüsterte sie. »Du lebst! Du lebst und bist gesund. Ich ... ich dachte, du ... du wärst ...« Sie sprach nicht weiter, und als Yori den Blick hob und in ihr Gesicht schaute, sah sie, daß ihre Mutter weinte. Aber es waren Tränen der Freude.

»Was war das?« murmelte Gonda. Seine Stimme klang fremd: flach und beinahe ohne Ausdruck, als rede er im Schlaf, und sein Gesicht war starr und so bleich wie Schnee. »Bei allen Göttern, Yori, was ... was ist geschehen? Dieses Tier war ... war ein Drache. Ein Bergdrache. Und du hast ihn geritten!« Er atmete hörbar ein, schüttelte immer wieder den Kopf und sah Yori aus starren, unnatürlich geweiteten Augen an. »Was ist geschehen?« fragte er noch einmal.

»Später«, murmelte Yori. »Ich erkläre es dir, aber ... später.« Mit einem Mal war sie müde, unendlich müde. Die Umarmung ihrer Mutter war warm und tat gut, und Yori fühlte, wie ihre Glieder schwer wurden und eine wohltuende, betäubende Schwäche Besitz von ihrem Körper ergriff.

Ihre Mutter hob sie hoch, preßte sie an sich und strich ihr mit der Hand über das Haar.« »Ja, später«, sagte sie. »Du hast genug Zeit, uns alles zu erklären, mein Liebling. Jetzt schlaf. Ruh dich aus und schlaf. Es wird alles wieder gut, du wirst sehen. Es wird alles wieder so, wie es früher war.«

Aber das stimmte nicht. Die Gefahr war zwar vorüber, aber Yoris Leben hatte sich verändert und würde nie mehr so werden, wie es gewesen war; Yori wußte es, und sie wußte auch, daß ihre Mutter es wußte. Sie würden die Kranken gesundpflegen und diese Berge verlassen, und vielleicht würden sie sogar irgendwo Wasser finden und wieder leben können wie zuvor, aber für sie, Yori, würde die Welt anders sein.

Als ihre Mutter sich umdrehte und sie forttrug, öffnete sie noch einmal die Augen und blickte in die Richtung zurück, in der der Drache verschwunden war, und für den Bruchteil einer Sekunde glaubte sie, ein smaragdgrünes Blitzen in der Schwärze der Nacht zu erkennen. Dann war es verschwunden.

Ja, dachte sie noch einmal, kurz bevor sie einschlief, die Welt würde anders sein, vom heutigen Tage an. Für sie und für die Drachen. Und vielleicht, wenn sie sich Mühe gaben, sogar besser.

Sherlock Holmes

Ihm entgeht nichts. Der größte aller Detektive erkennt in den kleinsten Indizien den roten Faden, der zum Täter führt.

Wunschzettel Am besten gleich ankreuzen, was dir noch fehlt!

- ☐ **Sherlock Holmes Sein erster Fall**
- ☐ **Sherlock Holmes Das gelbe Gesicht**
- ☐ **Sherlock Holmes Das Heilige Schwert**
- ☐ **Sherlock Holmes Das Tal der Angst**
- ☐ **Sherlock Holmes Das Zeichen der Vier**
- ☐ **Sherlock Holmes Der Goldene Vogel**
- ☐ **Sherlock Holmes Der Hund von Baskerville**
- ☐ **Sherlock Holmes Der Vampir**
- ☐ **Sherlock Holmes Die neue Katakombe**
- ☐ **Sherlock Holmes Die Teufelskralle**
- ☐ **Sherlock Holmes Die vertauschte Queen**
- ☐ **Sherlock Holmes Späte Rache**
- ☐ **Sherlock Holmes Spuren im Moor**
- ☐ **Sherlock Holmes Der Goldraub**
- ☐ **Sherlock Holmes Das indische Kleinod**

Den/die angekreuzten Titel wünsche ich mir

☐ zum Geburtstag ☐ zu Ostern
☐ zum Namenstag ☐ ____________
☐ zu Weihnachten

____
(bitte Name und Anschrift eintragen)

In jeder Fach/Buchhandlung!

Ein phantastischer Roman

Wolfgang Hohlbein
Nach dem großen Feuer
Mitten in der Nacht wird Thomas von einem glitzernden UFO, der HEDONIA, entführt, entführt zu einem gefährlichen Abenteuer. Auf dem Flug erfährt Thomas schier Unglaubliches über Ziel und Zweck dieser Reise. Doch bevor Xertal, der Kommandant des UFOs, seine Enthüllungen beenden kann, gerät das Raumschiff in einen Energiewirbel.
Thomas, Boris, Stephen und Tai Lin können in einer Rettungskapsel notlanden. Doch der „rettende" Planet entpuppt sich bald als eine Welt des Grauens...
318 Seiten, gebunden mit Schutzumschlag
JM ab 12

Spiel-Spannung für Leute mit Spürsinn: Sherlock Holmes Criminal-Cabinet

Warum wurden die beiden Löwen im Hyde Park umgebracht? – Wer ist für den Verlust der Gemälde in der National Gallery verantwortlich? – Wer ermordete Oswald Mason und warum?
Die Spieler werden in Gegenwart von Sherlock Holmes und Dr. Watson über ein Verbrechen unterrichtet, das sie aufklären sollen. Sie selbst entscheiden dabei, welchen Spuren sie nachgehen und im London des 19. Jahrhunderts verfolgen. Dabei verhören sie Verdächtige, durchstöbern das Zeitungsarchiv nach Hinweisen, suchen Orte auf, die mit dem Fall in Beziehung stehen, sammeln dort Informationen und fügen so Beweis an Beweis, bis die Lösung des Falls gefunden ist.
Ein Spiel, das den Einfallsreichtum und Spürsinn herausfordert; bei dem man seine Findigkeit mit derjenigen seiner Mitspieler messen kann und – das riesigen Spaß macht!

Für Sherlock Holmes- und Krimi-Fans, Denksport- und Rätselfreunde und alle, die Spaß an Gesellschaftsspielen haben – ab 12 Jahren!
Im Spielwaren- und Hobby-Fachhandel, im Buchhandel und in den Fachabteilungen der Warenhäuser erhältlich!

FRANCKH
KOSMOS
Verlagsgruppe